HARRY LUCK

BAMBERGER BEICHTE

Franken Krimi

emons:

Bibliografische Information der Deutschen Nationalbibliothek
Die Deutsche Nationalbibliothek verzeichnet diese Publikation in der Deutschen Nationalbibliografie; detaillierte bibliografische Daten sind im Internet über http://dnb.d-nb.de abrufbar.

Umschlagmotiv: lookphotos/Bias, Helge
Umschlaggestaltung: Nina Schäfer, nach einem Konzept von Leonardo Magrelli und Nina Schäfer
Umsetzung: Tobias Doetsch
Gestaltung Innenteil: DÜDE Satz und Grafik, Odenthal
Lektorat: Carlos Westerkamp
Druck und Bindung: CPI – Clausen & Bosse, Leck
Printed in Germany 2023
ISBN 978-3-7408-1824-1
Franken Krimi
Originalausgabe

Dieser Roman wurde vermittelt durch die Literaturagentur Kai Gathemann, München.

Das fünfte Gebot verwirft den direkten und willentlichen Mord als schwere Sünde. Der Mörder und seine freiwilligen Helfer begehen eine himmelschreiende Sünde.

Katechismus der katholischen Kirche

Gott, der barmherzige Vater,
hat durch den Tod und die Auferstehung seines Sohnes
die Welt mit sich versöhnt und den Heiligen Geist gesandt
zur Vergebung der Sünden.
Durch den Dienst der Kirche
schenke er dir Verzeihung und Frieden.
So spreche ich dich los von deinen Sünden
im Namen des Vaters und des Sohnes
und des Heiligen Geistes.

Absolutionsformel des Priesters bei der Beichte

Prolog

Bodo Stüllenberg drückte den Hebel für die Hydrauliksteuerung seines HX140A L sanft nach vorne. Auch nach über dreißig Jahren im Job war es für ihn immer noch ein überwältigendes Gefühl, mit dem Bewegen eines kleinen Hebels, der dem Joystick einer Spielekonsole nicht unähnlich war, die vierzehn Tonnen in Bewegung zu setzen, die sein Raupenbagger wog.

Natürlich war es nicht »sein« Bagger, sondern er gehörte dem Baukonzern, für den er seit seiner Ausbildung tätig war. Und natürlich hieß Stüllenberg nicht wirklich Bodo. Diesen Spitznamen hatte er seit seiner Kindheit, in der er jeden, ob gefragt oder ungefragt, wissen ließ, dass er mal Baggerfahrer werden wollte. Dies diente nicht gerade der Erbauung seines Vaters, der in der Stadt ein angesehener Architekt war und seinen einzigen Sohn Andreas gerne als Nachfolger aufgebaut hätte. Deshalb hatte er ihn regelmäßig mit auf die kleinen und großen Baustellen genommen. Der alte Herr ahnte nicht, dass Bodo dort den Lebenstraum entwickelte, Baggerfahrer zu werden, anstatt Architektur zu studieren.

Dass man als Baggerfahrer weder außerordentliche Karrierechancen hatte noch das große Geld verdienen konnte, sah Bodo nicht als Problem. Er war glücklich in seiner Zwei-Zimmer-Wohnung am Weidendamm, wo die Eigentümerin seit zehn Jahren die Miete nicht mehr erhöht hatte und wo er in der Nähe seiner Stammkneipe wohnte. Was ihn traurig machte, war, dass er im Alter von fast fünfzig Jahren immer noch nicht die Frau fürs Leben gefunden hatte. Seine Kumpel, mit denen er im »Lewinsky« jeden Samstag die Bundesligaspiele schaute, spotteten, er sei doch mit seiner Elsa verheiratet, wie er den großen gelben Bagger nannte. Er teilte sein Leben mit Elsa und verbrachte viel Zeit mit ihr. Romantische

Gefühle jedoch konnte er für eine mit Diesel betriebene Baumaschine nun wirklich nicht empfinden.

Bodo baggerte heute auch an keinem Baggerloch, wie es in dem alten Ulksong von Mike Krüger hieß, dem er seinen Spitznamen verdankte, sondern auf einer Baustelle im Herzen der Stadt, wo ein historisches Gebäude entkernt wurde. Seit zwei Tagen lud er Gesteinsbrocken auf die Ladeflächen von Lkws, mit denen die Steine abtransportiert wurden. Es war der letzte Tag hier, bevor er auf die Großbaustelle wechseln sollte, wo die neue ICE-Strecke entstand. Wer wollte behaupten, sein Job sei langweilig und eintönig?

Mit dem Steuerungsmodul bewegte er den Baggerarm nach vorne und dann nach unten. Da bemerkte er, dass die Schaufel auf etwas Metallisches stieß, das nicht hierhergehörte.

EINS

Die Verfolgungsjagd dauerte jetzt schon über eine Stunde. Bislang ohne jede Aussicht, den Flüchtigen zu stellen. Oder war es eine Flüchtige? Oder eine Flüchtende? Ich ging davon aus, dass es sich um ein männliches Wesen handelte, auch wenn das graue Haar keine Rückschlüsse auf das Geschlecht zuließ. Der Schaden, den der Eindringling in meiner Wohnung angerichtet hatte, war vor allem ideeller Natur. Die Pappschachteln, in denen sich die neunzehn DVD-Boxen mit allen zweihunderteinundachtzig »Derrick«-Folgen befanden, waren wohl irreparabel zerstört. Ich war fest entschlossen, den Täter zu stellen. Tot oder lebendig! In der Hand hielt ich einen schweren Gummihammer, mit dem ich bereit gewesen wäre, notfalls zuzuschlagen. Lieber wäre mir natürlich gewesen, das Monster wäre in eine der zahlreichen Fallen getappt, die ich im gesamten Zimmer verteilt hatte.

Eine Maus in der Wohnung mitten in der Stadt, das hatte ich in den fast zwanzig Jahren, die ich in Bamberg lebte, noch nicht erlebt. Sicherheitshalber hatte ich im Sicherungskasten den Strom abgeschaltet für den Fall, dass die Maus das hinter dem Schrank verlegte Kabel für die Beleuchtung der Spirituosenbar annagen und einen Kurzschluss auslösen würde. Ich hörte die Maus rascheln und knabbern hinter dem Schrank, in dem ich meinen geliebten Eierlikör aufbewahrte und der fest mit der Wand verschraubt war. Deshalb ließ er sich nicht einfach vorschieben.

Bei einer polizeilichen Maßnahme hätte ich gewusst, was zu tun wäre. Ringfahndung einleiten, Verstärkung anfordern, notfalls ein Spezialeinsatzkommando. Finaler Rettungsschuss nicht ausgeschlossen, mit Wirkungstreffer im Vitalbereich. Aber in den eigenen vier Wänden war ich völlig hilflos. Ich hatte als Kriminalkommissar schon zahllose Verbrecher hinter

Schloss und Riegel gebracht, aber noch nie eine Maus gefangen.

In diesem Moment läutete es an der Haustür. Das musste Andrea sein, meine Tochter. Es war seit Jahren eine schöne Tradition geworden, dass sie mich am Wochenende kurz besuchte und einen selbst gebackenen Kuchen mitbrachte, von dem wir gemeinsam ein Stück aßen. Ich schloss die Wohnzimmertür, damit die Maus nicht in die Küche oder Speisekammer entfliehen konnte, und drückte den Türsummer. Dann öffnete ich die Wohnungstür im ersten Stock.

Die junge Dame, die wenig später mit vorwurfsvollem Gesicht vor mir stand, hätte vom Alter her zwar meine Tochter sein können, es war jedoch Paulina Kowalska, meine Kollegin, mit der ich schon seit vielen Jahren im Kommissariat 1 der Bamberger Kriminalpolizeiinspektion zusammenarbeitete.

»Horst!«, sagte sie in dem gleichermaßen verzweifelten wie verärgerten Tonfall, mit dem man sein Kind mit einer mit Filzstift bemalten Raufasertapete konfrontierte.

»Unverhoffter Besuch am Sonntagmorgen!«, tat ich erfreut, ihre offensichtliche Missstimmung ignorierend. »Ich hatte eigentlich mit Andrea gerechnet.«

»Ich versuche seit einer Stunde, Sie anzurufen. Ihr Handy ist aus, und auf dem Festnetz ist die Leitung tot. Haben Sie vergessen, dass wir Bereitschaft haben?«

Das hatte ich nicht vergessen, ich hatte jedoch nicht bedacht, dass das Ausschalten des Stroms auch Auswirkung auf den Telefonanschluss hatte. Und das Handy lag im Schlafzimmer, zu dem ich die Tür während der Mausjagd verschlossen hatte, um ein Eindringen des Tiers zu verhindern. Es war allerdings sehr selten, dass das K1 am Wochenende wegen eines Verbrechens gegen das Leben, so lautete offiziell unsere Zuständigkeit, gerufen wurde. Daher fragte ich Paulina: »Was ist denn passiert, was nicht der KDD erledigen und bis Montag warten kann?«

»Es gibt einen Toten am Knöcklein.«

Die Adresse sagte mir etwas. Ich überlegte kurz. »Dort ist

das Theresianum.« Das war das Spätberufenengymnasium, wo man auf dem zweiten Bildungsweg das Abitur machen konnte, um dann bestenfalls Theologie zu studieren und Pfarrer zu werden. Das jedenfalls war zu meiner Jugendzeit die von vielen wahrgenommene Hauptfunktion der katholischen Schule, die nach dem Krieg von den Karmeliten gegründet wurde und seit 2018 von der Caritas geführt wurde.

»Knapp daneben«, bemerkte Paulina. »Im Karmelitenkloster wurde eine Leiche gefunden.«

»Großer Gott!«, rief ich aus.

***

Während wir die Treppe hinuntergingen, schrieb ich Andrea eine WhatsApp-Nachricht mit den Worten: »Muss leider weg, Einsatz!«

Paulina hatte den Dienstwagen im Halteverbot auf der anderen Straßenseite geparkt. Die Polizeikelle in der Windschutzscheibe verhinderte, dass die Kollegen vom Parkraumüberwachungsdienst, die ihr Hauptquartier nur einen Steinwurf entfernt in der Hornthalstraße hatten, übereifrig unseren Einsatz behinderten.

Auf der Fahrt erzählte sie mir in knappen Worten, was bisher bekannt war.

»Der Anruf aus dem Kloster kam um zehn Uhr fünfzig. Der Chef des Karmelitenklosters hat nach der Messe seinen Bruder tot aufgefunden.«

»Seinen Bruder?« Ich ahnte das Missverständnis.

»Sein Bruder Martin sei tot, ja. Die herbeigerufene Notärztin hielt die Todesursache für abklärungsbedürftig.«

»Dieser Bruder Martin muss nicht sein leiblicher Bruder gewesen sein. Ich nehme an, er war ein Klosterbruder. Also ein Mitglied des Ordens, das nicht Priester ist. Lateinisch Frater. Im Gegensatz zum Pater, also Vater, der geweihter Priester ist. Aber das werden wir gleich erfahren.«

»Danke, Mister Brockhaus. Ich versuch's mir zu merken«, sagte Paulina und lenkte den Wagen den Unteren Kaulberg hinauf. Immer wenn ich an der Oberen Pfarre vorbeifuhr, erinnerte ich mich daran, dass hier an einem leeren Grab die Ermittlungen in einem Fall ihren Ausgang nahmen, die uns in das dunkelste Kapitel der Stadt führten, die Hexenverfolgung. Dann bog sie am Karmelitenplatz rechts ab, fuhr links und parkte hinter dem Einsatzwagen des KDD und den Streifenfahrzeugen.

Paulina stieg aus und ging auf ein gelb gestrichenes Wohnhaus zu. »Da müssen wir hin.«

»Nicht ins Kloster?«, fragte ich.

»Das Kloster ist nicht mehr das Kloster. Die Brüder haben ihr Kloster verkauft und wohnen jetzt nebenan. Das Horst-Müller-Lexikon scheint nicht auf dem neuesten Stand zu sein. Update erforderlich?«

»Jetzt, wo Sie es sagen … Ich las davon in der Zeitung, ja. Luxuswohnungen sollen im Kloster entstehen.«

Das frisch gestrichene einstöckige Haus sah wie vieles aus, aber nicht wie ein Kloster. Den Eingang fanden wir an der von dem Sträßlein abgewandten Seite. Die Haustür stand offen. Wir schritten ebenerdig durch ein Treppenhaus, in dem es nach Putzmittel mit Zitruskraft roch. Der KDD-Kollege Isernhagen kam uns mit seinem Silberkoffer entgegen.

»Guten Tag, auf Wiedertschüss«, sagte er im Vorbeigehen und schaute auf seine Armbanduhr. »Jetzt übernehmt ihr mal schön. Wenn's Fragen gibt, der Kollege Böhnlein ist noch da und räumt zusammen.«

»Warum so eilig?«, fragte ich den Mann, der beim Kriminaldauerdienst, den wir aufgrund der Anfangsbuchstaben der Nachnamen der Kollegen intern mit FBI abkürzten, das I bildete. »Gibt's keinen Bericht?«

»Macht alles der Böhnlein. Ich muss echt los. Meine Ex wartet mit dem Kind zur Übergabe, wissen Sie?«

Ich wusste, wovon er sprach. Meine Scheidung lag schon

über fünfzehn Jahre zurück, und die beiden Kinder waren längst aus dem Haus, sodass es keiner Absprachen für Papa-Wochenenden und Wechselmodelle für Betreuungszeiten mehr bedurfte. Isernhagen schien noch nicht so weit zu sein. Ich wusste von einem anderen Kollegen, der kinderlos war, bei dem aber die Wochenendbetreuung des ehemals gemeinsamen Hundes sowie die Kostenübernahme für Futter und Tierarzt zwei Seiten im Scheidungsvertrag füllten.

»Ist Ihre Ex-Frau nicht auch bei der Polizei?«, fragte ich.

»Ja, ebendrum. Ihre Schicht beginnt in einer halben Stunde. Und ich möchte es nicht noch einmal erleben, dass sie die Kleine mit im Streifenwagen spazieren fahren muss, weil ich sie nicht rechtzeitig abholen konnte.«

»Schon gut«, sagte ich. »Machen Sie, dass Sie loskommen.«

»Bis Denver!«, sagte Isernhagen.

»Bis Spätersburg«, antwortete Paulina und verdrehte die Augen.

»Heirate oder heirate nicht. Du wirst es bereuen«, zitierte ich einen weisen Philosophensatz und fügte ungefragt den Urheber hinzu: »Sokrates.«

»Heirate keinen Mann, der sich nach dem ersten Date mit ›Bye, bye, Butterfly‹ oder ›Bis Baltrum‹ verabschiedet«, sagte meine Kollegin und nannte ebenfalls die Quelle: »Paulina Kowalska.«

»Herr Kommissar Müller, kommen Sie!«, hörte ich Böhnleins Stimme. Er stand in seinem weißen Overall in einem Büroraum mit zwei Schreibtischen und einer Schrankwand, wie ich sie auch in meinem Wohnzimmer hatte, nur dass sich hier ausschließlich Aktenordner in den Regalen befanden. »Kollegin Kowalska, schön, Sie zu sehen«, begrüßte er auch Paulina.

»Wie halten Sie es mit Ihrem Kollegen eigentlich aus?«, sagte Paulina.

»Könnte ich Sie auch fragen«, antwortete Böhnlein und warf mir einen lachenden Blick zu. »Das berufliche Schicksal hat es mit uns beiden nicht gut gemeint. Vielleicht sollen wir uns mal zusammentun. Rein dienstlich natürlich.« Er warf ihr einen frivolen Blick zu.

Ich wollte gerade eine empörte Replik loslassen, als uns ein leises Räuspern unterbrach.

»Wenn die Herrschaften dann zu Ende gescherzt hätten …« Auf dem vorderen Schreibtischstuhl saß ein schlanker schwarzhaariger Mann in einem dunkelbraunen Gewand mit einer runden Metallbrille. Er war ein wenig älter als ich, vermutlich Ende fünfzig, und hatte ein auffällig glatt rasiertes Gesicht. Einige wohl vom Rasiermesser verursachte Wunden am Kinn deuteten auf eine besonders empfindliche Haut hin. Er roch nach Old-Spice-Aftershave.

»Entschuldigung, Herr …«, sagte ich und hob beschwichtigend beide Hände.

»Windsheimer. Bruder Antonius Windsheimer. Ich bin der Prior des Klosters.«

»Er hat die Leiche gefunden«, sagte Böhnlein und deutete auf einen Nebenraum, in dem ich zwischen einem Schreibtisch und einem Bürostuhl eine von einem weißen Tuch bedeckte Gestalt und eines der obligatorischen Zifferntäfelchen der Spurensicherung entdecken konnte. Es war die Nummer eins.

»Ist schon gut«, sagte Bruder Windsheimer. »Ich kenne das. Wenn man beruflich viel mit dem Tod zu tun hat, verliert der Umgang damit den Schrecken und wird zum Alltag.« Er atmete einmal durch. »Ich bin trotzdem immer noch völlig außer mir. Wir haben hier schon viele Mitbrüder beerdigt, aber Bruder Martin war gerade mal fünfzig Jahre alt, einer der jüngsten hier im Konvent.« Er schlug beide Hände vor sein Gesicht und schüttelte den Kopf. »Ich kann es immer noch nicht glauben.«

»Böhnlein, was wissen Sie bis jetzt?«

»Der Tote ist identifiziert als Martin Jakubas, fünfzig Jahre alt. Geboren in Wetzlar. Wohnhaft hier im Kloster. Der Todeszeitpunkt kann auf zwischen neun und elf Uhr vormittags eingegrenzt werden. Und weshalb Sie hier sind …« Er zeigte uns einen durchsichtigen Asservatenbeutel, in dem sich eine Packung Merci-Schokolade befand.

»Was ist das?«, fragte Paulina.

»Merci Finest Selection, Helle Vielfalt«, antwortete Böhnlein. »Es fehlen zwei Stücke der Sorte Mandel-Milch-Nuss.«

»Nussallergie?«, mutmaßte ich. »Kann man davon einen tödlichen Schock erleiden?«

Der Prior schüttelte den Kopf. »Von einer Allergie hätten wir gewusst. Bruder Martin liebte Nussschokolade. Er sagte selbst immer, diese Versuchung sei sein größtes Laster.«

»Die Notärztin, die ihn untersucht und den Exitus festgestellt hat, hält eine Vergiftung für möglich. Wir lassen die Schokolade analysieren«, sagte Böhnlein.

»Und was ist damit?« Ich zeigte auf eine leere weiße Tasse mit dem Caritas-Logo und dem roten Schriftzug »Caritasse«.

»Negativ«, sagte Böhnlein. »Unbenutzt und klinisch rein. Daraus hat er jedenfalls nichts getrunken. Das hier wäre noch interessant, lag beides auf seinem Schreibtisch.« Er reichte mir ein Buch mit dem Titel »Dämonen unter uns? Exorzismus heute« sowie ein schwarzes Ledermäppchen mit einem goldenen Kreuz, das mich an das Gotteslob meiner Kindheit erinnerte. Ich zog den Reißverschluss auf und fand kein Gebetbuch.

»Was ist das denn?«, fragte ich und öffnete auf der linken Seite ein kleines Büchlein, in dem sich vor allem lateinische Texte befanden. Rechts war eine leere runde Metalldose mit vergoldetem Deckel, daneben waren ein Kreuz, ein Rosenkranz und ein Utensil befestigt, das wie eine Miniaturklobürste aussah.

»Ein Vademecum für den seelsorglichen Einsatz«, schaltete sich Windsheimer ein. »Das nehmen wir zum Beispiel zur Krankenkommunion mit. In der Dose wird die heilige Hostie transportiert. Das Aspergill dient zum Segnen mit Weihwasser.«

»Verstehe.« Ich nickte. »Herr Windsheimer, können Sie uns noch ein paar Fragen beantworten?«

Der Prior nahm seine runde Brille ab und putzte die Gläser mit den Ärmeln seines Gewandes. Vermutlich eine Übersprungshandlung.

»Selbstverständlich, Herr Kommissar. Könnten wir …«, er räusperte sich, »… ich meine, müssen wir hier reden?«

»Nein, wir können auch hinausgehen, kein Problem.«

»Ich schaue mir inzwischen den Computer des Toten an«, sagte Paulina. »Haben Sie ein Passwort, Herr Prior?«

Er nickte. »Unsere Passwörter sind lateinisch und geheim.«

»Ja?«

»Secretum. In Großbuchstaben. Und dann Ausrufezeichen, Raute, Fragezeichen und die Initialen des Nutzers.«

»Also SECRETUM!#?MJ – einen Datenschutzbeauftragten gibt es hier im Kloster wohl nicht, oder?«

»Kommen Sie, wir gehen nach draußen«, sagte ich zu Windsheimer. Wir traten vor das Haus, von wo aus wir einen freien Blick auf die Altenburg hatten. Der goldene Oktober sorgte für spätsommerliche Temperaturen. Der Prior trug schlichte Ledersandalen ohne Socken. Unter seinen Schritten knirschte der staubige Kies. Es hatte seit Wochen nicht mehr geregnet.

»Alles Baustelle hier«, sagte er und zeigte auf das Nachbargebäude mit Baugerüst. »Wir wohnen in einem Provisorium, müssen Sie wissen. Es wird alles umgebaut. Wir verkleinern uns. Zwangsläufig.«

»Ich las davon, dass die Karmeliten das historische Kloster verkauft haben?«

»So ist es. Wir sind nur noch zehn Brüder, das ist für ein Karmelitenkloster heute noch relativ viel. Als ich hier eingetreten bin, waren wir allerdings noch über vierzig Brüder. Als Sitz der Provinzleitung ist Bamberg für den Orden ein wichtiger Standort. Aber das Kloster wurde einfach zu groß. Und der Nachwuchs … Fachkräftemangel gibt’s auch bei uns.

Kommen Sie mit in unseren Klostergarten. Ich liebe die Stimmung dort. Da können wir in Ruhe reden.«

»Verstehe«, sagte ich. Wir verließen das Gebäude und gingen an einer zugemauerten Pforte der Klosterkirche vorbei.

»Die romanische Löwenpforte aus dem elften und zwölften Jahrhundert ist das älteste Kirchenportal Bambergs«, erläuterte der Prior.

»Und warum ist es zugemauert?«

»1658 begann der Umbau der alten Zisterzienserinnenkirche mit dem Zweck, den Menschen den Zugang über einen neuen Eingangsbereich am Kaulberg zu erleichtern. Das bisherige Portal wurde einfach zugemacht.«

»Sie sagten Zisterzienserinnen? War das hier nicht immer ein Karmelitenkloster?«, wollte ich wissen.

»Nein, das erste Karmelitenkloster war seit 1273 in der Au, wo auch ein Priesterseminar untergebracht war. Als es zu klein wurde, kam es 1589 zu einem Tausch: Der Orden überließ das Kloster in der Au dem bischöflichen Seminar und erhielt dafür das leer stehende Frauenkloster mit Garten am Kaulberg.«

Wir gingen am Theresianum vorbei und betraten den Garten, in dem Gemüse, Blumen und Kräuter wuchsen. Einige Bäume spendeten Schatten. Den etwas herben Geruch konnte ich nicht identifizieren.

»Bitte berichten Sie, wie Sie den Toten aufgefunden haben!«

Windsheimer holte Luft und schloss die Augen, um sich das Geschehene wieder zu vergegenwärtigen.

»Ich habe heute um zehn Uhr die Sonntagsmesse in der Kirche zelebriert. Danach bin ich gleich zurück ins Büro, weil ich noch einen Vortrag für das Provinzkapitel in Springiersbach in der Eifel vorbereiten wollte. Ich öffnete mein Büro, die Tür zu Martins Zimmer stand offen, er lag leblos auf dem Boden. Ich dachte an einen Herzinfarkt und wollte den Defibrillator holen. Aber dann fiel mir ein, dass der nach dem Umzug noch nicht installiert wurde. Deshalb wollte ich Erste Hilfe leisten mit Herzdruckmassage. Ich begann also zu singen: ›Highway to hell …‹«

»Wie bitte?«

»Das habe ich bei den Maltesern im Erste-Hilfe-Kurs gelernt. Der Rocksong hat den perfekten Rhythmus für die Wiederbelebung. Aber ich habe schnell gemerkt, dass nichts mehr zu machen war. Männer um die fünfzig sind leider sehr gefährdet, einfach tot umzufallen. Ich kenne einige solch tragischer Schicksale. Können wir uns setzen?«

Windsheimer deutete auf eine Holzbank, die unter einer Buche stand. Ich nickte wortlos, und wir nahmen Platz.

»Als ich mir sicher war, dass Martin tot war, schloss ich seine Augen und sprach das Totengebet. Requiescat in pace.« Dabei blickte er traurig gen Himmel.

Ich wartete einen Moment, weil ich den Eindruck hatte, der Pater betete noch einmal stumm für den Verstorbenen.

»Bruder Martin war nicht in der Messe?«, fragte ich.

»Er war, wenn ich nicht irre, im ersten Gottesdienst um acht Uhr.«

»Wissen Sie, womit er beschäftigt war, als er starb?«

»Als Prokurator des Klosters war er für die Verwaltung, Buchhaltung und die Finanzen zuständig. Er war außerdem für unsere Website und die Social-Media-Auftritte verantwortlich. Ich habe mit ihm jede Woche einen Vlog aufgenommen, den er immer sonntags online gestellt hat.«

»Einen Vlog? Was ist das?«

»Ein Videoblog. Ich habe jede Woche eine maximal zehnminütige Ansprache zum Sonntagsevangelium gehalten, die dann auf YouTube veröffentlicht wurde. Kurzversionen hat er auf Instagram und TikTok gepostet.«

»Ach, TikTok? Ist das nicht diese chinesische App, wo Jugendliche merkwürdige Verrenkungen zu komischer Musik machen und mit der unsere persönlichen Daten an das kommunistische Regime übermittelt werden?«

Windsheimer lachte. »Ja, es ist dort viel zu finden, was

die Jugendlichen Trash nennen würden. Aber wir wollen das Wort Gottes dorthin bringen, wo die Menschen sind. Auch wenn uns das Milieu nicht gefällt. Wir missionieren ja zum Beispiel auch im Rotlichtbezirk. Über die Predigt von der Kanzel herab können wir junge Menschen nicht mehr erreichen. Deshalb müssen wir dorthin gehen, wo die jungen Leute sich in ihrer Freizeit aufhalten. Und das sind Plattformen wie TikTok, Snapchat und Instagram. Und was unsere Daten angeht, mein Gott ... ob die amerikanischen oder chinesischen Geheimdienste uns ausforschen, macht doch letztlich keinen Unterschied. Wir haben ja nichts zu verbergen.«

»Sie halten also virtuelle Predigten?«

»Das würde ich so nicht sagen«, widersprach er. »Virtualität bedeutet, nicht so in der Form in der Wirklichkeit zu existieren, wie es scheint, aber in Wesen und Wirkung einer in dieser Form existierenden Sache zu gleichen. Meine Predigt ist aber real, ich bin ja kein Avatar. Daher kann ich in diesem Zusammenhang mit diesem Begriff wenig anfangen.«

»Das sind ganz schön moderne Ansichten für einen katholischen Priester«, stellte ich fest.

Windsheimer zuckte mit den Schultern. »Ich bin nicht ohne Grund Karmelit geworden und kein Gemeindepfarrer. Aber das würde jetzt zu weit führen.«

»Wie lange war Bruder Martin schon im Orden?«

»Lassen Sie mich überlegen. Ich schätze, dass er vor acht oder neun Jahren gekommen ist. Er war das, was man einen Spätberufenen nennt. Soweit ich weiß, war er für eine Entwicklungshilfeorganisation in Südamerika tätig. Ärzte ohne Grenzen oder etwas in der Art. Als er nach Franken zurückkehrte, wollte er sein Leben ganz Gott widmen. Aber Priester werden mit allem, was dazugehört, das war wohl auch nicht sein Ding.«

»Das Zölibat? Das alte Problem«, sagte Paulina.

Der Zölibat, korrigierte ich in Gedanken.

»Die priesterliche Ehelosigkeit um des Himmelreiches willen als Problem bei der Gewinnung von geistlichen Berufen wird zuweilen überschätzt«, sagte der Pater. »Glauben Sie, dass unsere protestantischen Mitbrüder, die heiraten dürfen, mehr junge Menschen finden, die Pfarrer werden wollen? Oder Pfarrerin? Das ist keineswegs so. Martin war unverheiratet. Ich meine eher das jahrelange Theologiestudium mit Latein und Altgriechisch, dann der Diakonat. Er war ein Mann der Praxis. Und die Unterscheidung zwischen Priester und Laien spielt bei uns eh keine Rolle.«

»Ach ja?«

»Wir nennen uns alle Bruder, egal ob geweiht oder nicht. Wir tragen den gleichen Habit, und Sie werden an keiner Äußerlichkeit erkennen, wer Priester ist und wer nicht. Das Priestersein wird bei uns in keiner Weise erwähnt. Das Entscheidende ist ausschließlich die persönliche und konsequente Ausrichtung des Lebens auf die Nachfolge Jesu Christi im Geiste des Evangeliums.«

»Das ist eher untypisch für einen katholischen Orden, oder?«, fragte ich. »In der katholischen Kirche ist doch der Klerikalismus zu Hause.«

Windsheimer lächelte milde. »Wenn Sie das so sehen. Seit Kurzem können sogar nicht geweihte Brüder Prior werden. Das war vorher nur mit einer Dispens möglich. Papst Franziskus hat diese Regel geändert. Lediglich die Feier der Eucharistie und das Sakrament der Beichte sind den geweihten Brüdern vorbehalten. Und Sie wissen ja, dass die Karmelitenkirche als Beichtkirche seit jeher sehr bekannt und beliebt ist. Auch wenn die Zeiten vorbei sind, in denen in der Osterzeit Zehntausende Beichten gehört wurden.«

»Sie sprechen vom Mittelalter?«

Windsheimer lachte. »Nein, bis in die achtziger Jahre haben wir täglich sechs Stunden Beichtzeit angeboten.«

»So viel Sünden können doch die Bamberger gar nicht begehen«, entgegnete ich staunend. »Wissen Sie, woran Bruder Martin heute konkret arbeitete?«

»Abgesehen davon, dass er meinen Vlog online stellen sollte, hatte er auf seinem Monitor die Seite infranken.de geöffnet. Irgendwelche lokalpolitischen Dinge. Ansonsten kümmerte er sich um Userkommentare, die beantwortet werden mussten. Manchmal waren auch unflätige Beleidigungen oder Spamkommentare zu löschen. Sehr selten kommt es vor, dass wir beleidigende Hasskommentare der Staatsanwaltschaft melden, wenn wir sie für justiziabel halten.«

»Und war es üblich, dass er vormittags Schokolade aß?«

»Sie meinen die Merci-Packung?«

Ich nickte.

»Ich nehme an, die war in der Post. Gestern war Martin nicht im Büro, er muss also die am Samstag eingegangene Post erst heute geöffnet haben.«

»Jemand hat ihm eine Packung Schokolade geschickt?«, hakte ich nach. »Ist das nicht ungewöhnlich?«

»Er hatte vor Kurzem runden Geburtstag. Wir feiern hier nur unsere Namenstage. Denn Geburtstag hat jeder Esel. Katholiken haben Namenstag.«

»Ich danke Ihnen, Herr Bruder Windsheimer«, sagte ich. »Und falls Sie noch mal in die Lage kommen sollten, Erste Hilfe mit Herzdruckmassage leisten zu müssen: Singen Sie ›Stayin' Alive‹ von den Bee Gees. Das hat denselben Rhythmus wie ›Highway To Hell‹.«

»Und der Text ist angemessener, da haben Sie recht. Nicht nur aus katholischer Sicht.«

27. Juni 2010, Bamberg

»Vierundfünfzig, vierundsiebzig, neunzig, zweitausendzehn und so stimmen wir alle ein …« Optimistisch ertönte die Liveband auf der Showbühne auf dem Maxplatz und ließ die Hymne des Sommers erklingen, die den Wunsch der Nation nach dem vierten Stern auf dem Trikot der Fußballnationalmannschaft musikalisch zum Ausdruck brachte. Dreitausend Fans auf dem außerhalb von WM-Zeiten und anderen Eintritt-frei-Events des Stadtmarketings eher ausgestorbenen Rathausplatz, der nun zur Fanmeile umfunktioniert worden war, sangen lauthals mit. Viele hatten schwarz-rot-goldene Hawaii-Blümchenketten um den Hals hängen, trugen das schwarz-weiße Nationalmannschaftstrikot oder Deutschlandkäppis auf dem Kopf, um sich vor der prallen Sonne zu schützen, die das Thermometer seit Tagen auf über dreißig Grad hatte steigen lassen.

Für einen Mann Anfang vierzig, der apathisch auf den steinernen Stufen des Maximilianbrunnens zwischen den gusseisernen Statuen von Kaiser Heinrich und seiner Gemahlin Kunigunde mit Blick auf das Kaufhaus HONER saß, schien sich das sportliche Großevent gerade in weiter Ferne zu ereignen. Auf dem Blackberry in seiner Hand hätte Ronny Berger den aktuellen Spielstand des Achtelfinales gegen England ablesen können. Deutschland führte kurz vor der Halbzeit mit zwei zu null. Doch sein Handy, das mit der winzigen Tastatur eine Mischung aus Telefon und Minicomputer war, zeigte die Kurzmitteilung des Nürnberger Rechtsanwaltes Dr. Volkmar Fändrich an, die nur lapidar lautete: »Wie befürchtet. Leider. Sorry. VF.«

Berger war völlig klar, was diese wenigen Worte für ihn bedeuteten. Denn er war ein Fachmann, wenn es um Geld ging. Von der Pike auf hatte er den Beruf des Bankkaufmanns bei der Volksbank in Forchheim gelernt und sich auf den Bereich Immobilien spezialisiert. Nach einem Studium der Betriebswirtschaftslehre in München, wo er seine inzwischen Ex-Frau Ingeborg kennengelernt hatte, war er mehrere Jahre als Anlageberater bei der Kreissparkasse Starnberg tätig gewesen. Schon bald hatte er sich den für einen erfolgreichen Starnberger obligatorischen Neunhundertelfer-Porsche leisten können, wenn auch gebraucht. Der Herrgott hatte es gut mit ihm gemeint. Davon war Ronny Berger überzeugt, und er hatte regelmäßig zum Dank einen mehr als symbolischen Obolus an eines der kirchlichen Hilfswerke überwiesen, um die Wohltat dann ordnungsgemäß steuerlich geltend machen zu können. Doch dieses Leben war Vergangenheit. Die SMS seines Anwaltes konnte den Ruin für ihn bedeuten.

»›Mit dem Herz in der Hand und der Leidenschaft im Bein werden wir Weltmeister sein!‹« Die junge Frau mit dem blonden Pferdeschwanz, die den optimistischen Song fröhlich mitsang, traf nur einen Teil der Töne, was sie mit vielen ausgelassenen Menschen beim Public Viewing gemein hatte. Sie trug ein etwas zu enges Fan-T-Shirt mit dem Emblem des DFB und dem Namen Müller auf dem Rücken und hatte die deutschen Farben auf ihre Wangen gemalt. In der Hand hielt sie eine schwarz-rot-gelbe Plastiktröte, wie man sie seit Beginn der WM überall sehen und vor allem hören konnte.

»Es steht zwei zu null. Für uns!«, rief sie Berger zu, führte die Vuvuzela an ihren Mund und blies kräftig hinein. Das ohrenbetäubende Geräusch, das entstand, erinnerte entfernt an das Trompeten eines Elefanten. Berger hatte gelesen, dass diese aus Südafrika stammenden Instrumente in einigen Städten verboten waren, weil sie im Abstand von einem Meter einen Lärmpegel von hundertzwanzig Dezibel erzeugen konnten. Er hielt sich die Ohren zu. In diesem Moment erzielte England den Anschlusstreffer in der siebenunddreißigsten Minute, was ein enttäuschtes Raunen auf dem Maxplatz auslöste.

»Noch zu früh für den Siegestaumel«, sagte Berger nüchtern und deutete auf die vier mal sechs Meter große LED-Leinwand, die vor dem kleinen Edeka-Stadtkauf aufgebaut war und auf der der Name des Torschützen Matthew Upson eingeblendet war. Er hatte den Ball nach einer Ecke überraschend ins Tor gebracht.

»Was ist los mit dir? Schlechte Nachrichten?« Sie deutete mit ihrem südafrikanischen Blasinstrument auf sein Blackberry. Und ohne seine Antwort abzuwarten, setzte sie sich neben ihn mit den Worten: »Also, ich bin die Sarah, und du?«

Berger nahm intuitiv ihre ausgestreckte Hand entgegen und sagte: »Ronny.« Ihre gute Laune wirkte ansteckend. Er steckte sein Telefon in die Gesäßtasche seiner Hilfiger-Jeans und lächelte sie an.

»Bist du allein hier?«, fragte sie. »Wer geht denn allein zum ›Zammguggn‹?« Der Begriff hatte sich in der Lokalpresse für das englische »Public Viewing« eingebürgert, worunter ein Brite allerdings eine öffentliche Leichenschau verstanden hätte, wenn denn einer auf dem Maxplatz gewesen wäre.

»Ehrlich gesagt interessiere ich mich wenig für Fußball«, sagte er. »Ich war in der Stadt unterwegs.«

»Was hat man am Sonntagnachmittag in der Stadt zu tun? Sorry, geht mich ja nichts an.«

Berger fand seine unverhoffte Gesprächspartnerin mit dem offenen Lachen und den Sommersprossen sympathisch und war dankbar für die Ablenkung. Doch er kannte sie nicht gut genug, um ihr zu erzählen, dass er soeben aus der Karmelitenkirche gekommen war, wo ein Bußgottesdienst stattgefunden hatte. Im Anschluss daran hatte er das Sakrament der Beichte empfangen. Nicht dass er eine besonders schwere Schuld mit sich herumgetragen hätte. Die regelmäßige Beichte alle sechs Wochen gehörte für ihn zum Leben wie der sonntägliche Besuch der Messe in der Gaustadter Kirche St. Josef. Dort war er nicht nur ein engagiertes Gemeindemitglied. Im Gottesdienst war er regelmäßig Lektor und trug die Lesung und die

Fürbitten vor, und als ehrenamtlicher Kirchenpfleger war er für die Verwaltungsaufgaben der Pfarrei zuständig.

Es war Ehrensache für ihn, als gelernter Banker seine Expertise zur Ehre Gottes einzubringen, zumal der senegalesische Pfarrer Papa Diabang genug damit zu tun hatte, die deutsche Sprache zu lernen, und weder Interesse noch Kompetenz zeigte, sich mit dem deutschen Rechts- und Finanzwesen auseinanderzusetzen. Weil er den Pfarrer persönlich gut kannte, zog Berger es vor, seine regelmäßige Beichte bei den Ordensmännern in der Karmelitenkirche abzulegen, die von vielen Katholiken traditionell als Beichtkirche genutzt wurde. Doch dies alles musste er nicht Sarah erzählen. Nicht jetzt.

»Wollen wir was trinken, Ronny?«, fragte Sarah. »Tucher-Bier ist besser als kein Bier, oder? In der Halbzeit werden alle zum Stand gehen, dann besser jetzt.«

»Warum nicht?«, sagte Berger und lächelte. Es gab viele Bamberger, die »kein Bier« für die bessere Alternative hielten als Bier aus Nürnberg. Er war immer noch froh, auf andere Gedanken gebracht zu werden.

»Heißt du wirklich Ronny?«, fragte sie. »Oder ist das eine Abkürzung?«

Er lachte. »Du bist nicht die Erste, die mich das fragt. Wenn in der Schule ein Lehrer besonders streng sein wollte, sagte er Ronald zu mir. Aber in meinem Ausweis steht wirklich Ronny. Meine Eltern waren große Schlagerfans und liebten den Sänger Ronny. Der hat in meinem Geburtsjahr den Hit ›Little Sweetheart Belinda‹ gesungen. Aber ich kann froh sein, dass meine Eltern mich nicht nach seinem bürgerlichen Namen benannt haben. Er hieß in echt Wolfgang Roloff.«

»Ach, Wolfi wäre doch auch nett.«

»Er hatte noch mehr Pseudonyme: Otto Bänkel, Roger Ford, Maxim Boris. Aber am erfolgreichsten war er als Produzent von Heintje. Der kleine Holländer, der ›Mama‹ gesungen hat, du weißt schon. Ronny ist für mich völlig okay.«

Bis zum Abpfiff hatte Thomas Müller noch zwei Tore geschossen, und Deutschland zog mit vier zu eins ins Viertelfinale ein.

»Beim ersten Mal war's ein Wunder, beim zweiten Mal war's Glück, beim dritten Mal der verdiente Lohn, und diesmal wird's 'ne Sensation«, sangen die Fans. Die Vuvuzelas klangen wie ein Hornissenschwarm. Und Berger hatte für den kommenden Samstag zum Viertelfinale eine Verabredung zum nächsten »Zammguggn«.

ZWEI

Bis zum Nachmittag waren der Tatort gesichert und die Leiche in die Gerichtsmedizin nach Erlangen gebracht worden, während ein Bamberger Labor mit Wochenendbereitschaft die Untersuchung der verdächtigen Schokoladenpackung übernommen hatte. Derweil vergab ich in unserem Büro im zentralen Dienstgebäude der KPI dem Vorgang »Tötung zum Nachteil von Martin Jakubas« ein Aktenzeichen und fertigte eine Zusammenfassung der Zeugenaussage von Bruder Antonius Windsheimer an.

»Warum trinken Sie Leitungswasser, Horst?«, fragte mich Paulina, die am Schreibtisch gegenüber den sichergestellten Inhalt des Papierkorbs des Toten analysierte und die Gegenstände katalogisierte. »Ist Ihre Rowenta kaputt?«

»Die Kaffeefilter sind alle«, seufzte ich. »Ich hätte am Montag gleich welche gekauft. Konnte ja keiner ahnen, dass wir am Wochenende arbeiten müssen.«

»Das hätte ich nicht gedacht, dass Sie nicht immer ausreichend Reserve im Vorrat haben.« Paulina lachte. »Vorschlag, Sie müssen ihn auch nicht annehmen: Ich kann in den Vollautomaten gemahlenes Kaffeepulver einfüllen und einen Caffè Crema für Sie zubereiten. Das dürfte Ihrem Filterkaffee schon einigermaßen nahekommen.«

Ich zögerte kurz.

»Sie müssen nicht, nur ein Angebot. Aber dieses Elend mit dem Leitungswasser kann ich nicht mit ansehen. So kann man doch nicht arbeiten.«

»Meinetwegen«, sagte ich. »Zeigen Sie mal, was Ihre Micro-Coff 2400 kann. Es ist schließlich ein Notfall. Eine polizeiliche Ermittlung im Kloster hatte ich mir allerdings auch anders vorgestellt. Dunkle Gewölbe, dicke Mauern. Nichts davon in diesem modernisierten Ersatzbau.« Ich beobachtete, wie

Paulina das Kaffeepulver mit einem Plastiklöffel in eine seitliche Öffnung ihrer Monstermaschine füllte und einen Knopf drückte.

»Das hier ist der Umschlag, in dem sich die Schokolade befand«, sagte sie und zeigte ein braunes gepolstertes Kuvert in A4-Größe. »Die Briefmarke war herausgerissen, weil die Marken alle für die Mission gesammelt werden. Ich hoffe, die finden wir noch.«

»Speichelspuren am Umschlag?«

»Leider nicht. Selbstklebend. Die Adresse ist mit Kugelschreiber in Druckbuchstaben geschrieben. Aber jetzt warten wir mal die Untersuchung der Schokoriegel und die Obduktion ab.« Sie nahm die inzwischen gefüllte Tasse und stellte sie mir mit einem freundlichen »Bitte sehr« auf den Tisch.

»Riecht ja nicht schlecht«, gab ich zu. Ich konnte mich nicht entsinnen, jemals einen Schluck aus einem dieser Hightechapparate genommen zu haben. »Und haben Sie auf Jakubas' Rechner etwas gefunden?«

Paulina saß wieder an ihrem Computer. »Ich habe die komplette Festplatte gespiegelt. Die Zugänge zu den Social-Media-Kanälen waren alle gespeichert. Ich muss mir noch einen groben Überblick verschaffen. Die gelöschten Daten muss Wolfgang aus der EDV zurückholen. Aber eine aktuelle Nachricht im Posteingang ist mir sofort ins Auge gefallen.«

»Sagen Sie schon!«

»Moment, ich lese vor. Die E-Mail ist Freitag Nachmittag an die zentrale Adresse des Klosters eingegangen. Absender ist eine Barbara Welge aus Hausen bei Heroldsbach. Der Betreff lautet: ›Dringend! Bitte um Termin.‹«

»Ich höre«, sagte ich.

»›Hochwürdige Herren Karmeliten, sehr geehrter Herr Bruder Martin, ich komme auf unsere bisherigen Gespräche am Telefon zurück und möchte die Dringlichkeit meines Anliegens betonen. Ich bin der Überzeugung, dass mir nur noch ein Exorzismus helfen kann. Bitte rufen Sie mich an unter der Nummer …‹ Schmeckt Ihnen der Kaffee?«

»Das ist stark«, sagte ich und meinte nicht das Heißgetränk. »Ist die E-Mail beantwortet worden?«

»Nein. Aber sie wurde weitergeleitet. An einen Bruder namens Sandro Elezi. Ich kenne ja nur Horrorfilme wie ›Der Exorzist‹ oder ›Der Exorzismus der Emily Rose‹. Gibt's so was wirklich noch heutzutage?«

»Keine Ahnung. Ich hätte ja gedacht, Exorzismen wären in Deutschland seit dem Fall Anneliese Michel 1976 verboten.«

»Anneliese wer?«

»Das war ein aufsehenerregender Fall damals in Unterfranken. Sie wäre vergangenes Jahr siebzig Jahre alt geworden. Da stand wieder einiges in der Zeitung. Die damals dreiundzwanzigjährige Frau aus Klingenberg starb an Unterernährung, nachdem katholische Priester siebenundsechzig Mal einen großen Exorzismus an ihr praktiziert hatten, weil sie von Dämonen besessen gewesen sein soll. Die Eltern und ein Priester wurden schließlich wegen fahrlässiger Tötung verurteilt.«

»Der Fall war die Grundlage für die Filme ›Requiem‹ und ›Der Exorzismus von Emily Rose‹«, sagte Paulina, die, während ich sprach, gegoogelt hatte. »Hier steht in einem Beitrag, dass Anneliese Michel entgegen offizieller Darstellung nicht die einzige Exorzismustote in Deutschland in den vergangenen Jahrzehnten gewesen sei. Ihre Angehörigen behaupten, ihr Leichnam sei nicht verwest, und andere Menschen glauben, Anneliese sei ihnen erschienen. Ganz schön spooky.«

»Wenn Bruder Martin kein Priester war, dann kann er auch nicht als Exorzist tätig gewesen sein.«

»Aber Bruder Elezi. In der Heimat meiner Mutter sind solche Gespensterstorys weit verbreitet. Ich würde vermuten, da gibt es mehr Exorzisten als Busfahrer.« Paulina hatte polnische Wurzeln und war in einem erzkatholischen Umfeld aufgewachsen, was jedoch bei ihr zu einer tiefen Abneigung gegen alles Religiöse geführt hatte. »Ich ruf ihn mal an.« Paulina griff zum Telefon und wählte die Nummer des Karmelitenklosters. Nach einem kurzen Gespräch legte sie wieder auf. »Bruder Sandro ist nicht erreichbar. Er ist im Beichtstuhl.« Paulina runzelte die Stirn.

»Er macht seinen Job«, stellte ich fest. »Finden Sie nicht auch, dass wir mal wieder beichten gehen sollten?«

»Horst!«, ermahnte Paulina mich. »Wenn hier jemand beichtet, dann sind das die Verdächtigen auf dem Vernehmungsstuhl. Und die einzige Sünde, die ich mir bei Ihnen vorstellen kann, ist …« Stille.

»Jetzt müssen Sie aber lange nachdenken«, unterbrach ich ihr Schweigen.

»Ich überlege, was die schlimmere Sünde ist: Ihr Musikgeschmack oder Ihre Vorliebe für Kurzarmhemden. Aber Sie büßen ja auch und geißeln sich. Mit Ihrer Kaffeeplörre. Ich bin sicher, dass im Fegefeuer, wenn es eins gibt, nur Filterkaffee ausgeschenkt wird.«

»Jetzt ist aber gut. Kommen Sie einfach mit zum Beichtvater!«

***

Ich war mit einer gesunden fränkischen Volksfrömmigkeit aufgewachsen, hatte in meiner Heimatpfarrei den Ministrantendienst pflichtbewusst geleistet und war jedes Jahr mit der Pfarrjugend in das sommerliche Zeltlager mitgefahren. Mit dem Eintritt ins Erwachsenen- und Berufsleben hatte ich mich von der Institution Kirche immer mehr entfernt, was keine bewusste Distanzierung war, sondern einfach so passierte. Als meine Beamtenlaufbahn beim bayerischen Zoll an der deutschdeutschen Grenze begann, erinnerte ich mich auch daran, dass Zöllner in der Bibel keinen besonders guten Ruf hatten.

Heute zahlte ich immer noch ordnungsgemäß meine Kirchensteuer, überwies das Kirchgeld und spendete großzügig für die jährliche Caritas-Haussammlung und die Sternsinger, ich achtete den »Erdbeerschorsch« genannten Oberhirten als wichtige moralische Instanz, und die Mitgliedschaft zur allein selig machenden katholischen Kirche, wie es früher geheißen hatte, war für mich eine praktische Absicherung für den nicht auszuschließenden Fall, dass nach dem irdischen Dasein doch noch etwas zu erwarten sein sollte. Meine Glaubensüberzeugung war, dass weder die Atheisten noch die frommen Gläubigen den Beweis dafür erbringen konnten, dass sie recht und die anderen unrecht hatten. Dennoch hatte ich einen Beichtstuhl seit Jahrzehnten nicht mehr von innen gesehen.

Wir betraten die prächtige Karmelitenkirche durch die große Holztür und einen verglasten Windfang und spürten sofort eine angenehme Kühle. Links im hinteren Bereich neben einem Eisengitter stand unübersehbar in schwarzen Großbuchstaben an der Wand »Beichte und Beichtgespräch« geschrieben.

»Der Andrang hält sich in Grenzen«, flüsterte Paulina. Eine grüne Lampe signalisierte freien Zutritt zum Empfang des Bußsakraments. Darunter befand sich ein Namensschild, das auf den Beichtvater »S. Elezi O. Carm.« hinwies.

»Sie oder ich?«, fragte ich leise. Paulina trat einen Schritt zurück und ließ mir mit einer ausladenden Handbewegung den Vortritt. Ich klopfte leise an, dann öffnete ich vorsichtig die weiße Holztür. Was ich hier vorfand, war kein Beichtstuhl, wie man ihn klassischerweise kennt. Rechts sah ich einen quadratischen hölzernen Besprechungstisch mit jeweils einem nicht sehr bequem aussehenden Sessel an jeder Seite. Die Mitte des Tisches trennte eine meterhohe Plexiglasscheibe, die aufgrund ihrer Durchsichtigkeit eher eine Infektionsschutzmaßnahme war, als dass sie dafür hätte dienen können, die Anonymität zu wahren. Wer beim Beichten unerkannt bleiben wollte, konnte linker Hand Platz nehmen. Die hölzerne Wand mit einem Fenster und einem violetten Vorhang erinnerte mich ein wenig an ein Kasperletheater.

Ich beugte mich vor das Beichtfenster, und bevor ich etwas sagen konnte, hörte ich erst das Knipsen eines Schalters, dann eine Stimme mit osteuropäischem Akzent: »Im Namen des Vaters und des Sohnes und des Heiligen Geistes.«

»Amen«, antwortete ich reflexartig. »Ich komme, um …«

»Du möchtest deine Sünden bekennen und umkehren, mein Sohn. Wann war deine letzte Beichte?«

Ich räusperte mich. »Um ehrlich zu sein, mein Name ist …«

»Pssst«, zischte der Beichtvater. »Gott allein weiß, wer du bist. Bekenne deine Schuld!«

Ich reagierte allergisch darauf, von fremden Personen geduzt zu werden. Diese verbreitete Unsitte wurde von manchen Firmen bereits zur Unternehmenskultur erhoben, wie ich immer häufiger in Stellenanzeigen las. In der katholischen Kirche hatte ich dies abgesehen von den Jugendverbänden und vom Friedensgruß in der Messe nicht erwartet. Andererseits wurde hier ja auch der höchste Chef und Machthaber, der Herrgott persönlich, im Gegensatz zu anderen Sprachen mit Du angesprochen. Ich widersprach dennoch per Sie.

»Mein Name ist Hauptkommissar Müller, Kripo Bamberg. Und ich möchte Ihnen gerne ein paar Fragen zum Tod von Bruder Martin stellen.«

In dieser Sekunde wurde der violette Vorhang ruckartig beiseitegeschoben. Dahinter sah ich das vollbärtige schmale Gesicht von Pater Elezi. Über seinen Schultern hing eine ebenfalls violette Stola.

»Sagen Sie das doch gleich!« Elezi trat neben die Holzwand, hinter der ich einen gepolsterten Drehstuhl und einen kleinen Schreibtisch sah.

»Ich bitte noch meine Kollegin dazu, Frau Kowalska wartet draußen«, sagte ich.

Als wir zu dritt in der fensterlosen Kammer standen, glaubte ich zu spüren, wie der Sauerstoff knapp wurde.

»Können wir woanders ungestört reden, Herr Elezi?«

Der Pater nickte. »Gehen wir in den Kreuzgang. Es kommt heute eh niemand mehr zur Beichte.«

Es blieb unklar, ob er mit »heute« tatsächlich den heutigen Tag meinte oder eher »heutzutage« sagen wollte. Er öffnete eine Tür, hinter der eine steinerne Treppe nach unten führte. Nach dem Drücken eines Lichtschalters war am Ende der Stufen eine weiße erleuchtete Fatima-Madonna zu sehen, fast wie eine Erscheinung. Dann führte er uns durch einen langen Gewölbegang. Unsere Schritte auf dem steinernen Boden hallten. Am Ende des Ganges war in einer Seitenkapelle eine Grabstätte für verstorbene Ordensmänner zu sehen. Die Namen der rund zwanzig Toten waren in quadratische Steinplatten graviert, hinter denen sich die Schiebegräber befanden. Davor stand eine rot leuchtende Kerze vor einer Tafel mit den Worten »Gott lebt. Ich stehe vor seinem Angesicht«.

»Hier wird das Grab von Bruder Martin sein«, sagte Elezi und deutete auf eine weiße Stelle an der Wand. »Es sind noch genug Grabplätze für alle noch lebenden Brüder hier. Es ist ein tröstliches Gefühl zu wissen, wo man seine letzte Ruhestätte finden wird.«

»Entspricht das den Vorschriften der Friedhofsverordnung?«, fragte ich. »In Deutschland müssen doch Beerdigungen auf öffentlichen Friedhöfen stattfinden.«

»Wir haben die Erlaubnis der Stadt, unsere Verstorbenen auf dem Klostergelände zu begraben. Den Jahreszahlen können Sie entnehmen, dass unsere Brüder hier seit 1990 bestattet werden. Damals wurden die Grüfte auf dem Stadtfriedhof aufgelassen und die dort bestatteten sterblichen Überreste unserer Mitbrüder in ein Sammelgrab hier in der Krypta überführt.«

Ich war beruhigt, dass alles den Vorschriften entsprach. Einige Meter weiter führte wieder eine Treppe hinauf. Und plötzlich standen wir im hellen Kreuzgang des Klosters. Ich kniff die Augen zusammen, um mich an das Sonnenlicht zu gewöhnen. Ein grüner Teppichboden war provisorisch verlegt. Überall lagen Kabel, Zementsäcke und Einzelteile von Metallgerüsten. Der Kreuzgang hatte eine Größe von geschätzt dreißig mal dreißig Metern. Durch die Säulen unter den romanischen Arkadenbögen konnte man in einen gepflegten Garten mit Gras und roten Rosen blicken. Zwei Spatzen zankten miteinander.

»Sie müssen entschuldigen. Hier ist noch überall Baustelle. Es wird noch eine Weile dauern, bis die siebenundachtzig Wohnungen bezugsfertig sind.«

»Siebenundachtzig Wohnungen?« Paulina staunte. »Wahnsinn!«

»Wir sprechen von sechstausend Quadratmetern Nutzfläche. Die Baufirma nennt es Klosterkarree.«

»Aber das werden eher keine Sozialwohnungen auf dem Gelände des Bettelordens«, vermutete ich.

»Für dreihunderttausend Euro können Sie eine kleine Zwei-Zimmer-Wohnung haben. Sofern nicht schon alle verkauft sind. Aber die Krypta, die Sie eben gesehen haben, bleibt Sondereigentum des Ordens. Und der historische Kreuzgang aus dem vierzehnten Jahrhundert bleibt für die Öffentlichkeit zugänglich. Hier werden weiter kulturelle Veranstaltungen wie Lesungen stattfinden. Das ist vertraglich festgeschrieben. Ohne den Verkaufserlös wären wir nicht in der Lage, die notwendige Kirchensanierung zu bezahlen. Die Orden hängen nicht am Tropf der Kirchensteuern, müssen Sie wissen.«

»Und aus den ehemaligen Mönchszellen werden jetzt Suiten mit Wohn-Ess-Bereich für Neureiche?« Paulina lachte. »Schwer vorzustellen.«

»Ja, es ist schwer vorzustellen. Aus der ehemaligen Klosterbibliothek wird tatsächlich ein Hundertdreißig-Quadratmeter-Loft. Im Refektorium sollen auf zweihundertachtzig Quadratmetern Großraumbüros entstehen. Und die einzelnen Zellen bleiben natürlich nicht erhalten. Da werden Wände versetzt und herausgerissen. Alles unter der strengen Aufsicht des Denkmalschutzes. Aber ich nehme nicht an, dass Sie gekommen sind, um sich diese Luxusimmobilien erläutern zu lassen. Wie kann ich Ihnen helfen?«

»Kennen Sie Frau Welge?«, fragte Paulina direkt.

Einen Moment sah ich Irritation in seinem Blick. Dann antwortete er sicher: »Wenn Sie von Brigitte Welge sprechen, ja. Eine fromme Frau, die um seelsorgliche Hilfe gebeten hat.«

»Sie heißt Barbara«, sagte ich. »Und wenn wir ihre Mail richtig lesen, bittet sie um eine Teufelsaustreibung.«

Elezi reagierte nicht wie erwartet auf meine provozierende Formulierung, sondern neigte nur den Kopf zur Seite und sprach: »Ich weiß nicht, welche Vorstellungen Sie aus Horrorfilmen haben. Aber es geht hier um ein Befreiungsgebet. Mit Frau Welge habe ich mehrmals telefoniert. Sie hat ein Problem, bei dem sie professionelle Hilfe benötigt.«

Ich schaute an eine der Säulen und entdeckte eine Darstellung von Adam und Eva nach dem Sündenfall.

»Sind Sie ein Exorzist?«, fragte Paulina direkt.

»Wenn Ihre Frage bedeutet, ob ich vom Bischof mit der Durchführung des Exorzismus beauftragt bin, lautet die Antwort: nein. Es gibt in Deutschland kaum irgendwo einen offiziell beauftragten Exorzisten, so wenig, wie es offiziell durchgeführte Exorzismen gibt.«

»Das klingt so«, entgegnete ich, »als ob es auch eine inoffizielle Antwort gibt. Wie lautet die?«

»Nun, ich selbst kenne mindestens dreißig Priester, die täglich irgendwo in Deutschland einen Exorzismus beten, ohne dass ihr Bischof davon weiß. Aber der Exorzismus soll geheim bleiben. Schon Jesus sagte, nachdem er den Satan verjagt hat: ›Geht hin und sündigt nicht mehr und erzählt niemandem davon.‹ Die Nachfrage ist groß. Ich bekomme regelmäßig entsprechende Bitten. Natürlich sind nicht alle vom Teufel besessen. Manche haben einfach nur Eheprobleme, oder ihr Dämon ist der Teufel Alkohol oder die Einsamkeit. Dafür, dass man Stimmen hört oder Erscheinungen sieht, kann es medizinische Erklärungen geben wie Psychosen oder Schizophrenie.«

»Und wenn es keine medizinische Erklärung gibt, kommen Sie mit dem Weihwasserschwengel?«, fragte Paulina nicht ohne Spott.

»Langsam, junge Frau. Weil Sie den Exorzismus im offiziellen Seelsorgeangebot der Kirche nicht finden und weil die Existenz des Teufels von den meisten Priestern wenn nicht geleugnet, dann zumindest verschwiegen wird, sind Betroffene darauf angewiesen, über inoffizielle Wege entsprechenden Kontakt zu finden. Dabei ist die Gefahr groß, dass sie an Scharlatane und Kurpfuscher geraten, die ihnen nur das Geld aus der Tasche ziehen. Manche Menschen glauben, man könnte den Satan bezwingen, wie man einen hässlichen, eitrigen Pickel ausdrückt. Doch wenn man es falsch macht, entzündet sich das Gesicht, und man kann eine tödliche Blutvergiftung erleiden. Ich sehe es als meine Aufgabe, ein seriöses katholisches Angebot für Menschen zu machen, die in einer seelischen Not Hilfe brauchen.«

»Weil sie glauben, vom Teufel besessen zu sein?«

»Wenn Sie es so ausdrücken wollen, ja.«

»Und Frau Welge ist so eine Person?«, wollte ich wissen.

»Sie kann nicht mehr beten. Sie sagt, dass ihr der Name Gottes nicht mehr über die Lippen kommt.«

»Sie braucht einen Logopäden«, spottete Paulina.

Elezi ignorierte Paulinas Bemerkung und fuhr fort: »Es sind wohl noch weitere Dinge in ihrem Haus geschehen, worüber sie am Telefon nicht sprechen kann. Es klingt für mich überzeugend, ich werde mir vor Ort ein eigenes Bild machen.«

»Was hatte Bruder Martin mit ihren Teufelsgeschichten zu tun? Wir haben ein Buch über Dämonen auf seinem Schreibtisch gefunden.«

»Als Social-Media-Manager des Konvents war er der Erstkontakt für alle, die sich über die Onlinekanäle gemeldet haben. Außerdem baut er in meinem Auftrag eine WhatsApp-Gruppe auf für Betroffene.«

»Das ist in jeder Hinsicht so was von cringe«, murmelte Paulina.

»Wie bitte?«

»Schon gut. Hatte Bruder Martin also selbst persönlichen Kontakt mit Menschen, die sich vom Satan besessen fühlen?«, fragte sie.

»Selbstverständlich. Er hat oft die ersten Gespräche geführt. Es sind zu viele Anfragen, als dass ich mich um alle selbst kümmern könnte.«

»Falls sich der Verdacht bestätigen sollte, dass jemand Bruder Martin vergiftete Pralinen per Post geschickt hat, können Sie sich einen Zusammenhang mit diesen Kontakten vorstellen?«, erkundigte ich mich.

»Das weiß ich nicht. Aber um es mal klar zu sagen: Für den Satan ist nichts unmöglich. Er kann sich eines Menschen bedienen, um sein teuflisches Werk zu tun. Ich bin überzeugt, dass Hitler, Putin, Bin Laden und Merkel Werkzeuge des Widersachers sind.«

»Haben Sie gerade Merkel gesagt und in einem Atemzug mit Hitler genannt?« Ich glaubte, mich verhört zu haben.

»Verstehen Sie mich richtig: Dass die frühere Bundeskanzlerin mit ihrer Politik dazu beigetragen hat, die Grenzen für die muslimischen Flüchtlinge zu öffnen und später das tödliche Coronavirus im ganzen Land zu verbreiten, das hat sie gewiss nicht in böser Absicht getan. Aber der Satan hat ihr Handeln geleitet.«

Paulina tippte mit dem Zeigefinger an ihre Stirn. Und ich wechselte das Thema mit den Worten: »Lassen wir die Politik doch besser außen vor.«

»Ich würde noch weiter gehen und behaupten, dass auch Bischöfe bis hin zum Papst nicht davor gefeit sind, dass sich der Teufel ihres Handelns bemächtigt. Es geschieht in der Kirche derzeit so viel, was des Teufels ist.«

»Sie sprechen jetzt vom Kindesmissbrauch?«, fragte Paulina.

»Auch. Jeder Kinderschänder ist ein personifizierter Teufel, keine Frage. Ich meine aber auch die Versuche, durch sogenannte Reformen an den zweitausend Jahre alten Grundwerten der Kirche zu rütteln, was sie zum Einsturz bringen könnte. Ich zitiere Papst Paul den Sechsten, der schon gesagt hat: Der Rauch Satans ist in den Tempel Gottes eingedrungen. Aber was ich eigentlich sagen will: Wer daran beteiligt ist, den Satan zu bekämpfen, lebt gefährlich. Lebensgefährlich.«

»Wie meinen Sie das?«

»Wenn ein Priester im Alleingang einen Exorzismus durchführt, ist sein Leben in Gefahr. Ich weiß von Fällen, wo der Exorzist selbst schwer krank geworden ist durch seinen Dienst. Wer sich mit dem Teufel einlässt, kann es sehr konkret selbst mit ihm zu tun bekommen. Deshalb sollte ein Priester nie allein exorzieren. Bruder Martin hat mich stets begleitet.«

»Können Sie uns eine Liste der Termine geben, bei denen er dabei war?«

»Da sehe ich leider das Beichtgeheimnis berührt. Aber wenn Sie mich fragen, sollten Sie Ihr Augenmerk auf eine Dame richten, mit der er recht intensiven Kontakt hatte.«

»Was meinen Sie? Und warum fällt das nicht unters Beichtgeheimnis?«, fragte Paulina.

»Es geht doch darum, dass Sie eventuell einen Mord aufklären wollen. Hier will ich nicht im Wege stehen. Und mit der Dame, die ich meine, hat Bruder Martin sich augenscheinlich auch außerhalb des seelsorglichen Verhältnisses getroffen. Haben Sie etwas zu schreiben?« Elezi diktierte uns einen Namen und die dazugehörige Adresse. Dann sagte er: »Übrigens hat Bruder Martin für morgen früh einen Termin bei Frau Welge in Hausen ausgemacht. Ich kann sie gerne fragen, ob sie etwas dagegen hat, wenn Sie mich begleiten.«

1. Juli 2010, Gaustadt

»Und man kann echt nichts mehr machen?«, fragte Ronny Berger am Telefon seinen Freund Josef, während er sich eine Marlboro Gold anzündete und aus dem Fenster des Pfarrbüros auf den Kindergarten schaute. Im Innenhof waren die Erzieherinnen damit beschäftigt, die Kinder mit Sonnencreme vor der hohen UV-Strahlung zu schützen. Ronny und Josef waren Schulfreunde auf dem Kaiser-Heinrich-Gymnasium gewesen, bevor Ronny in Forchheim die Banklehre begann und Josef in Würzburg Jura und Politikwissenschaft studierte. Heute war Josef Fachanwalt und ehrenamtlicher Stadtrat für die CSU. Normalerweise konnte Ronny alle Immobilienangelegenheiten selbst regeln, doch in dieser Auseinandersetzung mit einem Nürnberger Baukonzern brauchte er professionelle anwaltliche Hilfe.

»Die Herren von der V+S Company sind mit allen Wassern gewaschen. Dieser Konzern ist bundesweit mit großen Bauprojekten aktiv. In Bamberg wollen sie am Schönleinsplatz ein riesiges Einkaufszentrum mit fünfzig Geschäften bauen. Das Ding soll Schönlein Shoppingmall heißen, und der Bauantrag hat im Stadtrat für enormen Widerstand gesorgt, selbst in meiner Fraktion sind fast alle dagegen, obwohl die CSU ja normalerweise eher unternehmerfreundlich orientiert ist. In der Rechtsabteilung der V+S arbeiten mehr Juristen, als im Bamberger Rathaus Stadträte sitzen.«

»Aber meinen Kaufvertrag für die zwei Penthouse-Wohnungen auf dem Erba-Gelände habe ich doch gar nicht mit der V+S geschlossen, sondern mit der Insel-Immobilien GmbH. Die können doch jetzt nicht einfach so pleitegehen!«

»Können sie«, belehrte ihn Josef. »Genau zu diesem Zweck gründet so ein großer Baukonzern eine eigene GmbH für ein einzelnes Projekt. Und wenn irgendwas schiefläuft …«,

Ronny hörte, wie Josef mit den Fingern schnippte, »… wird der Laden abgewickelt, und der Mutterkonzern sucht sich ein neues Brachgelände. Du hättest mich wirklich vorher um Rat fragen sollen, bevor du mit dieser windigen Truppe Geschäfte machst. Bei diesem Kaufpreis, eine Dreiviertelmillion, für zwei Penthouses, die erst in zwei Jahren nach der Landesgartenschau fertig sein sollen, hättest du stutzig werden müssen.«

»Es ist genug Geld«, erwiderte Ronny.

»Ja, aber du hast so viel gezahlt ohne jede Sicherheit. Mehr als die Baupläne und ein am Computer gestaltetes Bild des Architekten hast du nicht gesehen. Die haben doch noch nicht einmal eine Baugenehmigung von der Stadt.«

»Aber sie haben mir versichert, dass die Genehmigung nur noch eine Formsache ist und dass sie noch nicht vorliegt, weil der zuständige Sachbearbeiter im Baureferat Grippe hat.«

»Wie kannst du nur so naiv sein, Ronny. Du bist doch ein Profi.«

»Die J. F. Vasold und Söhne GmbH, gegründet 1879, machte einen sehr soliden Eindruck.«

»Mag sein. Aber seit 1973 heißt der Laden V+S Company. Der heutige Geschäftsführer Berthold Kubanke ist ein eiskalter Unternehmer. Der würde über Leichen gehen.«

»Und du bist sicher, dass mein Geld weg ist? Das war mein gesamtes Kapital, das ich in dieses Bauprojekt investiert habe.«

»Du kennst doch den Spruch: Das Geld ist nicht weg, es hat jetzt nur jemand anders.«

Ronny lachte gequält.

»Wir werden natürlich klagen, es wird ein Insolvenzverfahren geben. Aber das Ganze kann sich über Jahre hinziehen. Ich helfe dir, wo ich kann. Aber die V+S hat viel Geld und einen langen Atem. Die werden notfalls durch alle Instanzen prozessieren und hoffen, dass bis dahin möglichst viele Kläger aufgeben. Sag mal, Ronny, du hast nicht wirklich dein gesamtes Geld da reingesteckt, oder?«

»Danke für deine Hilfe«, sagte Ronny, ohne die Frage zu beantworten. »Kommst du am Samstag auch zum Maxplatz Fußball schauen?«

»Würde ich gerne, aber wir haben Sonderparteitag der CSU in Bayreuth. Das Spiel wird dort im Anschluss übertragen. Da muss ich dabei sein, ich kandidiere ja für den Bezirksvorstand. Sorry, vielleicht klappt's ja zum Finale.«

»Du meinst, wenn Holland gegen Spanien spielt?«

»Du Optimist«, sagte Josef und legte auf.

Ronny drückte seine Zigarette in einem Aschenbecher auf dem Schreibtisch im Gaustadter Pfarrbüro aus. Von hier aus übte er seine ehrenamtliche Tätigkeit als Kirchenpfleger aus. Da die Pfarrsekretärin Frau Hutterer schon in die Sommerferien verreist war, bearbeitete er die Post und verteilte sie in die Eingangsfächer. Die meisten Briefe waren an Pfarrer Diabang persönlich adressiert. Er öffnete einen Umschlag mit dem Absender Oberfrankenstiftung.

»Bewilligungsbescheid für den Zuschuss zum Bau eines Jugendzentrums«, las er in der Betreffzeile. »Sehr geehrte Damen und Herren, die Oberfrankenstiftung fördert im Sozialbereich ein breites Spektrum von Projekten und Investitionen wie modellhafte Einrichtungen und Maßnahmen zur Erziehung und Bildung von Kindern und Jugendlichen. Der katholischen Kirchenstiftung St. Josef Bamberg-Gaustadt wird aufgrund eines Beschlusses des Stiftungsrats der Oberfrankenstiftung im Wege der Anteilsfinanzierung ein Zuschuss gewährt. Bitte teilen Sie uns auf dem beiliegenden Formular mit, auf welches Konto die Fördersumme in Höhe von fünfundachtzigtausend Euro überwiesen werden kann. Die Bewilligung erfolgt unter dem Vorbehalt, dass die Gesamtfinanzierung des Vorhabens gesichert ist und in allen Presseveröffentlichungen die Förderung durch die Oberfrankenstiftung in geeigneter Weise erwähnt wird. Mit freundlichen Grüßen …«

In diesem Moment signalisierte sein Blackberry einen Anruf. Die Nummer erkannte er sofort. Wieder ein Rechtsanwalt, diesmal der seiner Ex-Frau. Genau genommen durfte er sie bis zur rechtskräftigen Scheidung, die sich seit Monaten hinzog, noch gar nicht so nennen. Rechtmäßig waren sie noch verheiratet und lebten in Trennung. Der Anwalt Hahnzog war bislang nicht dadurch auffällig geworden, dass er das Scheidungsverfahren besonders beschleunigen wollte. Finanzielle Fragen über die Aufteilung des während der achtjährigen Ehe erwirtschafteten Vermögens boten einem ehrgeizigen Juristen viele Ansatzpunkte für eine Verzögerungstaktik. Da die Ehe kinderlos geblieben war, gab es keine Diskussionen um Sorge- und Umgangsrechte. Dafür konnte man sich umso mehr dem Thema Geld zuwenden.

»Berger«, meldete sich Ronny, nachdem er sich eine zweite Zigarette angezündet hatte. Nur wenn er allein im Pfarrbüro war, setzte er sich über das Rauchverbot hinweg. Drohende Strafen waren schon immer seine Motivation gewesen, Sünden zu vermeiden. So war er in seinem katholischen Elternhaus erzogen worden.

»Hahnzog, grüß Gott, Herr Berger«, meldete sich der Anwalt seiner Noch-Gattin. »Ich möchte Ihnen mitteilen, dass wir einen neuen Entwurf für eine Scheidungsfolgenvereinbarung formuliert haben. Nach diesem Telefonat werden Sie das Dokument in Ihrem E-Mail-Postfach haben. Ich bitte um Durchsicht und möglichst baldige Rückmeldung, ob Sie einverstanden sind. Die wichtigste Anpassung finden Sie unter Punkt vier.« Der Anwalt machte eine kurze Pause, dann fügte er in gesenkter Tonlage hinzu: »Wir gehen davon aus, dass Sie sich im Klaren sind, welche Folgen eine weitere Verzögerung des Verfahrens für Sie haben wird.«

»Danke. Sie hören von mir«, sagte Ronny nur und beendete das Gespräch.

Was für ein armseliger Rechtsverdreher, dachte er. Seit Monaten verschleppte er den Scheidungsprozess mit immer neuen finanziellen Forderungen. Und dann so eine unverschämte Bemerkung. Ronny klickte auf seinem Blackberry zum E-Mail-Eingang, öffnete das Dokument und scrollte direkt zum vierten Absatz.

»Um die finanzielle Altersabsicherung der Antragsgegnerin zu gewährleisten, überlässt ihr der Antragsteller per notarieller Beurkundung seine Eigentumsanteile an der Immobilie Hainstraße 14 bei gleichzeitigem Verzicht auf jegliches Nießbrauchrecht.«

Ronny las den Satz noch einmal.

Das ist Erpressung, dachte er. Im Kopf überschlug er die finanziellen Folgen, die eine Zustimmung zu dieser Klausel hätte. Das Haus im Hain, das sie gemeinsam bewohnt hatten und in dem Ingeborg seit seinem Auszug allein wohnte, war zwar renovierungsbedürftig, aber abbezahlt und in dieser Lage ein kleines Vermögen wert.

Ronny schloss die Augen, ließ sich in seinen Bürostuhl zurückfallen und nahm einen tiefen Zug seiner Zigarette.

DREI

Nachdem wir das Kloster verlassen hatten, erreichten wir über einen kurzen Fußweg die Adresse, die uns Bruder Sandro Elezi diktiert hatte. An der Ecke zwischen Elisabethenkirche und Regnitzufer grüßten wir zwei blau uniformierte Justizbeamte, die vor dem »Café Sandbad«, wie die Justizvollzugsanstalt im Volksmund genannt wurde, auf einen Gefangenentransport warteten und die Straße sicherten. Das Haus in der Unteren Sandstraße befand sich zwischen einem Spirituosenladen und der Kneipe »Zapfhahn«. Auf der anderen Straßenseite bewies das Firmenschild einer Fahrschule, dass man als guter Autofahrer nicht unbedingt den Umgang mit Genitiv und Apostroph beherrschen musste. Auf einem Schild neben der Eingangstür von Hausnummer sechs war zu lesen: »Sabine Zemler, Diplom-Psychologin, Privatpraxis für Hypnose, Aura-Analyse, Clearing und geistiges Heilen. Sprechstunden nach Vereinbarung«.

Die Haustür war nur angelehnt, wir traten ein. Ein mit Handlettering liebevoll gestaltetes Schild forderte dazu auf, zu den Praxisräumen die dunkle Treppe hinaufzusteigen. An den Wänden hingen expressionistische Gemälde. Die ausgetretenen Holzstufen knarzten und kündigten offenbar unser Ankommen an, denn von oben hörten wir eine Frauenstimme.

»Frau Hastenteufel? Sind Sie das schon? Ihr Termin ist erst in zwanzig Minuten.«

»Hass den Teufel«, flüsterte Paulina. »Was kommt als Nächstes?«

»Karel Gott vielleicht«, sagte ich schmunzelnd. Laut rief ich: »Wir sind von der Polizei und haben ein paar Fragen an Sie, Frau Zemler.«

»Polizei?« Sie stand nun am oberen Ende der Treppe und

schaute zu uns herunter. Man sah ihr an, dass sie alle möglichen Beschuldigungen durchging, derer man sie womöglich bezichtigen konnte. »Hat sich der Fahrlehrer wieder beschwert? Wegen der Katze?«

»Nein«, sagte Paulina, und wir zeigten beide unsere Dienstmarken. »Wir sind von der Kripo. Es geht um einen Todesfall. Dürfen wir reinkommen?«

Sabine Zemler trat zur Seite. Sie war Anfang vierzig und für ihr Alter durchaus attraktiv, was man natürlich so nie laut formulieren durfte, auch wenn es als aufrichtiges Kompliment gemeint gewesen wäre. Die dunklen Ansätze ihres langen Haares sollten erst gar nicht den Eindruck erwecken, das Blond könnte ihre natürliche Haarfarbe sein. Über einem schulterfreien roten Kleid trug sie eine Art Amulett. Sie leitete uns durch einen kleinen engen Korridor in ein niedriges, aber hell erleuchtetes Gesprächszimmer mit Dachschrägen, wo wir auf einem schwarzen Sofa unter einer Fensterluke Platz nehmen durften, während sie sich auf einen dunkelblauen Sitzsack setzte.

»Es geht um Martin Jakubas. Den Karmelitenbruder. Sie kennen ihn?«, begann ich das Gespräch.

»Ja. Was ist mit ihm?«

»Wir müssen Ihnen leider mitteilen, dass er heute früh gestorben ist.«

Sie holte Luft, schloss kurz die Augen, dann sagte sie leise: »Deshalb also.«

»Was meinen Sie?«

»Er hat mir heute noch gar nicht geschrieben. Er meldet sich sonst jeden Tag nach der Messe und schickt mir einen kurzen Gruß. Heute ist diese Nachricht zum ersten Mal seit Wochen ausgeblieben. Was ist passiert?«

»Wir ermitteln. In welchem Verhältnis standen Sie zu ihm? Und wie haben Sie ihn kennengelernt?«

»Warum ermittelt die Polizei? Hatte er einen Unfall? Und woher wissen Sie überhaupt …« Sie stockte kurz. »Elezi, stimmt's? Dem war unsere Freundschaft schon lange ein Dorn im Auge.«

»Richtig. Bruder Elezi hat von Ihrer Bekanntschaft berichtet. Die Todesursache ist noch nicht definitiv geklärt. Also? Woher kannten Sie sich?«

»Warten Sie bitte!« Sie holte aus einer Holzkiste eine Kerze, stellte sie auf den Boden und zündete sie an. »Die Seele eines Verstorbenen braucht manchmal Hilfe liebevoller Menschen, die ihn ins Licht begleiten.« Sie hielt kurz inne, dann blickte sie mich an. »Ich kannte Martin etwa ein halbes Jahr. Ich hatte von einer Klientin erfahren, dass bei den Bamberger Karmeliten ein Pater inoffiziell als Exorzist arbeiten soll. Ich gab mich als Interessentin aus und schrieb über das Kontaktformular auf der Homepage. Diese Anfrage landete bei Martin, und so kamen wir ins Gespräch.«

»Warum interessieren Sie sich für Exorzismus?«, fragte ich. »Bieten Sie so etwas selbst auch an?«

»Ich würde nie von Exorzismus sprechen, dieses Wort ist in der Öffentlichkeit sehr negativ behaftet. Ich arbeite mit Energieströmen und energetischen Heilmethoden. Jedes Lebewesen ist durchströmt von Energie, positiver oder negativer. Wenn ein Mensch von einem negativen Energiefeld blockiert ist, dann löse ich diese Destruktivität.«

»Ist der Teufel auch ein negatives Energiefeld?«, fragte ich.

Sie zögerte kurz mit der Antwort. »Ob es intelligente Energieformen gibt, die im Energiefeld eines Lebewesens destruktive Veränderungen erzeugen, das kann ich nicht beweisen. Es spielt für mich auch keine große Rolle. Aber ich halte es für möglich. Dass auf der Erde vieles passiert, was wir nicht sehen können und was die Wissenschaft nicht erklären kann, wird niemand bestreiten. Entschuldigen Sie, wenn ich das so sage: Aber ich spüre bei Ihnen, Herr Kommissar, ein sehr negatives Energiefeld. Passen Sie auf sich auf! Das ist ein gut gemeinter Rat.«

»Danke, ja, mache ich. Sie sind also nicht katholisch?«

»Getauft, ja. Aber ich finde die Wahrheiten im Judentum, im Hinduismus, Buddhismus oder Islam oder auch im Shintoismus genauso wie im Christentum. Wissen Sie, ich habe die Gabe, Energien wahrzunehmen und zu visualisieren, unabhängig von jeder Religion. Ich sage Ihnen ein Beispiel. Wenn ich ein ehemaliges Konzentrationslager besuche, Dachau oder Buchenwald, dann spüre ich wie an keinem anderen Ort das Böse, ich sehe es förmlich vor mir. Ich kann dann Menschen sehen, die dort leiden und sterben. Oder ich höre Hunde voller Angst bellen. Ich spüre quasi die Hölle auf Erden.«

»Das klingt sehr gruselig«, sagte ich. »Warum haben Sie die Karmeliten denn nun kontaktiert?«

»Die traditionelle Lehre der katholischen Kirche, die auf der Drohung mit dem Teufel und ewiger Verdammnis basiert, halte ich für sehr gefährlich. Einige meiner Klienten haben seit ihrer Kindheit schwere Traumatisierungen, weil ihre Eltern ihnen mit der Hölle gedroht haben, wenn sie nicht gehorchen. Ich bin Diplom-Psychologin und bewege mich mit meiner Praxis im Grenzbereich zwischen Naturwissenschaft, Schulmedizin und Metaphysik. Meine medizinische Hypnose hat nichts mit Hokuspokus zu tun.«

»Sie können Menschen in Trance versetzen und dazu bringen, wie ein Huhn zu gackern oder zu behaupten, sie würden Donald Duck heißen? Das habe ich schon mal bei ›Bamberg zaubert‹ auf der Showbühne gesehen«, erinnerte ich mich.

»Nein, nein. Medizinische Hypnose ist etwas ganz anderes als Showhypnose. Ich versetze Sie in einen tiefen Ruhezustand, in dem ich das Unterbewusstsein gut mit suggestiven Anweisungen erreichen kann. Ich könnte Ihnen so das Rauchen abgewöhnen.«

»Ich rauche nicht.«

»Oder Ihr Selbstbewusstsein stärken. Selbst Gewichtsreduktion mit Hypnose ist möglich.«

»Damit habe ich auch kein Problem. Aber sehr interessant.

Noch mal zurück zu Martin Jakubas. Um es direkt zu fragen: Hatten Sie ein Verhältnis mit ihm?«

»Nein«, antwortete sie sofort. »Für einen Klosterbruder war er zwar schon ziemlich attraktiv und flirty«, sie lächelte leicht verwegen, »und ich fand ihn auch sehr sympathisch. Ich kann mir vorstellen, dass es für Außenstehende anders gewirkt haben könnte. Aber da ist nichts Ernsthaftes gelaufen. Er war ein gläubiger Ordensmann. Und ich bin verheiratet.«

»Das ist ein Grund und kein Hindernis. Sagen manche.«

»Vergessen Sie es!«

»Dann beschreiben Sie doch mal Martin Jakubas«, sagte Paulina. »Was für ein Mensch war er? Und was hielt er von dieser Teufelsaustreiberei?«

Sie räusperte sich und atmete tief durch. »Dass er tot ist, kann ich immer noch nicht realisieren. Er hat diese Exorzismen sehr kritisch gesehen. Ich weiß, dass er Material gesammelt hat über Fälle, wo Menschen durch missglückte Austreibungen Schaden erlitten haben. Er hat viel von Klingenberg gesprochen. Anneliese Michel. Er war der Überzeugung, dass die meisten Leute, die nach einem Exorzisten rufen, eigentlich einen Psychiater brauchen. Und dass Anneliese Michel dafür der beste Beweis gewesen sei. Er sagte auch, dass es sehr gute Gründe hatte, dass die katholische Kirche den Exorzismus aus ihrem offiziellen Portfolio gestrichen hat.« Sie dachte kurz nach, bevor sie weiterredete. »Er war ein sehr ambitionierter Mensch. Wenn er sich etwas in den Kopf gesetzt hat, dann konnte er sich richtig darin verbeißen. Beim Recherchieren im Internet war er unschlagbar. Im Netz blieb ihm nichts verborgen. Zuletzt hatte er sich sehr intensiv mit diesem Gaibacher befasst.«

»Gaibacher? Sie meinen den OB-Kandidaten?«, fragte ich.

»Ja. Ich kenne ihn vor allem in seiner Funktion als Staatssekretär im Gesundheitsministerium. Er hat die Neufassung der Heilpraktikerordnung verantwortet. Dagegen habe ich eine Petition unterschrieben, weil damit zahlreiche Behandlungen nicht mehr anerkannt werden, bloß weil man ihre Wirkung nicht mit Studien beweisen kann, obwohl sie nachweislich vielen Menschen helfen.«

»Wer heilt, hat recht. Stimmt's?«, sagte ich.

»So ist es. Über Gaibacher hat Martin in letzter Zeit sehr viel recherchiert. Er hat aber nicht verraten, worum es ihm dabei ging. Mir schien auch, dass er ihn persönlich kannte.«

»Merkwürdig, oder?«, meinte Paulina, und Sabine Zemler zuckte mit den Schultern.

»Was ist mit Ihrem Mann?«, wollte ich wissen. »Wo können wir ihn erreichen?«

»Falls Sie ihn des Mordes aus Eifersucht beschuldigen wollen, ist das nicht nur abwegig. Er hat auch ein Alibi. Er ist an diesem Wochenende mit dem BdF auf Fortbildungsreise in Wien.«

»Was ist der BdF?«

»Der Bund deutscher Friedhofsgärtner. Mein Mann ist bei der Stadt angestellt.«

»Als Friedhofsgärtner?«, vergewisserte ich mich.

»Das ist ein ganz normaler Beruf. Ansgar ist ein spiritueller Legastheniker und pflanzt nur Blumen. Mit den Toten hat er nichts zu schaffen. Er kommt morgen zurück. Die Bildungsreise geht zu Falco und Udo Jürgens.«

»Die sind doch beide tot.«

»Und liegen auf dem Wiener Zentralfriedhof, genau.«

»Wir haben keine Fragen mehr«, sagte ich. »Und bald kommt sicher Frau Hastenteufel.«

»Namen sind Schall und Rauch, Herr Müller. Und wie gesagt: Passen Sie bitte auf sich auf! Wenn Sie Hilfe brauchen, können Sie mich jederzeit erreichen.«

Wir verabschiedeten uns, ich zählte fünfundvierzig Stufen bis zum Ausgang.

»Sagen Sie, woher wusste diese Hexe Ihren Namen? Wir haben uns doch gar nicht namentlich vorgestellt, oder?«

»Alles merkwürdig hier«, sagte ich und deutete auf das

Gebäude gegenüber. »Schauen Sie mal die Inschrift über der Tür!«

»›Haus zum Engel‹«, las Paulina vor, und wir überquerten die Straße.

»Und dort!« Ich zeigte mit der Hand über den Eingang von Nummer sechs, wo ein ovales Relief mit einer bunt bemalten Herz-Jesu-Darstellung zu sehen war.

»Halleluja«, rief Paulina.

»Es ist warm. Trinken wir noch eine Apfelschorle in der ›Mondschein‹-Bar?«, schlug ich vor. Paulina war einverstanden. Wir setzten uns in dem Lokal an einen Fensterplatz mit Blick auf die Markusbrücke. Und natürlich bestellte sie keine Apfelschorle, sondern eine Bionade.

»Haben Sie jetzt Angst, Horst?«, fragte Paulina.

»Wovor?«

»Dem Teufel. Die Warnung von Frau Zemler.«

Ich lachte. »Nein. Das Böse in der Welt begegnet uns tagtäglich, wer da empfindlich ist, sollte nicht zur Polizei gehen. Und wenn es so etwas wie den Teufel wirklich geben sollte: Unser Pfarrer hat zu uns Ministranten immer gesagt, der Teufel sei wie ein festgebundener Kettenhund. Er wird nur gefährlich, wenn man ihm zu nahe kommt.«

»Also Abstand halten, wie in der Pandemie. Ihr Wort in Gottes Ohr. Wenn es so etwas wie Gott wirklich geben sollte. Mit welchen Ermittlungsansätzen wollen wir weiterarbeiten?«

»Die Beteiligung des Toten an diesen mysteriösen Praktiken zur Teufelsaustreibung ist mir mehr als suspekt. Ich glaube, wir haben bisher nur an der Oberfläche dieser Szene gekratzt.«

»Ich finde das sehr gruselig«, sagte Paulina. »Und ganz ehrlich: So eine Warnung würde mir Angst machen. Ich habe echt Gänsehaut bekommen.«

»Wenn es ganz schlimm wird, wissen wir ja, wo wir eine professionelle Teufelsaustreibung bekommen, nicht wahr?

Und dieses Buch über die Dämonen, das wir bei Jakubas gefunden haben, nehme ich mal mit nach Hause. Vielleicht lerne ich noch was.«

Eine junge Kellnerin brachte uns die Getränke.

»Sie denken also, wir sollten an dem Exorzismus bei dieser Frau Welge teilnehmen, wenn sie einverstanden ist?«

»Zumindest sollten wir mal mit ihr reden. Allerdings sollten wir auch die Möglichkeit einer Beziehungstat nicht aus dem Auge verlieren.«

»Sie meinen Mord aus Eifersucht? Herr Zemler?«

»Der Mörder ist vielleicht doch manchmal der Gärtner«, kalauerte ich. »Allerdings wäre Mord durch vergiftete Schokolade eher untypisch für einen Mann.«

»Auch wenn die Statistik Ihnen recht gibt, Horst, ist diese Aussage doch ein bisschen frauendiskriminierend, finden Sie nicht?«

»Jedenfalls sollten wir morgen Herrn Zemler einen Besuch abstatten. Auf dem Friedhof war ich lange nicht mehr.« Ich schaute auf meine Tchibo-Armbanduhr. »Und für heute ist Feierabend.«

***

Ich schrieb Andrea eine Nachricht, dass wir unser Treffen verschieben mussten. Zu meiner Wohnung in der Kleberstraße waren es nur wenige Schritte. Fast vor der Haustür auf dem Markusplatz war ein kleiner Rummelplatz aufgebaut. Aus Lautsprechern war Alpenrock von Andreas Gabalier zu hören. An mehreren kleinen Ständen gab es Popcorn, Zuckerwatte und die unvermeidlichen Bratwürste. Dass es sich um kein normales Volksfest handelte, sondern eine politische Veranstaltung, war an den Infoständen zu erkennen, wo ein glatt rasierter und akkurat gescheitelter Endvierziger Flugblätter, Kugelschreiber und blaue Luftballons mit CSU-Logo verteilte.

Ich schaute mich um, ob ich jemanden erkannte, entdeckte aber kein bekanntes Gesicht. Auch der frühere Chef der Bamberger Polizei, der inzwischen als Abgeordneter im Landtag saß, war nicht zu entdecken. Doch dann sah ich den Imbissstand von Qian Peng, der seine legendäre Pekingente verkaufte. Zwar hätte ich gegen eine christlich-soziale Bratwurst mit Senf weder politische noch sonstige Einwände gehabt, aber mit Peng zu plaudern war immer kurzweilig und wäre nach den dienstlichen Begegnungen an diesem Tag ein guter Kontrast.

»Ente gut?«, fragte ich zur Begrüßung.

»Alles gut!«, antwortete der chinesischstämmige Bamberger, der für die CSU bereits im Stadtrat gesessen hatte, vier Jahre lang Integrationsbeauftragter der Staatsregierung und bei der letzten Kommunalwahl erfolglos als Oberbürgermeister-Kandidat gegen Amtsinhaber Alfred Marienberg angetreten war. Der Rücktritt Marienbergs, der durch einen vom »Fränkischen Tag« und von einem vorlauten Kleinstadtkabarettisten aufgedeckten sogenannten Büroklammern-Skandal erzwungen worden war, machte jetzt vorzeitige Neuwahlen erforderlich. Dafür trat der aus Bamberg stammende Gesundheitsstaatssekretär Sepp Gaibacher für die CSU an.

»Hallo, Herr Peng, schön, Sie zu sehen. Sie wollten wohl nicht mehr antreten bei der Wahl?«

Peng winkte ab. »Eine OB-Kandidatur im Leben reicht mir. Und der Sepp macht das echt gut.« Er deutete auf den hochgewachsenen Anzugträger mit weißem Hemd und Schlips am Infostand.

»Ach, das ist der Gaibacher. Der sieht gar nicht wie ein Sepp aus. Eher wie ein Lasse oder Ole«, scherzte ich. »Einmal Ente süßsauer bitte!«

»Stimmt schon. Der Sepp kommt gebürtig aus Emden, lebt aber seit seiner Kindheit in Franken. Dass er sich Sepp nennt, soll wohl sein hanseatisches Äußeres ausgleichen.«

»Einen Zugereisten ins OB-Rennen zu schicken ist doch

schon einmal gescheitert.« Ich lachte. »Ich dachte immer, dass in Bamberg eher ein Chinese Bürgermeister wird als ein Ostfriese. Ich verstehe bis heute ja nicht, warum Marienberg zurücktreten musste. War das wirklich eine Kampagne der Zeitung, wie viele in seiner Partei behaupten? Was genau hatte es mit den Büroklammern auf sich?«

Peng seufzte. »Das ist eine lange Geschichte. Aufgedeckt hat sie der Sendelbacher.«

»Felix Sendelbacher, der Kolumnist des ›Stadt-Blättla‹?«

»Genau. Irgendein Whistleblower hat ihm die Info gesteckt, dass seit dem Amtsantritt von Marienberg im Rathaus alle Büroklammern bei der Mühlmichel Bürobedarf GmbH aus Pommersfelden bestellt wurden.«

»Hm, und?« Ich nahm die Ente von Peng entgegen.

»Was niemand offiziell wusste: Der Inhaber Paul Mühlmichel ist der Schwager von Marienberg, also der Mann der Schwester des Bürgermeisters.«

»Ja, verstehe. Aber was kostet eine Büroklammer? Ein zehntel Cent?«

»Nicht wenn man verzinkte Büroklammern aus Edelstahl ordert. Und das über Jahre hinweg. Sie glauben nicht, wie groß in einer Behörde der Bedarf an Büroklammern ist.«

»Doch, das kann ich mir gut vorstellen. So weit sind wir mit der Digitalisierung noch nicht. Der OB wurde also der Vetternwirtschaft bezichtigt?«

Peng nickte. »Die Stadtspitze hat umgehend Anzeige erstattet. Aber nicht wegen der Vorwürfe, sondern gegen unbekannt wegen Geheimnisverrats. Erst ein fraktionsloser Stadtrat hat dann Strafantrag bei der Staatsanwaltschaft wegen Untreue gestellt. Das Verfahren wurde aber eingestellt, weil durch einen dummen Zufall im Rathaus bei einem Büroumzug die Belege über die Büroklammernbestellungen versehentlich geschreddert wurden. Und da nicht alle im Umlauf befindlichen Büroklammern sichergestellt werden konnten und man an einer einzelnen Büroklammer ohne Laboruntersuchung auch nicht den Hersteller erkennen kann, verlief alles im Sande.«

»Dann gilt Marienberg juristisch also als unbescholten. Und warum musste er trotzdem zurücktreten?«

»Er hat einen Rücktritt lange kategorisch ausgeschlossen. Die Presse hat dann aber eine beispiellose Kampagne gefahren, der Sendelbacher hat eine Kolumne nach der anderen nachgelegt, bis irgendwann auch die Süddeutsche und das Bayerische Fernsehen berichtet haben. Schließlich konnte Marienberg den Druck nicht mehr aushalten. Um Schaden vom Amt abzuwenden und seine Familie zu schützen, wie es immer so schön heißt.«

»Ob es das schon mal gab, dass ein OB über Büroklammern stürzt … Und was ist Gaibacher für ein Typ?«

»Jurist. Und sehr korrekt. Er hat sich in der Staatsregierung im Justizministerium verdient gemacht, bevor er in der Coronapandemie Staatssekretär im Gesundheitsministerium wurde. Es gibt zwar Vorwürfe gegen ihn, dass er etwas mit dubiosen Maskendeals zu tun gehabt habe, und er musste deshalb auch vor einem Untersuchungsausschuss im Landtag aussagen. Aber da ist nichts dran, ganz sicher. Er hat immer korrekt gehandelt und nur das Wohl der Bürger im Blick gehabt. Seine politische Karriere hat im Bamberger Stadtrat begonnen.«

»Dort soll sie jetzt ihren Höhepunkt erreichen?«

»Wir arbeiten daran. Er wird gleich eine Rede halten.«

Wir plauderten noch ein wenig über dies und das, denn der Andrang beim Chinaimbiss hielt sich in Grenzen. Die meisten gaben doch dem kulinarischen Klassiker in Franken, der Bratwurst, den Vorzug.

Als die Schlagermusik verstummte, trat Gaibacher auf ein kleines Podium mit einem Rednerpult, woran ein Plakat mit dem Slogan »Jetzt erst Recht! Gaibacher ins Rathaus!« befestigt war. Die rund hundertfünfzig Anwesenden versammelten sich vor der Bühne, unter ihnen einige Vertreter von Presse und Rundfunk.

»Liebe Freundinnen und Freunde, liebe Bamberger, ich freue mich, dass heute so viele hierhergekommen sind, und ich darf die herzlichen Grüße unseres Ministerpräsidenten mitbringen, der sich sehr darüber freut, dass ich heute ausgerechnet am Markusplatz zu Ihnen sprechen darf.« Die Zuhörer lachten, der erste Gag saß, Punkt für Gaibacher.

»Wir sind hier an der Kleberstraße, und dieser Name soll nicht länger daran erinnern, dass in unserem Rathaus jemand viel zu lange an seinem Sessel geklebt hat.« Und wieder lachten die Menschen, einige applaudierten. »Ich freue mich auch, dass ich hier sozusagen im Schatten des Hauses zu Ihnen sprechen darf, wo viele von Ihnen das Licht der Welt erblickt haben, sofern sie vor 1984 in Bamberg geboren sind, so wie Thomas Gottschalk.« Er deutete auf das Marcushaus, wo sich die Frauenklinik befunden hatte, bevor das neue Krankenhaus am Bruderwald gebaut worden war. »Und dass ich hier vor dem Zelt der Religionen stehe, das zur Landesgartenschau 2012 aufgebaut wurde, ist ein Zeichen für unser christliches Menschenbild sowie die Toleranz, die wir allen anderen Weltanschauungen gegenüber zeigen. Diese Werte, für die wir stehen, müssen endlich auch wieder in die Kommunalpolitik unserer schönen Stadt Einzug halten. Der schönsten Stadt Deutschlands, ach, was sag ich, der schönsten Stadt der Welt!«

Der Jubel war groß, Gaibacher genoss sichtlich den Beifall. Noch eine Weile redete er über die Vorzüge und das Entwicklungspotenzial der Stadt, kündigte für den Fall seiner Wahl einige Wohltaten für die Bürgerschaft wie kostenloses Parken in der Innenstadt und flächendeckendes WLAN an, bevor er auf den scheidenden Amtsinhaber zu sprechen kam.

»Zehn Jahre lang hat Alfred Marienberg im Rathaus wie ein Gutsherr regiert. Er hat seine Günstlinge befördert und wie an einem Hofstaat hoch dotierte Posten geschaffen. Hat mal jemand ausgerechnet, welche Kosten diese Personalpolitik für die Bürgerinnen und Bürger verursacht hat?« Einzelne Buhrufe bestätigten die Wirkung seiner Rede. »Und zuletzt hat er unsere Stadt in der ganzen Republik der Lächerlichkeit preisgegeben. Die Büroklammern-Affäre ist die größte Blamage für Bamberg seit dem Debakel um die Brückenfinanzierung und dem Überstunden-Skandal.« Seine Stimme wurde lauter. »Ich kann keine Büroklammer mehr verwenden, ohne mich fremdschämen zu müssen, meine Damen und Herren. Deshalb benutze ich im Büro nur noch einen Tacker.«

Rhetorisch sehr gekonnt, dachte ich. Er verband politische Attacken mit humoresken Pointen, das gab seiner kämpferischen Rede eine unbeschwerte Leichtigkeit.

»Bei allen unlauteren Methoden, die im Rathaus angewendet wurden, muss ich heute einen weiteren Verdacht äußern. Und ich würde das nicht tun, wenn ich keine Hinweise hätte, die mehr sind als vage Vermutungen.«

Es herrschte atemlose Stille, Gaibacher hatte die Aufmerksamkeit aller Anwesenden auf sich gezogen. Ein junger Mann mit weißem Baseballkäppi und Schreibblock in der Hand horchte auf. Vermutlich ein FT-Reporter.

»Wenn Sie die sozialen Netzwerke verfolgen und auf Facebook aktiv sind, dann werden Sie bemerkt haben, dass eine Reihe von Personen auf dem Höhepunkt der Büroklammern-Affäre sehr engagiert den Oberbürgermeister verteidigt und meine Person übelst attackiert haben, wobei sie der Grenze der Gürtellinie oftmals sehr nahe gekommen sind. Ich kann Ihnen heute mitteilen, dass sich die Hinweise verdichten, dass es sich bei mindestens drei dieser Marienberg-Fans um Fakeprofile handelt, die von Marienberg oder seinem direkten Umfeld gesteuert wurden. Und ich sage Ihnen: Das geht gar nicht. Wer sich mit Fakefiguren seinen eigenen Beifall erschafft, hat auf der politischen Bühne nichts verloren. Ich gehe noch weiter und nenne Ihnen die Namen der erfundenen Accounts, die unter falschem Namen politische Hetze betrieben haben: Franz Steffens, Hans Bamberger und Gerhard Schulze. Ich fordere hier und heute Alfred Marienberg und seine Fraktion auf, die Namen der Hintermänner zu nennen und den weiteren

Wahlkampf mit offenem Visier zu kämpfen. Fake-Accounts dienen nicht der Anonymität, sondern der Meinungsmanipulation. Fake, Lüge und Betrug haben in unserem Rathaus nichts zu suchen, meine Damen und Herren!« Dann wurde er leiser und fügte hinzu: »Ich gehe heute eine Wette ein. Ich zahle tausend Euro demjenigen, der sich mit Personalausweis als einer der drei genannten Herren bei mir zu erkennen gibt. Und ich wette, dass sich niemand melden wird.«

Die Menge applaudierte und jubelte. Ich sah mehrere vor allem jüngere Personen, die hektisch auf ihren Smartphones tippten. Entweder suchten sie auf Facebook nach den genannten Namen, oder sie posteten Videos von der Rede in den lokalen Facebook-Gruppen wie »Du bist ein echter Bamberger, wenn …«. Gaibacher genoss noch einen Moment die Zustimmung, reckte die Faust siegesgewiss in die Luft, trat dann vom Podest hinunter und ging direkt auf den Stand von Qian Peng zu.

»Jetzt brauche ich eine Stärkung«, sagte er und bestellte gebratene Nudeln.

»Beeindruckende Rede«, sagte ich. »Darf ich mich vorstellen? Müller, Horst. Kriminalpolizei.«

Gaibacher gab mir die Hand und lachte. »Ermitteln Sie schon wegen der Fake-Accounts? Sie sind ja schneller, als die Polizei erlaubt.«

»Sagt Ihnen der Name Martin Jakubas etwas?«

Gaibacher zögerte einen kurzen Moment, bevor er antwortete: »Ja, schon. Der Karmelit. Den kenne ich flüchtig, ja.«

»Woher, wenn ich fragen darf?«

Er dachte kurz nach. »Das weiß ich nicht genau. Wissen Sie, ich habe als Politiker so viele Kontakte und Gespräche, da kann ich mich nicht an jede Einzelheit erinnern. Warum fragen Sie?«

»Herr Jakubas ist tot. Er starb heute früh.«

»Er ist tot? Um Gottes willen, das tut mir sehr leid. Was ist passiert?« Er wurde blass.

»Dafür, dass Sie ihn nicht gut kennen, reagieren Sie erstaunlich betroffen«, stellte ich fest.

»Es lässt mich nicht kalt, wenn jemand stirbt. Mein Gott, woran ist er gestorben?«

»Wir ermitteln und warten noch auf das Obduktionsergebnis. Sind Sie katholisch, Herr Gaibacher?«

»Ja, natürlich. Ich bin Mitglied bei den Grabesrittern und im Katholischen Kasino. Warum fragen Sie?«

»Haben Sie schon mal mit einem Exorzismus zu tun gehabt? Ich frage nur so.«

»Wie bitte? Nein. Gott bewahre!«

»Und Bruder Jakubas kennen Sie wirklich nicht näher? Haben Sie eine Erklärung dafür, dass der Verstorbene sich mit Ihrer Person beschäftigt hat?«

»Im Zusammenhang mit Teufelsaustreibungen? Nein, das kann ich mir in keiner Weise erklären. Tut mir leid.«

»Warum ist Ihre Kundgebung eigentlich hier auf dem Markusplatz und nicht vor dem Rathaus auf dem Maxplatz?«, wollte ich wissen.

»Das wäre natürlich passend gewesen. Aber da ist heute Blues- und Jazzfestival. Eintritt frei, Sie wissen schon.«

In diesem Moment trat ein Fernsehreporter mit einem Mikrofon des Bayerischen Rundfunks vor Gaibacher und fragte, ob ein kurzes Interview möglich sei. Ein Kameramann mit schwerem Gerät stand hinter ihm.

»Sehr gerne«, sagte Gaibacher. Und zu mir: »Sie entschuldigen mich jetzt bitte?«

Ich nickte zufrieden, verabschiedete mich von Peng und ging die wenigen Schritte zu meiner Wohnung.

***

Ich schloss die Tür zu dem Mietshaus auf, in das ich eingezogen war, nachdem ich aus dem Nachbarhaus wegen Eigenbedarfs herausgekündigt worden war. Es war ein Glücksfall gewesen, dass der scheidende Dompfarrer Monsignore Momberg mir diese Wohnung in einer der Kirche gehörenden Immobilie vermittelt hatte. Hier hatte Mombergs Nachfolger, Domkapitular Belzer, gewohnt bis zu seiner Ernennung zum Dompfarrer. Ich war letztlich nur eine Haustür weiter gezogen, vom ersten Haus am Markusplatz in das letzte Haus der Kleberstraße. Beide Wohnungen waren ähnlich geschnitten, sodass ich alle Möbel einschließlich der Schrankwand identisch hatte platzieren können.

Ich holte aus dem Kühlschrank eine Apfelschorle, die Königin der alkoholfreien Erfrischungsgetränke, und setzte mich in meinen Fernsehsessel. Ich ließ mich noch wenige Minuten von einer Schlagershow im ZDF berieseln, schaltete jedoch beim Greatest-Hits-Medley des holländischen Stargeigers Ton van der Leyden, der von einem als Mönche verkleideten Gospelchor begleitet wurde, gelangweilt aus. Dann griff ich zu dem Dämonenbuch, das ich aus dem Kloster mitgenommen hatte. Ich blätterte die Seiten durch und blieb bei einem Interview mit einem römischen Exorzisten hängen. Ich las Zeile für Zeile, und mein Erstaunen wuchs, dass dies authentisch und keine Horrorfilmfiktion sein sollte. Der Dämonenjäger beschrieb eindrucksvoll, wie vom Teufel Besessene plötzlich in fremden Sprachen redeten, die sie nie gelernt hatten, wie sich ihre Stimmen veränderten. Und tatsächlich sollen Betroffene während eines Exorzismus gegen alle Regeln der Schwerkraft vom Boden abgehoben und im Raum geschwebt haben. Ich schaute mir das Buch noch mal genauer an. Es war in einem seriösen katholischen Verlag erschienen, und die Herausgeber schienen keinen Zweifel an der Glaubwürdigkeit der Darstellungen des Priesters zu haben, den sie als »Exorzist des Papstes« bezeichneten.

Nachdem ich genug gelesen und die Apfelschorle ausgetrunken hatte, schaltete ich noch mal den Fernseher ein. Im Dritten liefen die Spätnachrichten des Bayerischen Rundfunks. Es schien nicht viel los gewesen zu sein im Freistaat, denn ein längerer Bericht widmete sich dem Thema »Dreizehn Jahre Rauchverbot in bayerischen Wirtshäusern – die Folgen für Gesundheit und Gastronomie«. Was damals viele für unvorstellbar gehalten hatten, war heute Normalität. Ein Restaurant zu verlassen, um draußen vor der Tür zu rauchen, empfand niemand mehr als Eingriff in die bürgerlichen Rechte.

Der Tod des Bamberger Klosterbruders war keine Erwähnung im Meldungsblock wert. Vermutlich hatte die Polizeipressestelle, die am Sonntag im Präsidium in Bayreuth nur dünn besetzt war, auch noch gar nichts an die Medien verbreitet. Doch dann folgte eine Nachricht vom Bamberger OB-Wahlkampf mit Bildern vom Markusplatz. Dazu war die Einblendung zu lesen: »Fake-Accounts? Staatssekretär Gaibacher attackiert Bambergs Ex-OB Marienberg«. Es wurden einige Zitate aus der Rede am Abend eingespielt, verbunden mit der Bemerkung, der CSU-Politiker sei selbst in eine Maskenaffäre verwickelt. Dann wurde ein schriftliches Statement von Marienberg eingeblendet, der offenbar so schnell nicht für einen O-Ton erreichbar gewesen war. Er weise alle Vorwürfe entschieden zurück. Er betreibe keine Fake-Accounts und werde gegen jeden juristisch vorgehen, der das behaupte. Der Beitrag endete mit den Worten des Reporters, der mit betroffener Miene in die Kamera sprach: »In Bamberg droht jetzt ein schmutziger Wahlkampf.«

Ich beschloss, schlafen zu gehen. Ich schlüpfte in meinen blau-weißen Frotteepyjama und wollte mein Handy ausschalten, wo ich noch zwei Nachrichten von Paulina bemerkte. »Obduktionsergebnis liegt erst morgen vor«, war die erste. Die zweite lautete: »Frau Welge ist einverstanden. Ich hole Sie um acht Uhr ab.«

Ich antwortete schlicht mit einem Daumen-hoch-Symbol und einem freundlichen »Ok«. Bald darauf schlief ich ein.

***

In der Nacht wurde ich zuerst von einem klopfenden Geräusch geweckt. Dann hörte ich ein leises Quietschen der Scharniere der Schlafzimmertür, die sich um wenige Millimeter bewegte.

Es steht jemand vor der Tür, war mein erster Gedanke.

Mitten in der Wohnung in der Nacht? Eine absurde Vorstellung. Ein Einbrecher würde nicht anklopfen.

Dann bewegte sich der Vorhang am Fenster, wieder das rhythmische Klopfen, fast fordernd. Das Mondlicht warf einen Schatten auf den Vorhang. War heute Vollmond?

Ich glaubte, ein Gesicht zu erkennen. Es war der vollbärtige Kopf von Bruder Elezi, der sich in Sabine Zemler verwandelte, die mit einer tiefen, verzerrten Stimme sprach: »Passen Sie auf sich auf!« Dann wurde das Gesicht zu einer hässlichen Teufelsfratze mit feurigen Augen, die das Maul aufriss und Flammen spuckte.

Ich richtete mich blitzartig auf, griff zum nächstbesten Gegenstand, der neben mir auf dem Nachttisch lag, und warf ihn gegen den Teufelskopf. Ich schaltete das Licht ein und rieb mir die Augen.

Der Vorhang bewegte sich unschuldig im Luftzug vor dem offenen Fenster. Keine Gesichter. Ich atmete auf. Es musste eine Einbildung im Halbschlaf gewesen sein. Ein Wachtraum. Eine Teufelserscheinung in einer Wohnung, in der viele Jahre lang ein Priester gelebt und gebetet hatte? Unvorstellbar. Das Dämonenbuch, in dem ich am Abend gelesen hatte, lag nun unten auf der Straße.

Jetzt klopfte es wieder. Und ich war sicher, dass es keine Einbildung war. Ich war hellwach. Ein rhythmisches Pochen. Ich schloss die Augen, um das Geräusch besser lokalisieren zu können. Ich ging ins Wohnzimmer. Dort stand ein hundert Jahre altes Klavier, das Domkapitular Belzer mir hinterlassen hatte, weil es nicht mit ins Dompfarrhaus umziehen sollte. Ich konnte nicht besser Klavier spielen als die ersten Takte von »Für Elise«, aber das Instrument war eines der schönsten

Möbelstücke in meiner Wohnung. Eindeutig kam das Klopfgeräusch aus dem Inneren des Pianos.

Schlagartig wurde mir alles klar. Ich hatte meinen ungebetenen Besucher völlig vergessen. Die Maus. Das Tier hatte sich offenbar in das Klavier verzogen und trieb dort jetzt sein Unwesen.

Ich holte aus der Küche zwei Mausefallen mit integriertem Köder, die ich beim Dehner gekauft hatte, und platzierte sie vor den Pedalen, die einzige erkennbare Öffnung, durch die die Maus hineingekommen sein konnte. Dann zog ich einen Bademantel über und holte von der Straße das hinausgeworfene Buch wieder nach oben. Gott sei Dank hatte ich damit keinen Passanten getroffen. Schließlich ging ich wieder ins Bett und schlief bis zum Morgen ohne weitere Träume durch.

3. Juli 2010, Bamberg

Ronny kam einige Minuten zu spät zum völlig überfüllten Maxplatz, wo die Menge bereits den in der dritten Spielminute von Thomas Müller erzielten Führungstreffer bejubelte. Er brauchte einige Zeit, um sich den Weg zum Brunnen zu bahnen, wo er Sarah wiedersehen sollte. Er ging an mehreren Ständen mit jungen Menschen vorbei, die parallel zum WM-Spiel den »Tag der Jugend« unter dem Motto »Jugendarbeit – Game over?« veranstalteten. Hier konnte man mit Wasserpistolen Blechdosen umschießen oder den »Kondomführerschein« machen. Ronny beobachtete eine etwa Sechzehnjährige, die etwas unbeholfen versuchte, mit verbundenen Augen ein Präservativ über einen Holzdildo zu stülpen. Vor einem Stand, der ungarische Langos verkaufte, entdeckte er seinen Freund Josef.

»Hey, du hier? Ich dachte, ihr habt Parteitag?«

»Der wurde kurzfristig verschoben«, sagte Josef.

»Wegen der WM?«, fragte Ronny.

»Nein, nicht offiziell jedenfalls. Es hat damit zu tun, dass morgen der Volksentscheid zum Rauchverbot stattfindet, da will die Parteispitze wohl erst den völlig offenen Ausgang abwarten.«

»Ich kann es mir nicht vorstellen, dass wirklich das Rauchen in Gasthäusern verboten werden soll. Was kommt als Nächstes? Kaugummiverbot? Kussverbot? Alles, was Spaß macht, kann man verbieten. Typisch Deutschland.«

»Viele befürchten ein brutales Wirtshaussterben, wenn sich die Rauchgegner durchsetzen sollten. Die CSU sieht sich zwar als Hüterin von Recht und Ordnung, aber die bayerischen Gaststuben sind, was das Qualmen betrifft, rechtsfreie Räume. Bist du allein? Trinkst du ein Bier?« Josef versuchte, das Tröten der Vuvuzelas nach einer verpassten Chance für die Deutschen zu übertönen.

»Wenn du das Bier nennst«, sagte Ronny und deutete auf den Schankwagen der Tucher-Brauerei. »Könnt ihr im Stadtrat nicht mal etwas dagegen tun, dass in der Bierstadt Bamberg ständig Nürnberger Plörre ausgeschenkt wird? Und: Nein, ich bin nicht allein. Habe eine Verabredung. Aber komm doch mit!«

»Tucher ist keine rein Nürnberger Brauerei. Das Sudhaus liegt genau auf der Stadtgrenze zwischen Nürnberg und Fürth.«

»Das macht's auch nicht besser. Dieses Bier gehört seit sieben Jahren zum Dr.-Oetker-Konzern. Tiefkühlpizza, Schlemmerjoghurt und Bier. Tolle Mischung. Ich steh gerade nicht so auf Großkonzerne. Hast du was Neues von V+S gehört?«

»Die haben den nächsten Gerichtstermin abgesagt und eine Verschiebung bis nach den Sommerferien beantragt, weil ihr Anwalt im Urlaub ist. Ich habe mal ein bisschen in der Firmengeschichte recherchiert. Der Name Vasold taucht regelmäßig im Zusammenhang mit der Bamberger Hexenverfolgung auf. Ernst Vasold war ein gefürchteter Hexenrichter. Kann natürlich Zufall sein.«

»Das passt dann ja hervorragend, dass die ausgerechnet am Schönleinsplatz bauen wollen.«

»Warum?«

»Weil dort damals vor der Stadtmauer die Hexen verbrannt wurden. Aber lassen wir das.« Ronny machte eine wegwerfende Handbewegung. »Was vor vierhundert Jahren war, belastet mich gerade weniger. Was kannst du mir in meiner akuten Situation raten?«

»Puh. Nicht viel ehrlich gesagt.« Josef atmete tief durch. »Ich bin Jurist und kein Psychologe und erst recht kein Hellseher. Aus rechtlicher Sicht können wir aktuell nichts anderes tun als abwarten. Ich weiß, dass dir das gerade wenig hilft. Ein Zyniker würde sagen: Wenn man sich einen Strick nimmt, hat man's hinter sich.«

»Selbstmord ist Sünde. Sag mal, könntest du mir etwas leihen?«

»War ja auch nicht als ernster Lösungsvorschlag gemeint, Ronny. Was meinst du mit leihen? Brauchst du Kleingeld fürs Bier oder …?«

»Ich dachte an fünfzigtausend. Es wäre ein Bombeninvestment. Ich würde dich natürlich am Gewinn beteiligen. Faktisch ohne Risiko.«

»Ach Ronny, du und deine bombensicheren Investitionen. Lass mal. Wenn ich dir helfen kann, dann mach ich das. Als Freund, nicht als Investor. Aber lass uns jetzt Fußball schauen. Mit wem bist du hier?«

Ronny zeigte auf den Brunnen, wo Sarah bereits wartete und den beiden Männern zuwinkte. Sie war wieder in den Deutschlandfarben dekoriert. Über dem Trikot der Nationalmannschaft trug sie diesmal eine kurze Jeanslatzhose, dazu Adidas-Turnschuhe. Ronny fand Frauen in Latzhosen eigentlich grundsätzlich unattraktiv, doch Sarah machte darin eine gute Figur.

»Hast du einen Kumpel dabei? Wenn ich das gewusst hätte, hätte ich auch meine Freundin mitgebracht.«

»Das ist Josef, das ist Sarah. Ich habe ihn gerade zufällig am Bierstand getroffen. Das erste Tor habe ich schon verpasst. Es fallen hoffentlich noch welche. Und hoffentlich wird das Wetter nicht noch heißer.«

»Von mir aus kann der Spielstand so bleiben«, meinte Sarah. »Das war der früheste Treffer dieser WM und das insgesamt zweihundertste deutsche WM-Tor. Die Gauchos machen gerade ordentlich Druck und kontrollieren das Spiel, würde ich sagen. Und wenn es uns hier zu heiß wird, können wir auch im klimatisierten Karstadt schauen. Da läuft das Spiel auf allen Geräten in der Multimediaabteilung.«

»Frauen, die sich mit Fußball auskennen, finde ich gut«, sagte Josef und streckte ihr die Hand entgegen. »Freut mich, dich kennenzulernen.«

»Noch so ein Machospruch, Kieferbruch«, entgegnete sie lachend und schlug ein.

»Bei der WM vor vier Jahren in Deutschland haben die Argentinier in Herzogenaurach im Hotel HerzogsPark gewohnt«, erzählte Josef. »Ich war damals für Adidas tätig und habe einmal den Medienrummel mitbekommen, als Maradona mit einem schwarzen Van und zahlreichen Securityleuten auf das Trainingsgelände gefahren wurde. Wahnsinn, echt! Noch heute hängt über dem Empfangstresen in dem Hotel eine goldgefasste Uhr mit der argentinischen Ortszeit.«

»Argentinien würde mir gefallen«, sagte Ronny. »Wenn ich mal auswandern müsste, wäre das meine erste Wahl.«

»Wegen der Steaks?«, fragte Josef. »Ich hätte eher gedacht, dass du wegen der Zigarren nach Kuba gehen würdest.«

»Willst du auswandern?«, fragte Sarah.

Ronny lachte. »Wenn morgen das Rauchverbot eine Mehrheit bekommt, werde ich ernsthaft darüber nachdenken.«

»Hoffen wir mal, dass noch ein paar Tore für Deutschland fallen«, sagte Sarah.

Es folgten noch drei weitere deutsche Tore, sodass die deutsche Mannschaft den bisher höchsten Sieg gegen Argentinien feiern konnte und ins Halbfinale einzog.

»So ein Tag, so wunderschön wie heute …«, sangen die dreitausend Fans auf dem Rathausplatz, »so ein Tag, der dürfte nie vergehn!«

Die persönliche Nachspielzeit verbrachten Ronny und Sarah, nachdem sie sich von Josef verabschiedet hatten, zuerst im »Ahörnla im Sand« und später bei ihr daheim.

VIER

Um sieben Uhr zehn weckte mich der Radiowecker mit »Dressed For Success« von Roxette, gefolgt von dem Slogan »Wir lieben die Achtziger«. Sosehr ich die Musik aus diesem Jahrzehnt auch mochte, so sehr wunderte ich mich darüber, dass die meisten Mainstreamsender heute vorwiegend Lieder spielten, die so alt waren, dass man sie früher als »Oldies« bezeichnet hätte. Ein Sender, der zu meiner Jugendzeit nur Elvis und die Beatles gespielt hätte, wäre bei jungen Leuten völlig inakzeptabel gewesen.

Mir kamen die Ereignisse der Nacht wie ein wirrer Traum vor. Ich schaute zuerst auf die Mausefallen, die jedoch unberührt vor dem Klavier standen. Da ich auch keine Geräusche aus dem Instrument wahrnahm, ging ich davon aus, dass der nachtaktive Nager sich eine Mußestunde gönnte. Ich frühstückte ein Käsebrot mit Filterkaffee und stand pünktlich um acht Uhr vor der Tür, wo Paulina mich im Dienstwagen, einem 3er-BMW, abholte.

»Gut geschlafen, Horst?«, fragte sie, nachdem ich auf dem Beifahrersitz Platz genommen hatte.

»Geht so.« Ich wollte keine Details berichten. »Gestern Abend war auf dem Markusplatz noch eine CSU-Kundgebung mit Gaibacher. Er sagte, er habe Jakubas nur flüchtig gekannt, aber nichts weiter mit ihm zu tun gehabt. Am Ende hat er dem zurückgetretenen OB Marienberg vorgeworfen, mit gefälschten Profilen in den sozialen Netzwerken Stimmung gemacht zu haben. Das lief auch schon im Fernsehen. Marienberg hat alles abgestritten. Und was haben Sie herausgefunden?«

»Frau Professorin Petermeier wollte uns den Obduktionsbefund telefonisch erläutern, aber ich sagte ihr, dass wir eh schon auf dem Weg nach Erlangen sind, wenn wir Richtung

Heroldsbach fahren. Sie erwartet uns im Laufe des Vormittags im gerichtsmedizinischen Institut.«

»Sehr gut«, sagte ich. »Und jetzt treffen wir uns mit Bruder Elezi direkt bei der Dame, die den Exorzismus bestellt hat?«

»Frau Welge, ja.«

Wir fuhren über den Frankenschnellweg Richtung Forchheim und bogen dann auf eine Landstraße ab. Eine Viertelstunde später standen wir vor der angegebenen Adresse in Hausen. Es war ein kleines allein stehendes Einfamilienhaus mit einem gepflegten Vorgarten. Elezi erwartete uns bereits. Wir traten durch ein schmiedeeisernes Tor auf das Grundstück, wo ich einen Kräutergarten bemerkte. Zwischen einem Geräteschuppen und dem Nachbargrund war eine Steingrotte künstlich angelegt, in der eine weiße Madonnenfigur aufgestellt war. Sie sah fast genauso aus wie die Marienstatue in der Krypta des Klosters. Eine Fatima-Madonna.

»Frau Welge weiß Bescheid, dass Sie dabei sind«, sagte Elezi. »Ich habe ihr gesagt, dass Sie nach dem Tod von Bruder Martin ermitteln.«

Ich nickte, dann klopfte Elezi mit den Fingerknöcheln gegen die braun lackierte Holztür, an der weder eine Klingel noch ein Namensschild zu finden waren.

Es öffnete eine Frau um die sechzig mit zarten Gesichtszügen. Ein 4711-Aroma wehte uns entgegen. Sie wirkte gepflegt und trug ein cremefarbenes Kostüm. Sie sah nicht aus wie eine vom Teufel besessene Frau.

Wir stellten uns vor und wurden in ein Wohnzimmer mit dunklen Brokatteppichen und Biedermeiermöbeln eingelassen. Die Stühle waren mit warmen, gemütlichen Stoffen bezogen. An den Wänden hingen Bilder mit Tierporträts und Bauernhofmotiven. Ein Kamin in der Mitte des Raumes wirkte, als sei er lange nicht mehr benutzt worden. Es roch verstaubt. Sie bot uns Kaffee und Wasser an, auf dem Tisch standen bereits gezuckerte Biskuits.

»Bruder Sandro hat gesagt, dass Bruder Martin tot ist? Und dass die Polizei ermittelt?«

»So ist es«, sagte ich. »Sie haben mit ihm per E-Mail Kontakt aufgenommen und um Hilfe gebeten. Aus der Korrespondenz geht hervor, dass Sie miteinander telefoniert haben.«

»Der Teufel hat ihn geholt«, flüsterte sie und schloss für einen Moment die Augen. »Egal, auf welche Weise und durch wessen Hand er umgekommen ist: Der Teufel hat ihn geholt.«

»Wie kommen Sie darauf?« Paulina gab sich keine Mühe, ihre Irritation zu verbergen.

»Er hat am Telefon gesagt, dass er schon bei zahlreichen Exorzismen mitgewirkt hat. Am Ende hat der Satan sich dafür gerächt. So wird es sein.«

Elezi übernahm das Wort: »Leider hat Bruder Martin keine Aufzeichnungen über Ihre Gespräche hinterlassen. Bitte schildern Sie uns Ihr Problem und die Vorgeschichte.«

Frau Welge nickte und holte tief Luft. »Ich muss vorwegschicken, dass ich ein sehr gläubiger Mensch bin. Meine Mutter war eine enge Freundin eines der Seherkinder von Heroldsbach. Von den Marienerscheinungen Anfang der fünfziger Jahre haben Sie sicher schon gehört. Meine Mutter gehörte auch zu den zwölftausend Augenzeugen des Sonnenwunders vom 8. Dezember 1949 in Heroldsbach. Sie hat ihr Leben lang davon erzählt. Und als 2007 die Madonna in Heroldsbach geweint hat, habe ich das mit eigenen Augen gesehen. Es spielt für mich keine Rolle, dass der Bamberger Bischof dieses Tränenwunder nie anerkannt hat.«

»Verstehe. Und weiter?«

»Dass der Teufel an Menschen wie mir keinen Gefallen findet, liegt ja auf der Hand. Und vor einiger Zeit habe ich festgestellt, dass er es auf mich abgesehen hat. Es fing damit an, dass ich seinen gehörnten Kopf sehe, wenn ich auf das Kruzifix blicke.«

Ich erinnerte mich an meine Teufelserscheinung in der Nacht, unterbrach sie aber nicht. Elezi machte sich ausführlich Notizen.

»Außerdem, und das ist vor allem der Grund, warum ich Hilfe brauche: Ich kann nicht mehr beten.«

»Wie äußert sich das?«, fragte Elezi wie ein Arzt bei der Anamnese.

Frau Welge stand auf und kniete sich vor das Kreuz, das an der Wand hing.

»Vater unser im Him…« Sie stockte, ihr Mund blieb offen, sie brachte keine Silbe mehr heraus. Nach einem Moment erhob sie sich wieder. »Ich kann es nicht. Es kommt kein Wort über meine Lippen.«

»Hm«, sagte Elezi. »Das ist ein bekanntes Phänomen.«

»Es gibt noch etwas«, fuhr sie fort. »Und das ist wirklich ungewöhnlich. Ich weiß nicht, ob Sie so etwas schon mal gesehen haben.«

»Was denn?« Ich wurde neugierig.

»Kommen Sie mit in mein Schlafzimmer. Der Teufel macht auch vor meinen Gemächern nicht halt. Ich darf mal vorgehen.« Sie stand auf und ging die schmalen Stufen einer engen Holztreppe hinauf. »Wollen Sie es wirklich sehen?«, fragte sie vor einer Tür, an der ein Bild der »Betenden Hände« von Albrecht Dürer hing.

Wir nickten. Sie drückte die Klinke hinunter und eröffnete den Blick in einen Raum, wie man sich die Hölle vorstellen konnte. Eine unglaubliche Hitze schlug uns entgegen, es roch nach Feuer und verbranntem Holz, und das gesamte Zimmer war komplett mit einer Rußschicht überzogen. Eine stickigrauchige Luft erweckte den Eindruck, als wäre das Zimmer erst vor Kurzem komplett ausgebrannt. An den mit Asche bedeckten Wänden waren die Ziegelsteine des Mauerwerks sichtbar. Steckdosen waren geschmolzen, ebenso ein Lampenkabel, das von der rußgeschwärzten Decke herabhing. An der Wand stand ein Holzbett mit einer weißen Decke. Dieses

Bett war komplett unversehrt, als wäre es erst nachträglich hineingestellt worden.

»Oh Gott!«, rief Paulina und tat einen Schritt zurück. »Was ist hier passiert?

Elezi machte ein Segenszeichen und sprach eine lateinische Gebetsformel, die ich nicht verstand.

»Vor sechs Monaten wurde das Schlafzimmer mitten in der Nacht plötzlich heißer und heißer, alles brannte oder schmolz. Ich lag im Bett und konnte mich nicht rühren. Überall war Rauch, ich hätte ersticken müssen. Aber mir und dem Bett konnten die Flammen nichts anhaben. Die Muttergottes hat mich beschützt.«

»Sie wollen sagen, das hat hier vor einem halben Jahr gebrannt?«, hakte Paulina nach. »Dem Zustand und der Hitze zufolge scheint das höchstens eine Stunde her gewesen zu sein.«

Frau Welge zuckte mit den Schultern. »Es ist danach noch zweimal passiert. Deshalb habe ich aufgehört, das Zimmer herzurichten. Jedes Mal blieb das Bett verschont.«

»Sie erzählen uns Schauermärchen«, meinte Paulina. »War die Feuerwehr da? Gab es eine Untersuchung der Brandursache?«

»Bis die Feuerwehr hier war, war das Feuer von selbst erloschen. Und ein Sachverständiger der Versicherung hat in einem Gutachten festgestellt: Zimmerbrand ohne erkennbare Ursache, ausgelöst vermutlich durch ein defektes Stromkabel.«

Ich hatte so etwas tatsächlich noch nie gesehen und verspürte den Drang, diesen Raum schnellstmöglich zu verlassen.

»Können Sie helfen?«, fragte Frau Welge den Priester.

»Ich werde ein Befreiungsgebet sprechen«, sagte er und hob beide Hände. »Gott, du Schöpfer und Verteidiger des Menschengeschlechtes, schaue auf diese deine Dienerin Barbara, die du nach deinem Bild geformt hast und zur Teilhabe an deiner Herrlichkeit berufst: Der alte Feind quält sie grausam, er unterdrückt sie mit roher Gewalt, er verwirrt sie mit furchtbarem Schrecken. Sende über sie deinen Heiligen Geist: Er mache sie stark im Kampf, lehre sie beten in der Bedrängnis und wappne sie mit seinem machtvollen Schutz. Erhöre, Herr, die Bitte des heiligen Erzengels Michael und aller Engel, die dir dienen: Gott der Mächte, wehre ab die Gewalt des Teufels; Gott der Wahrheit und der Huld, halte seine hinterhältigen Nachstellungen ab; Gott der Freiheit und der Gnade, löse die Fesseln der Bosheit. Im Namen des Vaters und des Sohnes und des Heiligen Geistes. Amen.«

Frau Welge verzog ihr Gesicht schmerzerfüllt und schloss die Augen, während Elezi betete. Als er fertig war, sackte sie erschöpft zusammen.

***

Während der Fahrt nach Erlangen schien Paulina pausenlos den Kopf zu schütteln.

»Unglaublich, mit welchen Märchengeschichten man sich im Polizeidienst auseinandersetzen muss. Glauben Sie, Horst, die Dame hat etwas mit unserem Mord zu tun? Oder ist sie einfach nur ein Fall für die Klapse?«

»Zunächst mal bin ich sicher, dass sie alles, was sie uns gesagt hat, wirklich glaubt. Sie erzählt keine Märchen und lügt nicht. Sie ist überzeugt davon, dass der Teufel ihr nachstellt. Und mit ein paar Sinnestäuschungen kann man sehr schnell an eine Erscheinung glauben. Ich würde sagen, das kann jedem passieren.«

»Ach ja? Auch einem Horst Müller?«

Ich zögerte kurz, dann erzählte ich mit knappen Worten, was ich in der Nacht erlebt hatte, und Paulina musste schallend lachen, sodass ich Angst bekam, sie könnte die Kontrolle über den Wagen verlieren.

»Das ist ja wie bei Martin Luther, der auf der Wartburg das Tintenfass gegen den Teufel geworfen haben soll.«

»Ein Dämonenbuch finde ich noch passender als ein Tintenfass. Aber so wie bei meiner Erscheinung wird man auch bei Frau Welge für das meiste natürliche Erklärungen finden. Die Marienerscheinungen, das Sonnenwunder und auch die weinende Madonna sind alle von Wissenschaftlern untersucht und nicht als übernatürlich anerkannt worden. Auch nicht von der katholischen Kirche. Die Untersuchung der Marienfigur, aus der Tränen geflossen sein sollen, hat übrigens die Erlanger Rechtsmedizin übernommen. Vielleicht hat Frau Professor Petermeier noch Unterlagen darüber.«

Wir begingen diesmal nicht den Fehler, die Frau mit den kurzen rot gefärbten Haaren, den Tätowierungen am Arm und dem Augenbrauenpiercing für die Assistentin von Professor Peter Meier zu halten. Josefa Petermeier hatte sich in den vergangenen Jahren einen exzellenten Ruf erarbeitet. Ihre Fachkompetenz ergänzte sie mit einem lockeren Umgangston, pragmatischer Arbeitsweise und einer Portion weiblicher Intuition. Sie begrüßte uns in ihrem Büro in der zweiten Etage des rechtsmedizinischen Instituts in der Universitätsstraße. Wir nahmen an einem Besprechungstisch Platz, an dem ihr Vorgänger Professor Reißer immer ein Skelett namens Oskar mit einer Kaffeetasse platziert hatte.

»Bitte bedienen Sie sich selbst!«, sagte Petermeier und deutete auf die auf dem Tisch stehenden kleinen Flaschen mit der Aufschrift »Höllensprudel«. Paulina zeigte auf das Etikett und grinste mich an.

»Bevor wir zum Obduktionsergebnis kommen, noch eine andere Frage, Frau Professor Petermeier«, begann ich das Gespräch. »Erinnern Sie sich an die weinende Madonna von Heroldsbach aus dem Jahr 2007? Die ist hier von Ihrem Vorgänger untersucht worden.«

Sie nickte. »Natürlich. Sie können sich vorstellen, dass solche Untersuchungen etwas sehr Ungewöhnliches sind für ein Institut wie dieses. Es wird noch häufig darüber gesprochen. Warten Sie, ich habe die wichtigsten Unterlagen hier im

Schrank.« Sie stand auf und holte einen Aktenordner mit der Aufschrift »Heroldsb. 2007« hervor.

»Das ist der Bericht von der Pressekonferenz, auf der das Ergebnis vorgestellt wurde: ›Es kann nicht von einem Wunder gesprochen werden, denn es steht nicht fest, dass sich etwas Übernatürliches am 12. Februar 2007 in Heroldsbach ereignet hat‹, wird der Erzbischof zitiert. Und weiter heißt es, keiner der fünfundzwanzig befragten Zeugen habe bestätigen können, dass die Madonna geweint hätte. Dafür hat unsere Laboruntersuchung des Natriumgehalts eine Ähnlichkeit der Zusammensetzung der sichergestellten Tränen mit dem Leitungswasser im Pilgerheim festgestellt. Noch Fragen?«

»Ja. Haben Sie eine Erklärung dafür, dass dennoch so viele Menschen fest daran glauben, etwas gesehen zu haben, was nicht sein kann? Die sind ja nicht alle psychisch krank, oder? Ich meine zum Beispiel das angebliche Sonnenwunder mit Tausenden Zeugen.«

»Zu Wetterphänomenen kann ich nicht viel sagen, das ist nicht mein Fachgebiet. Aber ich erinnere mich, gelesen zu haben, dass die erzbischöfliche Kommission auch dieses Wunder nicht anerkannt und von einem meteorologischen Ereignis gesprochen hat. Es gibt übrigens in Heroldsbach noch mehr angebliche Wunder.« Sie blätterte in ihren Unterlagen. »Einige Jahre vor der Madonna soll eine hölzerne Jesusfigur im Speisesaal des Pilgerzentrums geweint haben. Später wurden Pipetten im Mülleimer gefunden. Ein anderes Mal hat eine Frau an einer Birke auf dem Gelände der Gebetsstätte heiliges Blut bemerkt. Die Untersuchungen zeigten, dass es sich um stark eisenhaltiges Wasser handelte. Die subjektive Glaubwürdigkeit solcher Aussagen will ich gar nicht anzweifeln. Um auf Ihre Frage zurückzukommen: Es gibt Menschen, die können sich Dinge so intensiv vorstellen, dass sie diese als Realität wahrnehmen. Wir nennen das Eidetik, im Gegensatz zur Halluzination. Die Religion bietet die Möglichkeit, die Lücke zwischen Realität und Einbildung zu schließen.«

»Das heißt?«

»Ganz einfach: Das Erlebte wird zum göttlichen Zeichen erklärt.« Sie fügte hinzu: »Es gibt natürlich auch Dinge und Ereignisse, die wir nicht mit physikalischen Regeln und Gesetzen erklären können. Noch nicht, vielleicht. Natürlich gelangen wir mit der Naturwissenschaft an Grenzen. Es gibt niemanden, der die Unendlichkeit des Universums oder die Entstehung von Leben erklären könnte. Manche Forscher finden darin ihren Glauben, andere sehen sich im Atheismus bestätigt, wenn sie der Frage nachgehen: Was war vor dem Urknall?«

»Sehr interessant«, sagte ich. »Würden Sie mit diesem Ansatz auch das Phänomen erklären, dass manche Menschen sich vom Teufel besessen fühlen?«

Die Gerichtsmedizinerin lachte. »Das übersteigt jetzt ein wenig meine Kernkompetenz. Aber als Medizinerin habe ich dazu durchaus eine Meinung. Die Fachliteratur kennt für Besessenheitsphänomene drei häufige Gründe: Schizophrenie, Epilepsie und dissoziative Persönlichkeitsstörungen. Solche Störungen treten auch bei schweren Traumatisierungen auf. In der extremsten Form der Dissoziation kann eine Art Teilpersönlichkeit auftauchen. Eine Person kann in einen anderen Ichzustand geraten. Dadurch kann der Eindruck entstehen, als würde ein fremder Charakter in die Person hineingeraten.«

»Ein Dämon?«

»So würden es manche interpretieren. Experten sind überzeugt, dass dies am häufigsten bei Menschen vorkommt, die in ihrer Kindheit sexuell missbraucht oder anderweitig sexuell traumatisiert wurden. Diese Menschen sind zweifellos besessen, nur nicht vom Satan. Aber genug mit diesem Exkurs.« Sie griff zu einer Handakte. »Sie möchten die Todesursache von Martin Jakubas wissen?«

»Ja?«

»Wenn es immer so einfach wäre: Die Todesursache und die Schokoladenpackung ergeben zusammen betrachtet ein kongruentes Bild.« Sie schlug die Aktenmappe auf der letzten Seite auf. »Im Magen des Toten habe ich die Substanzen Mezerein und Daphnetoxin nachgewiesen. In letaler Dosierung. Das sind Giftstoffe, die in Beeren und der Rinde des Echten Seidelbasts vorkommen. Und dieses Gift war dem Laborbericht zufolge auch zweifelsfrei in der Schokolade.«

»Seidelbast?«, wiederholte ich.

»Eine sehr beliebte und verbreitete Gartenpflanze.«

»Wie wirkt das Gift?«, fragte Paulina.

»Zuerst schwellen die Zunge und Schleimhäute an, es folgen Magenkrämpfe, dann schlägt das Toxin auf das zentrale Nervensystem durch: hohes Fieber, letztlich tritt der Tod durch einen Kreislaufkollaps ein. Die tödliche Dosis beträgt etwa zehn Beeren.«

»Und wie kommt das Gift in die Schokolade?«, wollte ich wissen.

»In diesem Fall hat der Täter oder die Täterin die Substanzen mit einem chemischen Verfahren aus den Pflanzenteilen extrahiert. Das ist nicht ganz trivial. Ich gehe zwar davon aus, dass man sich im Internet entsprechende Anleitungen dafür herunterladen kann, aber völlig ohne Sachkenntnis ist das schon eine Herausforderung.«

»Waren alle Schokostücke vergiftet?«

»Nur die Sorte Mandel-Milch-Nuss.«

»Da kannte also jemand genau den Geschmack seines Opfers«, stellte ich fest.

»Ich weiß nicht, ob es interessant für Sie ist«, meinte die Professorin. »Ich bin bei der Literaturrecherche zu den Giftstoffen auf einen Hinweis gestoßen, wonach Besessenheitssymptome auch durch Vergiftungen ausgelöst werden können.«

»Wie bitte? Das klingt nach Teufelsdroge«, sagte ich.

»Es wird berichtet«, fuhr sie fort, »dass in England im siebzehnten Jahrhundert eine Getreidevergiftung mit Mutterkorn-Alkaloiden bei vielen Menschen zu Massenpsychosen geführt haben könnte, die schließlich als Hexen verfolgt und verbrannt wurden. Das ist allerdings reine Spekulation.«

»Das heißt aber, dass man eine Besessenheit auch mit einem Gift oder einer Droge herbeiführen könnte?«, fragte Paulina.

Petermeier nickte. »Zumindest würde ich als Medizinerin dazu raten, dies bei einer entsprechenden Diagnose immer abzuklären.«

Wir bedankten uns bei der Professorin für ihre Unterstützung.

***

»Ob der Mörder doch der Gärtner ist?«, sagte ich, als wir im Auto auf der Rückfahrt Richtung Bamberg saßen.

»Es gibt jedenfalls keine Regel, dass der Gärtner nie der Mörder ist«, antwortete Paulina. »Vor allem dann nicht, wenn er für eine statistisch nicht ganz unwahrscheinliche Beziehungstat in Frage kommt.«

»Und über die nötigen Fachkenntnisse verfügt, Giftpflanzen zu erkennen.«

Nach fünfundvierzigminütiger Fahrt parkten wir auf dem Parkplatz vor dem Bamberger Hauptfriedhof an der Hallstadter Straße.

»Falls Sie mal in die Verlegenheit kommen sollten, eine Kerze auf mein Grab stellen zu müssen, Paulina, dann bitte keine aus dem Automaten.« Ich deutete auf ein Gerät am Friedhofseingang, das wie ein Fahrkartenautomat aussah und für zwei Euro »Grablichter im Mehrwegbecher« anbot.

»Warum nicht, Horst? Ist doch praktisch und schont die Umwelt. Aber ich werde dafür sorgen, dass auf Ihrem Grabstein steht: ›Er machte mal wieder viel zu früh Feierabend.‹«

Wir betraten den großen Friedhof und gingen an zahllosen Gräbern vorbei. Ich überschlug bei allen Jahreszahlen das Sterbealter und stellte erleichtert fest, dass die meisten hier

Ruhenden doch noch einige Jahrzehnte älter geworden waren, als ich jetzt war.

Dann sah ich ein Grab eines jungen Mannes, der mit zwanzig gestorben war. Sein jugendliches Gesicht war in den Marmor gemeißelt. Darunter standen die Worte »Die Besten sterben jung«.

»Wir sind schon zu alt, um jung zu sterben«, bemerkte ich.

»Sie vielleicht. Schauen Sie mal dort!«, sagte Paulina und zeigte auf eine große Familiengruft, auf der ein monumentales Grabmal aus schwarzem Stein stand, das mit silbernen Buchstaben als »Ruhestätte der Familie Müller« ausgezeichnet war. Und tatsächlich war unter den hier aufgeführten rund ein Dutzend Namen auch ein Horst, der wenige Wochen vor meinem Geburtstag gestorben war. Es war ein seltsamer Gedanke, dass dieser Namensvetter hier jeden einzelnen Tag meines Lebens gelegen hatte.

»Und was ist das da unten?« Beim Namen Elfriede Müller, die vor rund zehn Jahren gestorben war, klebte ein gelber Zettel. Ich bückte mich und las: »›Die Frist ist abgelaufen. Bitte melden Sie sich bei der Friedhofsverwaltung.‹«

»Na toll«, meinte Paulina. »Auf dem Friedhof zu liegen und dann noch darauf hingewiesen zu werden, dass die Frist abgelaufen ist, das braucht kein Mensch.«

»Das ist die Nutzungsfrist für das Grab«, sagte ein Mann um die sechzig in grüner Gärtnerhose und mit Strohhut und Sonnenbrille, der plötzlich hinter uns stand. »Wenn Sie Angehörige sind, dann melden Sie sich bitte im Verwaltungsgebäude. So ein Grab kann problemlos verlängert werden.«

»Nein, nein«, antwortete ich. »Ich heiße nur zufällig auch Müller. Sind Sie Herr Zemler?«

»Nein. Der Kollege Zemler macht heute die Bewässerung in Abteilung drei. Dort hinten sehen Sie ihn. Mit dem Tankwagen.«

Wir dankten für den Hinweis und gingen auf das Elektrofahrzeug zu, das wie ein fahrbarer Rasenmäher mit einem riesigen Wassertank aussah. Auf dem Fahrersitz saß ein Mann Mitte vierzig, der ebenfalls eine grüne Latzhose und ein kariertes Kurzarmhemd sowie eine rote Schirmmütze trug.

»Grüß Gott, sind Sie Herr Zemler?«, fragte ich.

Der Mann nickte. »Bin ich. Und wer sind Sie? Ich bekomme selten Besuch am Arbeitsplatz.«

»Müller, Kripo Bamberg. Wir haben ein paar Fragen an Sie.«

»Passt schon. Wenn's wichtig ist. Worum geht's denn?«

»Zunächst mal müssen wir eine Angabe Ihrer Frau überprüfen. Sie sagte, Sie wären bis gestern in Wien auf einer Fortbildung gewesen?«

»Ja, das ist richtig. Der Reisebus ist kurz vor Mitternacht am Bahnhof angekommen. Und seit heute früh um sieben Uhr bin ich wieder hier im Dienst.«

»Wie lange arbeiten Sie schon hier auf dem Friedhof?«, fragte ich.

»Sieben oder acht Jahre. Ich war vorher Bischofsgärtner auf dem Domberg.«

»Ach, das ist aber interessant. Warum haben Sie da aufgehört?«

»Ich war ja nicht nur für den großen Garten des Erzbischofs zuständig, sondern auch für die vielen schönen Gärten der Domherrenhöfe. Das hat viel Spaß gemacht, aber es wollte ständig jemand mit mir plaudern. Ich konnte nicht über den Domplatz gehen, ohne dass ich jemanden getroffen habe, der mich kennt, der eine Frage stellen wollte oder meine Hilfe brauchte. Ich bin aber jemand, der gern seine Ruhe hat. Ich rede lieber mit den Pflanzen als mit Menschen, wissen Sie? Die machen auch keinen Ärger. Meine Frau sagt, ich wäre ein Autist. Aber ich bin einfach nur ein Gärtner und liebe meinen Beruf.«

»König Charles hat doch auch mit seinen Pflanzen gesprochen, als er noch Prinz war«, sagte ich. »Und Prinzessin Diana ist damit wohl auch nicht zurechtgekommen.«

»Ja, sie hat sich scheiden lassen und sich in ihren Reitlehrer verliebt. War es nicht so?«, sagte Paulina. »Ist es möglich, dass Ihre Frau sich auch andere außereheliche Gesprächspartner gesucht hat?«

Herr Zemler zuckte mit den Schultern. »Sie hat durch ihren Job doch ständig mit Menschen zu tun und spricht den ganzen Tag. Und ich bin zugleich froh, dass ich hier auf dem Friedhof meine Ruhe habe. Die sprichwörtliche Friedhofsruhe sozusagen. Jeder Mensch tickt anders. Warum fragen Sie?«

»Wissen Sie, dass Ihre Frau Kontakt mit einem Bruder aus dem Karmelitenkloster hatte? Sein Name ist Martin Jakubas.«

»Sagt mir nichts. Aber ich kenne die Namen von Sabines Klienten nicht. Ich weiß auch nicht, was während ihrer Gespräche passiert. Ich will es auch gar nicht wissen.«

»Sie sind kein eifersüchtiger Mann?«, hakte Paulina nach.

Er schüttelte den Kopf. »Aus dem Alter bin ich raus.«

»Dieser Herr Jakubas ist tot. Ihre Frau hatte mit ihm zu tun in Zusammenhang mit einer Anfrage nach einem Exorzismus. Sagt Ihnen das was?«

Wieder schüttelte der Gärtner den Kopf. »Dieser Hokuspokus interessiert mich nicht.«

»Sie haben also auch als Bischofsgärtner früher niemals etwas von Teufelsaustreibungen mitbekommen?«

Er lachte laut. »Nein, ganz sicher nicht. Das wäre auch nicht mein Zuständigkeitsbereich gewesen. Und wenn es so was mal gegeben haben sollte, dann sicher nicht im Bischofsgarten. Obwohl da auch eine Teufelskralle im Kräuterbeet wuchs.«

»Eine andere Frage, Herr Zemler«, sagte ich. »Wenn Sie jemanden töten wollten, wie würden Sie vorgehen?«

Zemler schaute erst verwirrt. Dann griff er hinter sich in den Werkzeugkasten seines Tankwagens und holte eine Spitzhacke hervor.

»Ein Schlag auf den Kopf und Ende. Andere Waffen habe ich nicht. Ich würde sicher niemandem Giftpflanzen in den

Tee geben, wenn Sie das meinen. Wie ist dieser Jakubas denn umgekommen?«

»Er wurde vergiftet. Mit Echtem Seidelbast.«

»Interessant.« Der Gärtner legte den Kopf zur Seite. »Eine sehr schöne Pflanze. Sie steht in Deutschland unter besonderem Schutz. Aber tatsächlich sehr giftig. Ich entferne sie überall dort, wo Kinder sein könnten. Die gefährlichen Beeren könnten durchaus für Johannisbeeren gehalten werden. Man nennt die Pflanze auch Kellerhals, sie wächst in Laub- und Mischwäldern, ist aber auch eine beliebte Gartenpflanze, die gut in kalkhaltigem und humusreichem Boden wächst. Auffallend sind ihre rosafarbenen Blüten, die einen starken Duft verbreiten.«

»Und ihre Giftigkeit ist allgemein bekannt?«

»Es ist immer eine Frage der Dosierung. Seit dem sechzehnten Jahrhundert wurde der Seidelbast als Heilpflanze verwendet, zum Beispiel als Abführ- oder Brechmittel. Soweit ich weiß, kommt der Wirkstoff heute noch in der Homöopathie bei Hauterkrankungen zum Einsatz. Der Volksglaube schrieb dem Echten Seidelbast übrigens eine Abwehrwirkung gegen Hexen zu.«

Paulina und ich schauten uns an.

»Vielen Dank, Herr Zemler«, sagte ich. »Sie haben uns sehr geholfen.«

»Wenn wir noch Fragen haben, kommen wir auf Sie zu«, ergänzte Paulina.

6. Juli 2010, Bamberg

»Und was machen wir jetzt, so ganz ohne Fußball?«

Sarah zwinkerte Ronny zu und blies sich eine widerspenstige Strähne aus dem Gesicht. Sie hatten sich am frühen Abend im Rosengarten verabredet, wo ein schwacher Wind die Hitze etwas erträglicher werden ließ.

»Da fällt uns schon was ein«, antwortete sie. »Komm, wir setzen uns dort.« Sie nahm Ronny an der Hand und zog ihn zu einer Bank, von der aus sie einen Blick über die Altstadt hatten. Ronny legte seinen Arm um sie. Sie lehnte ihren Kopf an seine Schulter und schloss die Augen.

»Wenn du nichts siehst, riechen die Rosen umso intensiver«, sagte sie.

»Ich mag die Augen aber nicht schließen, wenn ich dich sonst anschauen könnte.«

»Das wirst du noch oft genug, du Charmeur.«

»Versprochen?«

»Es fängt doch gerade erst an mit uns. Die Fußball-WM war echt ein Glücksfall, egal wie sie endet. Du tust mir sehr gut, Ronny. Aber ich weiß noch so wenig über dich. Bist du ein gebürtiger Bamberger?«

Er nickte. »Ich bin hier aufgewachsen und zur Schule gegangen. Ich war lange in der Münchner Gegend und habe dort in der Finanzbranche gearbeitet. Seit ein paar Jahren bin ich wieder hier. Und …«, er zögerte, »ich sag's dir lieber gleich. Meine Ex-Frau lebt noch in München. Also, besser gesagt: Ich bin noch mit ihr verheiratet, auf dem Papier.«

Sarah blickte überrascht auf, lächelte dann aber ihren Schreck beiseite: »Du meinst, die Scheidung läuft und ist nur noch Formsache?«

Er nickte. »So kann man es sagen. Ihr Anwalt macht nur ziemlich fiese Spielchen, sodass sich das Verfahren hinzieht.«

»Wie lange wart ihr verheiratet? Gibt es Kinder?« Sarah wirkte alarmiert.

»Nein, keine Kinder. Es waren knapp zehn Jahre.«

»Und warum ging die Ehe auseinander?«

»Ach, Sarah, müssen wir über die Vergangenheit reden? Lass uns doch lieber in die Zukunft schauen. Oder zumindest die Gegenwart genießen. Was arbeitest du eigentlich?«

»Ich stamme aus einer Gärtnerfamilie und arbeite in der Kranen-Apotheke.«

»Und deine Eltern sind immer noch Gärtner? Interessant.«

»Mein Vater ist leider früh gestorben. Darmkrebs. Er hat sich jahrelang die Früherkennung gespart, um Prämien von der privaten Krankenversicherung zu kassieren. Und als der Krebs bemerkt wurde, war es zu spät. Er wurde nur fünfundsechzig. Meine Mutter hat die Gärtnerei dann aufgegeben, sie lebt im Altenheim an der Nonnenbrücke.«

»Das tut mir leid.« Er suchte nach Worten, die mehr als Floskeln waren. Als er keine fand, wechselte er das Thema. »Und du? Bist oder warst du verheiratet?«

»Ja«, antwortete sie lächelnd und genoss einen Moment seine Verblüffung. Dann wurde sie ernst und blickte auf den Boden. »Mein Mann ist vor vier Jahren gestorben. Er ist jeden Tag zehn Kilometer gejoggt. Eines Tages aber ist er umgefallen wie ein Baum.«

»Was? Einfach so?«

»Eine verschleppte Erkältung, Herzmuskelentzündung. Aus und vorbei. Er hat immer gesagt, dass er beim Laufen unendliche Glücksgefühle spürt. Es muss also ein schöner Tod gewesen sein.«

Ronny versuchte vergeblich zu erkennen, wie viel Sarkasmus in dieser Bemerkung verborgen war.

Sekundenschnell wechselte Sarahs Stimmung. »Jetzt ist aber Schluss mit den Deprithemen, ja?«

»Du hast recht, der liebe Gott hat uns nicht diesen Sonnenschein geschenkt, damit wir Trübsal blasen.«

»Stimmt. Sie wird sich schon etwas dabei gedacht haben.« Sarah lachte.

»Sie?« Ronny schaute irritiert.

»Gott ist weiblich. Da steht es!« Sarah deutete auf einen Flyer des Diözesanmuseums, den der Wind ihnen vor die Füße geweht hatte.

Ronny hob ihn auf und las vor: »›Ist es angemessen, sich Gott nur als alten Mann mit langem weißen Bart vorzustellen oder als König, Richter und Herrscher? Gibt es in der Heiligen Schrift nicht auch genügend Ansatzpunkte, um die Gestalt des Göttlichen auch mit weiblichen Eigenschaften zu assoziieren? Einen Anstoß dazu, sich über weibliche Gottesbilder Gedanken zu machen, will die Ausstellung ›Gott weiblich‹ geben.‹«

»Siehst du?« Sarah nahm ihm das Flugblatt aus der Hand. »Das ist eine offizielle Ausstellung des bischöflichen Museums auf dem Domberg. Ganz nach dem Motto: ›Als Gott den Mann schuf, übte sie nur.‹«

»Im klimatisierten Museum wäre es jetzt sicher angenehm kühl«, sagte Ronny. »Lass uns mal schauen, was heute angesagt ist.« Aus einem Papierkorb neben der Parkbank holte er die aktuelle Ausgabe des FT hervor und suchte im Lokalteil nach den Veranstaltungstipps.

»›Heute schon was vor?‹«, las er. »An der Uni gibt es einen Vortrag ›Die Heiligtümer in Kanatha und Seeia: Zeugnisse einer religiösen Sanktionierung der Verfügungsgewalt über das Wasser‹.«

»Wie bitte?« Sarah lachte. »Nächster Vorschlag bitte.«

»Okay. In der Fazit-Seniorenwohnanlage findet auch ein Vortrag statt: ›Tod und Trauer – Hoffnung und Zuversicht im Bewusstsein des eigenen zunehmenden Alters‹.« Jetzt lachte Ronny. »Es gibt wirklich ein Altenheim, das ›Fazit‹ heißt? Das klingt ein bisschen makaber: Zeit, Fazit des Lebens zu ziehen.«

»Das ist das Seniorenzentrum an der Nonnenbrücke, wo meine Mutter lebt. Was gibt's noch?«

»Im Hainbad ist Fränkischer Kinosommer. ›Die Fremde‹ wird gezeigt.«

»Schon besser!«

»Alternativen wären nur noch deutsch-französisches Taizé-Gebet in der Erlöserkirche oder ›Gaustadter Gespräche‹ mit dem CSU-Ortsverband.«

»Da treffen wir wieder deinen anstrengenden Kumpel, oder? Ich bin für Kino.«

»Einverstanden«, sagte er. »Die Fremde.«

»Wie bitte?«

»Ach, nichts.« Er legte seinen Arm um ihre Schultern und zog sie an sich. Dann küssten sie sich.

FÜNF

Als wir wieder im Auto saßen, schlug Paulina vor, sich im Büro zusammen mit unserem IT-Experten Wolfgang Brehme um die digitalen Hinterlassenschaften des offenbar vergifteten Klosterbruders zu kümmern. In diesem Moment erreichte mich eine WhatsApp-Nachricht meiner Tochter Andrea, die von einer ausgefallenen Vorlesung berichtete und fragte, ob ich spontan Zeit für ihren Besuch hätte. Das war ungewöhnlich, denn normalerweise hatte sie unter der Woche anderes zu tun, und wir sahen uns immer nur am Wochenende.

»Paulina, ich würde die Mittagspause heute zu Hause verbringen. Lassen Sie mich am Markusplatz raus?«

Sie zuckte mit den Schultern. »Das liegt zwar nicht ganz direkt auf dem Weg. Aber meinetwegen. Machen Sie Ihr Handy bitte nicht wieder aus.«

Ich nickte und versprach: »Das kommt nie wieder vor.«

Dann antwortete ich Andrea: »Ok.«

Gewiss würde sie mich wieder darauf hinweisen, dass »Ok« kein Satz sei und deshalb am Ende kein Punkt stehe. Für mich waren die zwei Buchstaben jedoch die kompakte Zusammenfassung für: »Gute Idee, ich bin zu Hause und erwarte dich.« Und das war natürlich ein vollständiger Satz.

»Und was denken Sie über die Frage, ob der Gärtner der Mörder ist?«, fragte Paulina, als sie am Margaretendamm in die Innere Löwenstraße einbog.

»Möglich«, sagte ich und fügte nach einigen Sekunden hinzu: »Aber unwahrscheinlich. Herr Zemler wirkt auf mich so emotionslos, dass ich ihm die Leidenschaft für einen Mord aus Eifersucht nicht zutraue. Und rational hat er ja keine Vorteile vom Tod eines möglichen Nebenbuhlers.«

»Nebenbuhler? Ach, Horst. Sie haben immer so nette altmodische Begriffe.«

»Finden Sie? Dann lassen Sie mich doch dort vorne am Trottoir vor dem Bäcker Pagel raus. Merci!«

Paulina lachte und schüttelte leicht den Kopf. Mit einem freundlichen »Küss die Hand!« stieg ich aus dem Auto aus, überquerte die Fahrbahn und betrat das Bäckereigeschäft, wo mich ein bekanntes Gesicht erwartete.

»Grüß Gott, Frau Dotterweich! Alles in Butter?«, begrüßte ich die rothaarige Frau Mitte sechzig, die meine Anspielung sofort verstand und leicht errötete.

»Selbstverständlich, Herr Kommissar. Darf's ein Hörnla sein?«

Vor einigen Jahren war im Zuge der Ermittlung um einen Mordfall bei den Symphonikern herausgekommen, dass Frau Dotterweich ihre Bamberger Hörnla mit Margarine gebacken hatte, um Kosten zu sparen. Das war natürlich streng verboten, denn ein echtes Bamberger Hörnla wurde nur mit Butter hergestellt.

»Ich nehme zwei Hörnla und einen ›Fränkischen Tag‹«, sagte ich und legte einen Fünf-Euro-Schein auf den Tresen. »Stimmt so.«

»Steht wieder nix G'scheids drin«, sagte sie und deutete auf den Stapel Tageszeitungen. »Bloß das mit den Lügenkontos vom alten OB. Oder wie nennt man das?«

»Fake-Accounts.« Ich deutete auf die Schlagzeile auf der Titelseite: »Gaibacher enthüllt Fake-Accounts: OB Marienberg hetzte mit falschen Karten gegen politische Gegner«. Unterlegt waren die großen Buchstaben von einer grafischen Darstellung der beiden Kontrahenten. In kleinerer Schrift stand darunter: »Wer sind Franz Steffens, Hans Bamberger und Gerhard Schulze? Staatssekretär setzt tausend Euro Kopfgeld aus.«

»Ich versteh das alles nicht«, sagte die Bäckersfrau.

»Mit diesem neumodischen Zeugs habe ich auch nichts am Hut«, wollte ich ihr zustimmen. »Wissen Sie, mein Facebook-Konto nutze ich eigentlich nur … Ja, wofür eigentlich? Meine

Tochter zeigt mir manchmal irgendwelche lustigen Filmchen dort.«

Frau Dotterweich lachte. »Lustige Filmchen? Da hab ich was für Sie. Schauen Sie mal in meinen TikTok-Kanal!«

»Sie haben einen TikTok-Kanal?« Ich staunte.

»Ja. Müssen Sie abonnieren. Er heißt ›Elke und ihre Hörnla‹.«

Über zehn Jahre kaufte ich in dieser Backstube ein. Und auf diese Weise sollte ich jetzt den Vornamen von Frau Dotterweich erfahren.

»Das mache ich gerne«, sagte ich, während Frau Dotterweich die Backwaren in ein Brödladüdla einpackte. »Meine Tochter kommt nämlich gleich zu Besuch.«

***

Andrea stand schon vor der Haustür und erwartete mich mit einer Kuchenform in der Hand.

»Schön, dich zu sehen«, begrüßte ich sie. »Welch seltene Ehre um diese Zeit. Ich freue mich sehr. Gibt es Eierlikörkuchen? Ich habe gerade Hörnla gekauft.«

»Diesmal nicht, Papa. Aber ich bin sicher, dieser Haselnusskuchen wird dir auch schmecken.«

Wieder eine Überraschung. Seit Jahren brachte Andrea bei ihren Besuchen immer meinen Lieblingskuchen mit.

»Sind dir die Eier ausgegangen?«, fragte ich und schloss die Tür auf.

»Nein, aber auch im Alter muss man sich an neue Situationen gewöhnen, findest du nicht?«

»Hör auf, von meinem Alter zu reden! Aber wahrscheinlich hast du recht. Komm rein!«

Ich öffnete den Briefkasten und holte eine Rechnung der Stadtwerke und eine Wahlkampfzeitung des Bamberger AfD-Kreisverbandes hervor, die ich mit den Worten »Verdammtes Nazipack« sofort in der farblich passenden blauen

Tonne verschwinden ließ. »Wenigstens als Rohstoff für die Altpapierverwertung kann dieses Zeug noch dienen«, sagte ich, während ich den Deckel zufallen ließ.

Wir stiegen die knarzenden Holztreppen hinauf. Als ich den Schlüssel in das Schloss der Wohnungstür steckte, fragte ich Andrea: »Vor Mäusen hast du keine Angst, oder?«

»Wie bitte? Mäuse?«

Ich lachte. »Ja. Ich habe gerade einen tierischen Mitbewohner.« Wir betraten die Wohnung, und ich deutete auf das Klavier im Wohnzimmer, vor dem ein halbes Dutzend Mausefallen aufgestellt war. »Es ist eine musikalische Maus. Sie hat sich im Piano eingenistet. Aber sie hat keine Chance, hier lebend rauszukommen.«

Andrea blickte mich fassungslos an. »Du willst sie töten? Mit diesen Killermaschinen?«

»Ähem, das sind keine Killermaschinen, sondern handelsübliche Mausefallen aus dem Gartencenter. Dafür braucht man nicht mal den Kleinen Waffenschein.«

»Trotzdem, Papa. Das ist ein Lebewesen. Dieses Tier hat dir doch nichts getan.«

»Eine Maus in der Wohnung ist für mich zuerst mal Ungeziefer.« Ich deutete auf die »Derrick«-DVD-Sammlung im obersten Regal meiner Schrankwand, deren Papphüllen schon angeknabbert waren. »In ›Derrick‹-Folge 149 aus dem Jahr 1986 geht es um einen Wissenschaftler, der auf dem Gebiet der Schädlingsbekämpfung forscht. Und da sagt der Oberinspektor sinngemäß zu Harry, dass sie ja auch in diesem Metier tätig seien.«

»Eine ziemlich menschenverachtende Ausdrucksweise, oder?«, erwiderte Andrea. »Aber kein Wunder. Dein Held Horst Tappert war ja auch in der Waffen-SS und wird deshalb nicht mehr im Rentnerfernsehen gezeigt.«

Mit Rentnerfernsehen meinte Andrea alles, was nicht Netflix war. Und die Details aus den einzelnen Folgen meiner Lieblingsserie gehörten zu dem nutzlosen Wissen, das sich in meinem Langzeitgedächtnis ebenso eingebrannt hatte wie die Telefonnummern meiner Freunde aus der Volksschule, die ich heute noch auswendig aufsagen konnte, während ich meine aktuelle Handynummer jedes Mal auf meiner eigenen Visitenkarte ablesen musste.

»Ende der Diskussion«, versuchte ich ein Machtwort. »Die Maus muss weg, sonst zerfrisst sie noch das ganze Innenleben des Klaviers. Oder sie knabbert irgendwelche Stromleitungen an. Oder was schlägst du vor?«

»Du könntest mit der Maus leben. Sie tut dir doch nichts.«

Es dauerte einen Moment, bis mir klar wurde, dass sie dies ernst meinte.

»Kommt gar nicht in Frage. Würdest du wollen, dass dir nachts eine Maus über die Bettdecke krabbelt?

»Hm, nein«, gab sie zögernd zu. »Aber stell doch wenigstens Lebendfallen auf. Dann kannst du das Tier draußen aussetzen.«

»Damit es anschließend wieder in die Wohnung kommt? Die Biester sind schlauer, als man denkt. Nein, danke. Setz dich! Magst du was trinken? Was gibt's für Neuigkeiten?«

»Du könntest raten, Papa!«

Wir nahmen am Esstisch Platz. Der Ermittler in mir kombinierte. Andrea hatte erstmals einen Kuchen ohne Eierlikör, also ohne Alkohol mitgebracht. Sie reagierte außergewöhnlich emotional auf die Vorstellung, ein kleines, hilfloses Lebewesen könnte getötet werden. Und wenn ich genauer hinschaute, hatte sie in den letzten Wochen ein oder zwei Kilo zugelegt. Die Indizienkette legte für mich nur einen Schluss nahe.

»Du bist … schwanger?«, äußerte ich vorsichtig meinen Verdacht.

Andrea zog die Augenbrauen hoch, verzog den Mund zu einem Lächeln, dann wartete sie drei Spannungssekunden, bevor sie antwortete: »Bingo! Du wirst Großvater. Und dir und deiner Liebe zu Filterkaffee zu Ehren wird deine Enkelin Melitta heißen.«

Großvater? Was war das für ein Wort? Tausend Bilder liefen vor meinen Augen ab. Großväter waren alte Männer mit langen Bärten, Hörgeräten, hässlichen grauen Strickjacken und Gehstöcken oder Rollator. Großväter sahen aus wie der Alm-Öhi bei »Heidi«.

»Wenn es ein Junge wäre, würde er einen Doppelnamen kriegen: Stephan-Harry. Das würde dir doch gefallen, oder?«

Jetzt brach Andrea in schallendes Lachen aus, klopfte mir kumpelhaft auf die Schulter und sagte: »Mensch, Papa! Dein Gesicht hättest du sehen sollen.«

Ich schaute sie immer noch sprachlos mit großen Augen an und wusste nicht, wie mir geschah.

»Das war ein Prank!«

»Ein was?«

»Ich bin natürlich nicht schwanger. Hab dich geprankt. Und du bist drauf reingefallen.«

Ich atmete tief durch. Dann lachte ich auch verlegen.

»Aber Kind, das ist doch nichts zum Scherzen. Lieber Himmel. Du kannst mich doch nicht so ohne jede Vorwarnung zum Opa machen. Also habe ich falsch geraten?«

»Ja, hast du. Und jetzt iss erst mal ein Stück Kuchen. Und hör zu! Es wird dich vielleicht ähnlich schocken. Ich habe mich zum Semesterende exmatrikuliert.«

»Wie bitte? Nimmst du mich jetzt wieder auf den Arm?«

»Nein, jetzt meine ich es ernst. Ich beende mein Studium.«

»Du brichst es ab. Ohne Abschluss. Das ist ein Unterschied.«

»Ich habe den Bachelor. Das ist ein Abschluss. Den Master braucht kein Mensch. Und vor allem, das ist die gute Nachricht …«

»Jetzt bin ich aber gespannt.«

»Ich beginne ein Volontariat beim FT.« Andrea nickte stolz. »Ich habe eine schriftliche Zusage. Ich kann jetzt schon als freie Mitarbeiterin anfangen.«

»Und was heißt das? Volontariat? Das klingt nach freiwilligem sozialen Jahr.« Ich erinnerte mich an die lateinische Vokabel voluntas, die ›freiwillig‹ bedeutete. »Du brichst für ein Praktikum das Studium ab?«

»Nein, Papa. Ein Volontariat ist die journalistische Ausbildung. Nach zwei Jahren bin ich Redakteurin. Und weil der Journalismus ein freier Beruf ist, gibt es keine klassische Ausbildung mit Berufsschule und Abschlussprüfung.« Nach einer kurzen Pause fügte sie hinzu: »Freust du dich auch ein bisschen für mich?«

Ich schluckte. »Das kommt jetzt etwas überraschend, muss ich zugeben. Aber ja, ich freue mich natürlich. Wenn es das ist, was du willst. Und ich meine, der FT, nun ja, das ist zwar nicht öffentlicher Dienst mit Beamtenstatus, aber sicher auch ein einigermaßen seriöses Unternehmen.« Ich ging zur Spirituosenvitrine in meinem Wohnzimmerschrank und holte eine Flasche Eierlikör heraus. »Lass uns darauf anstoßen. Du musst ja wohl aktuell nicht auf Alkohol verzichten.«

Ich schenkte ein, wir prosteten uns zu.

»Auf die vierte Gewalt im Staate«, sagte ich. Dann stellte ich mein Likörgläschen auf den Tisch und fragte: »Hast du eigentlich diese TikTok-App auf deinem Handy?«

»Ja. Aber ich benutze sie schon lange nicht mehr. Dafür bin ich einfach zu alt.«

»Oh«, wunderte ich mich und bat sie, »Elke und ihre Hörnla« aufzurufen.

Andrea schaute mich kurz fragend an, zuckte mit den Schultern. Sie legte ihr Smartphone auf den Tisch und tippte, dann schob sie es zu mir. Ich hörte eine fetzige Musik und sah Frau Dotterweich hinter ihrem Tresen im weißen Kittel, wie sie die Arme rhythmisch zum Sound auf und ab bewegte. Dazu erschienen auf dem Bildschirm kleine Textfelder mit den Worten »Dinge, die ich in der Bäckerei täglich hören muss«. Dann wechselten die Inschriften immer binnen weniger Sekunden: »Ich möchte das vordere Hörnla, das lacht mich so an«, »Sind die Brödla auch wirklich von heute?«, »Eine Minute vor Ladenschluss: Was? Sie haben nichts mehr?«

»Die Frau aus dem Bäckersladen hat ja richtig Humor«, stellte Andrea fest.

Ich nickte zustimmend. »Ja, erstaunlich, was in manchen Leuten steckt.«

»Wär das nicht auch was für dich, Papa? Du könntest der erste Kriminalkommissar auf TikTok sein.«

»Lass mal, Andrea. Es reicht mir, wenn ich mein WhatsApp richtig bedienen kann.«

»Hast du deine Waffe und deine Dienstmarke dabei? Ich habe eine Idee. Komm, das wird lustig. Wir probieren es mal aus.«

11. Juli 2010, Bamberg

Hunderte Menschen hatten sich bei tropischer Hitze auf dem Domplatz zum Festgottesdienst mit dem Erzbischof zum Heinrichsfest versammelt. Die aufgestellten Stühle waren bis auf den letzten Platz belegt. Viele Besucher wedelten sich mit dem Liederheft frische Luft zu und hatten Mitleid mit den jungen Sängerinnen der Mädchenkantorei, die in ihren weißen Kutten in praller Sonne vor dem Fürstenportal auf ihren nächsten Einsatz warteten.

»Gott ins Spiel bringen« hatten die Organisatoren als Motto gewählt, um so den Bogen zur allgegenwärtigen Fußball-WM in Südafrika zu schlagen, nachdem der Erzbischof sich am Tag zuvor bereits von den Zeitungen mit den Worten hatte zitieren lassen: »Nach der WM ist vor notwendigen Reformen.« Damit meinte er nicht die katholische Kirche. Er hoffe, dass die Freude und Euphorie eine Signalwirkung für ganz Afrika haben werden. Tatsächlich waren auf dem offiziellen Plakat zum Heinrichsfest zwei Jugendliche in schwarz-weißen Trikots mit einem Fußball zu sehen. Dass der deutschen Mannschaft an diesem Wochenende nach dem Halbfinalaus gegen Spanien nur die zweifelhafte Ehre zuteilwurde, als erste Mannschaft zweimal hintereinander den dritten Platz zu belegen, und dass das Finale am Sonntagabend ohne deutsche Beteiligung zwischen den Niederlanden und Spanien ausgetragen wurde, tat zumindest der Freude der Menschen beim Gottesdienst keinen Abbruch.

Erstmals seit 1924 war mit dem Apostolischen Nuntius Jean-Claude Périsset wieder ein Botschafter des Papstes zum Heinrichsfest gekommen. Erzbischof Ludwig Schick wies in seiner Begrüßung auf die besondere Verbindung zwischen Rom und Bamberg hin, nicht nur weil beide Städte auf sieben Hügeln gebaut seien, sondern auch weil es in Bamberg das einzige Papstgrab in Deutschland gebe. In seiner Predigt ging der Vatikanbotschafter auf die Liebe zwischen dem heiligen Heinrich und seiner Gemahlin Kunigunde ein, die ein Vorbild für die Beziehung zwischen Mann und Frau sei.

Ronny Berger flüsterte zu Sarah, die neben ihm saß: »Ob das als Empfehlung des Heiligen Stuhls für kinderlose Ehen zu verstehen ist?« Sie zuckte lächelnd mit den Schultern. Er jedenfalls war dankbar, dass in der Auseinandersetzung mit seiner künftigen Ex-Frau nicht auch noch das Wohl von Kindern zur Debatte stand. Dass seine neue Freundin mit ihm einen Gottesdienst besuchte, rührte ihn sehr. Wie religiös oder gläubig sie war, hatte er noch nicht wirklich durchschauen können.

Bevor der Klingelbeutel herumgereicht wurde, erläuterte Pfarrer Papa Diabang auf der Bühne vor der Alten Hofhaltung, dass die heutige Kollekte für Hilfsprojekte im Partnerbistum Thiès im Senegal gesammelt wurde. Der Gaustadter Pfarrer, der aufgrund seiner Herkunft gemeinsam mit dem Weltkirchereferenten auch Koordinator für die Bamberger Senegal-Hilfe war, rief mit bewegenden Worten zu großzügigen Spenden auf. Er griff zudem die Aussagen des Erzbischofs auf, der mit Blick auf die Fußball-WM darauf hingewiesen hatte, dass Südafrika mit seinen Bodenschätzen und vielen Investoren aus Europa und Nordamerika sowie seiner günstigen Lage am Meer eines der reichsten Länder Afrikas sei, während viele andere Länder auf dem Schwarzen Kontinent bitterarm seien. Als der Klingelbeutel durch seine Reihe gereicht wurde, zückte Ronny seine Geldbörse aus der Gesäßtasche seiner Jeans und zog einen Hundert-Euro-Schein hervor.

»Wow, ganz schön großzügig«, sagte Sarah. »Ich habe leider gar kein Geld dabei.«

»Ist für einen guten Zweck«, erwiderte Ronny und genoss es, von Sarah als edler Wohltäter wahrgenommen zu werden.

Nach dem Gottesdienst schlenderten Ronny und Sarah durch die Budenstadt auf dem Domplatz, wo sich zahlreiche

Verbände und Aktionen vom Missionskreis Ayopaya bis zum Frauenhaus des Sozialdienstes katholischer Frauen präsentierten. In der Alten Hofhaltung spielten die Don-Bosco-Musikanten, und auf der Wiese vor dem Bischofshaus führten Sportgruppen der DJK zu Kaffee und Kuchen Aerobic, Jazzdance, Turnen, Taekwondo und Rock 'n' Roll vor.

»Es ist mir echt zu heiß hier«, sagte Sarah. »Lass uns etwas trinken.«

»Die einzigen Veranstaltungen, die hier aktuell auszuhalten wären, sind die Kinderführung mit dem Erzbischof im kühlen Dom oder die Ausstellung im Diözesanmuseum.«

»›Gott weiblich‹, ich weiß«, meinte Sarah. »Wollen wir nicht lieber irgendwo ein Eis essen gehen?«

In diesem Moment kam Pfarrer Diabang zu ihnen. Er hatte seinen Priesterkragen geöffnet, trug eine schwarze Sonnenbrille und hatte ein FC-Bayern-Käppi auf dem Kopf. In der Hand hielt er einen Stoffbeutel mit dem aufgedruckten Logo vom tausendsten Bistumsjubiläum drei Jahre zuvor.

»Gut, dass ich Sie treffe, Herr Berger. Darf ich Sie heute als Geldboten missbrauchen?«

Ronny deutete auf den Beutel. »Nicht Ihr Ernst, oder?«

»Es ist die Kollekte vom Gottesdienst. Das Geld muss auf unser Sonderkonto eingezahlt werden. Und wem könnte ich diese Summe besser anvertrauen als Ihnen, dem Finanzminister von St. Josef Gaustadt?«

»So viel der Ehre, Herr Pfarrer«, erwiderte Ronny und nahm den Beutel entgegen. »Darf ich Ihnen meine Freundin vorstellen? Sarah, das ist Pfarrer Diabang.«

»Das freut mich sehr«, sagte der Geistliche und gab Sarah die Hand. »Wenn es etwas zu segnen gibt, ich bin immer für Sie da.« Er zwinkerte Ronny zu.

»Segnen?« Sarah schaute ihn fragend an.

»Ich meine eine Ehe oder Kinder. Aber ich will euch nicht vorgreifen.« Der senegalesische Priester lachte, dann wandte er sich an Ronny und sprach leiser: »Kann es sein, dass die

Fördermittel der Oberfrankenstiftung noch nicht eingegangen sind? Können Sie da mal bitte nachhaken?«

»Klar, ich kümmer mich drum«, antwortete Ronny. »Es gab noch ein paar Unklarheiten bei der Bezirksregierung. Sie wissen schon: Behörden. Da mahlen die Mühlen langsam.«

»Danke, Herr Berger. Ich muss weiter. GV im Dompfarrheim. Es wird über die pastorale Situation im Erzbistum diskutiert. Das möchte ich hören.«

»GV im Dompfarrheim?« Sarah musste laut lachen, als Diabang gegangen war. »Das heißt jetzt aber nicht das, was ich denke, oder?«

»Der GV ist der Generalvikar, sozusagen der Stellvertreter des Bischofs. Was dachtest du denn?«

»Ich kenne aus der Apotheke GV nur als Abkürzung für Geschlechtsverkehr.«

»Auch eine Idee«, sagte Ronny. »Aber nicht im Dompfarrheim.«

Sarah stieß Ronny neckisch in die Seite. »Für jede körperliche Anstrengung ist es jetzt zu schwül. Ich mag ein Eis.«

Man kann das eine tun, ohne das andere zu lassen, dachte Ronny. Er sagte aber: »Ja, lass uns zum ›Buonissimo‹ gehen.«

SECHS

Als ich das Büro betrat, saßen Paulina und Wolfgang Brehme über das Notebook des Mordopfers gebeugt.

»Jemand Hörnla?«, fragte ich, legte das Brödladüdla mit den Backwaren auf den Schreibtisch und holte eine Packung Kaffeefilter aus meiner Aktentasche.

»Nein danke«, sagte Paulina und deutete auf einen angebissenen Hamburger, der vor ihr auf einem Pappteller lag. »Wir haben uns schon gegenüber beim Kerling versorgt.«

»Sieht das nur so aus, oder ist das ein Hamburger?«, fragte ich die bekennende Veganerin erstaunt.

»Ein Quinoaburger ist das. Sehr lecker. Aber sicher nichts für Wurst-Müller.«

Ich begrüßte auch den EDV-Fachmann, der wie immer eine Adidas-Trainingsjacke trug.

»Kennen Sie den schon?«, fragte ich. »Was macht die Herzogenauracher Polizei, wenn bei Adidas ein Einbruch gemeldet wird?«

»Sie schickt drei Streifen«, antwortete Wolfgang und gähnte demonstrativ. »Wissen Sie, Herr Müller: Vor Kurzem wurde in Mesopotamien eine Steintafel aus dem zehnten Jahrhundert vor Christus mit Witzen gefunden. Darauf war dieser gestrichen, weil er damals schon veraltet war.«

»Gut gekontert«, lobte ich. »Ein Elektrofachmann mit Humor. Sehr schön. Haben Sie etwas herausgefunden?«

Ich setzte mich an meinen Schreibtisch, blickte in den Posteingangskorb und schaltete den Computer ein. Als kurz darauf der Bildschirmschoner mit dem Wappen der Bamberger Polizei erschien, bewegte ich die Maus, um den Desktop anzuzeigen.

Doch nichts geschah. Ich drückte beliebig einige Buchstaben auf der Tastatur, auch ohne Wirkung.

»Probleme?«, fragte Wolfgang hilfsbereit. »Probleme mit der Maus?«

»Das kann man wohl sagen.« Ich schmunzelte. »Das größere Problem habe ich aber zu Hause.« Ich berichtete von meinem ungebetenen Gast im häuslichen Klavier und fragte Paulina, ob sie als Veganerin auch eine Gegnerin von Mausefallen sei.

Sie lachte und dachte kurz nach. »Gute Frage, Horst. Ich bin ja gegen jedes sinnlose Töten von Tieren. Und als Veganerin werde ich von spitzfindigen Zeitgenossen auch oft gefragt, ob ich keine Mücken erschlage oder was ich machen würde, wenn mich ein Tiger angreift. Also, eine Spinne würde ich immer lebend aussetzen. Eine Mücke müsste im Zweifel dran glauben. Und der Tiger, nun ja. Das ist keine realistische Situation in der oberfränkischen Prärie.«

»Im Radio kam gestern eine Meldung, dass in England eine vegane Rentnerin zu einer Geldstrafe verurteilt wurde, weil sie in ihrem Reihenhaus Mäuse wie Haustiere hielt und fütterte, anstatt sie zu bekämpfen«, erzählte Wolfgang. »Einige Nachbarn waren ausgezogen, weil es wohl unerträglich gestunken hat.«

»Sehen Sie«, triumphierte ich. »Die Rechtsprechung ist auf meiner Seite. Die Maus muss weg.« Ich goss mir Filterkaffee in die grüne Gewerkschaftstasse ein. »Aber was haben Sie inzwischen aus dem Computer von Bruder Martin herausholen können?«

»Alles«, sagte Wolfgang und schlug die flache Hand stolz auf die Tischplatte. »Also alles, was in jüngster Zeit gelöscht wurde und wiederhergestellt werden konnte.«

»Und das ist einiges«, ergänzte Paulina. »Es wird eine Weile dauern, bis wir das ausgewertet haben. Am interessantesten sind natürlich die Korrespondenzen, die er mit Frau Zemler geführt hat.«

»Von seinem Klostercomputer aus?«

»Nein. Er hatte ein privates E-Mail-Konto über Google-Mail.«

»Wir mussten nicht einmal das Passwort entschlüsseln, er hatte es im Browser abgespeichert«, sagte Wolfgang.

»Und? Hatten sie eine Affäre?«

»Wie man's nimmt. Auf den ersten Blick war das alles zwar intensiv, aber für normale Verhältnisse harmlos.«

»Was meinen Sie mit normalen Verhältnissen?«

»Na ja, ich denke mir, dass es schon was anderes ist, wenn ein Mönch einen so intensiven Austausch mit einer Dame hat. Von wegen Zölibat und so.«

»Es heißt aber doch auch, dass Johannes Paul der Zweite eine sehr innige geistliche Freundschaft mit einer Frau gepflegt hat. Das wurde erst nach seinem Tod bekannt.«

»Ja, wir müssen das noch in Ruhe auswerten. Aber interessant ist, dass Frau Zemler nicht die einzige Frau war, mit der er privaten Kontakt hatte.«

»Das heißt?«

»Vor einigen Wochen hat ihn eine gewisse Sonja angeschrieben. Etwas merkwürdig. Sie behauptete, ihn kürzlich im Gottesdienst gesehen zu haben und von seinem zauberhaften Lächeln betört worden zu sein. Sie wolle ihn gerne besser kennenlernen. Ein paar Mails gingen hin und her, sie wurde immer vertraulicher, fast zudringlich, möchte ich sagen.«

»Klingt spannend. Und weiter?«

»Letztlich hat sie immer stärker auf ein Treffen gedrängt. Meiner Ansicht nach mit ziemlich eindeutigen Absichten. Sie haben schließlich vor einer Woche eins vereinbart. Danach reißt der Kontakt plötzlich ab.«

»Vielleicht ist das Date nicht gut gelaufen«, mutmaßte Wolfgang.

»Wir müssen herausfinden, ob es stattgefunden hat. Können wir die Absenderin identifizieren?«, fragte ich und schaute den Experten an.

»Schwierig«, antwortete Wolfgang. »Bis Google über ein Rechtshilfegesuch die IP-Adresse eines Nutzers rausgibt, können Monate vergehen. Wenn überhaupt.«

»Verstehe.« Ich seufzte und nahm einen letzten Schluck aus meiner Kaffeetasse. »Haben Sie irgendwas über Teufelsaustreibungen gefunden?«

»Alles Mögliche. Hier zum Beispiel eine Zuschrift, die mit offenem Verteiler an zahllose kirchliche Einrichtungen in ganz Deutschland verschickt wurde. Der Text lautet: ›Bitte geben Sie diese Nachricht an möglichst viele Priester weiter. Ich werde von sehr vielen Dämonen verfolgt. Ich kann sie sehen und hören. Ich kann auch sehen, wie diese Wesen zu Menschen, Tieren und Verstorbenen fliegen und ihnen schaden. Bitte beten Sie, dass diese bösen Gestalten verschwinden. In meiner Nähe ist auch ein Dämon, der behauptet, Gott zu sein. Dieser müsste auch weg. Ich wünsche Ihnen einen schönen Tag.‹ Unterschrift: Rudolf Peters.«

»Klingt wirr«, stellte ich fest. »Was noch?«

»Ein PDF mit rituellen Gebeten, viel Lateinisches, das ich nicht verstehe. Außerdem eine vierseitige Adressliste mit Priestern aus dem ganzen deutschsprachigen Raum, die für Befreiungsgebete zur Verfügung stehen. Mit allen Kontaktdaten. Die war übrigens direkt auf dem Desktop abgelegt. So als ob er dieses Dokument regelmäßig gebraucht hätte.«

»Drucken Sie mir das doch mal aus«, bat ich.

»Gerne«, sagte Wolfgang. »Was auch interessant sein dürfte: Ich habe die auf dieser Liste angegebenen Telefonnummern mit der Anrufliste des Smartphones des Toten abgeglichen. Eine Nummer hat er in den vergangenen vierzehn Tagen mehrfach kontaktiert.«

»Ja? Sagen Sie schon!«

»Waren Sie in letzter Zeit auf dem Heiligen Berg?«, fragte Wolfgang.

Und mir war klar, wohin uns unsere nächste Vernehmung führen sollte.

***

Das Franziskanerkloster Vierzehnheiligen befand sich im Schatten der bekannten Basilika, die vor über zweihundertfünfzig Jahren nach Plänen von Balthasar Neumann errichtet worden war. Pater Nikolaus Reisbecker, dem wir von unterwegs unseren Besuch angekündigt hatten, erwartete uns am Eingang des altehrwürdigen Baus. Er war höchstens vierzig Jahre alt, sicher ein Meter neunzig groß und sportlich, soweit es die braune Kutte mit der weißen Kordel erahnen ließ. An den Füßen trug er die obligatorischen Ledersandalen. Er hatte einen modernen Kurzhaarschnitt und einen gepflegten Vollbart. Eine Tonsur, wie man sie von Klostermönchen kannte, war an seinem Hinterkopf nicht zu erkennen. Seine schwarze Kunststoffbrille war von der Marke Ray-Ban. Und am linken Handgelenk trug er eine Apple Watch.

»Kommen Sie herein!« Er streckte beide Hände aus, als wollte er mit uns das Vaterunser beten. »Ich fürchte nur, dass ich Sie enttäuschen muss.«

Pater Nikolaus geleitete uns durch einen Gang in ein Besprechungszimmer mit einem runden hellen Holztisch, weiß gepolsterten Stühlen und einem Ausblick auf die grün blühende Landschaft, die man Gottesgarten nannte. Die alte Pendeluhr an der Wand passte nicht zum übrigen Interieur. Daneben hing ein Ölgemälde, das den heiligen Franziskus in der bekannten Darstellung mit Tauben in der Hand und anderen Tieren zu seinen Füßen zeigte.

»Schön haben Sie es hier«, stellte Paulina mit Blick durch das Fenster fest. »Ein bisschen abseits vom Geschehen, aber ruhige Cheflage, würde ich sagen.«

»Da haben Sie wohl recht. Nehmen Sie Platz«, sagte der Franziskaner, schenkte uns Mineralwasser ein und fragte zugleich: »Wasser ist in Ordnung? Wir haben nichts anderes da.«

Er ließ offen, ob es im Kloster grundsätzlich nur Wasser für Gäste gab oder ob andere Getränke wie Johannisbeerschorle und Aperol Spritz gerade ausgegangen waren.

»Ich hätte eigentlich Franziskaner-Weißbier erwartet«,

scherzte ich. »Oder wenigstens Mönchshof-Radler. Nur kein Höllensprudel.« Ich lachte. »Nein, nein, passt schon!«

»Sie sagten, Sie kommen wegen Pfarrer Franz Forsbach. Da muss ich Sie wie gesagt enttäuschen.« Pater Nikolaus senkte den Blick auf die Tischplatte und sprach betroffen: »Er ist tot.« Und nach einer Schweigesekunde: »Requiescat in pace.«

»Ach«, bemerkte ich lakonisch und ehrlich überrascht. »Woran ist er gestorben?«

»Ich bitte Sie!« Der Pater setzte sich zu uns mit dem Rücken zum Fenster, sodass sein Gesicht wie ein Schatten erschien. »Pater Forsbach war neunundachtzig Jahre alt. Er hatte keine besonderen Krankheiten außer zu niedrigem Blutdruck und Tinnitus. Bis zuletzt war er fit und mobil. Er ist sogar noch Auto gefahren. Dann ist er einfach friedlich eingeschlafen mit dem Rosenkranz in der Hand und am Morgen nicht mehr aufgewacht. Er wurde vorgestern in seiner Heimatpfarrei in Radevormwald in aller Stille begraben.«

»Dann war er gar kein Franziskanerpater?«, fragte ich. »Wo liegt Radevormwald?«

Die Smartwatch des Paters piepste. Er schaute kurz darauf, dann antwortete er: »Im Bergischen Land, Erzbistum Köln. Er war seit vielen Jahren Gast unseres Hauses. In der ganzen Zeit hat sich die Polizei nicht für ihn interessiert. Und jetzt kommen Sie wenige Tage nach seinem Tod? Die alte Geschichte ist doch längst abgeschlossen und strafrechtlich schon lange verjährt.«

»Wovon reden Sie denn?«, fragte Paulina. »Wir sind hier, weil wir seinen Namen und seine Kontaktdaten auf einer Liste von bundesweit tätigen Exorzisten gefunden haben.«

Pater Nikolaus wirkte glaubhaft überrascht. »Diese Liste kann nicht sehr aktuell sein. Ich glaube nicht, dass der Franz in den letzten Jahren die Grenzen des Landkreises verlassen hat. Exorzismus? Nein, das passt überhaupt nicht zu ihm.«

»Was passte dann zu ihm?«

»Nun, er pflegte eine intensive marianische Frömmigkeit. Jeden Morgen betete er vor dem Gnadenaltar in der Basilika den Rosenkranz. Und zwar komplett, den freudenreichen, den glorreichen und den schmerzhaften. Er beichtete jede Woche und feierte täglich die Eucharistie in unserer Klosterkapelle.« Etwas leiser fügte er hinzu: »Öffentliche Gottesdienste waren ihm ja untersagt.«

Ich horchte auf. »Wegen der ›alten Geschichte‹«, ich malte Gänsefüßchen in die Luft, »die Sie eben erwähnten?«

Pater Nikolaus seufzte. »Ja. Sie ahnen sicher, worum es geht. Es liegt lange zurück. Pater Forsbach war in den siebziger Jahren Rektor eines katholischen Internats in Bad Münstereifel. Es war eine sogenannte Apostolische Schule der Legionäre Christi, eine durch ihren mexikanischen Gründer Marcial Maciel etwas in Verruf gekommene katholische Gemeinschaft. Maciel wurde des sechzigfachen sexuellen Missbrauchs überführt. Und er war kein Einzeltäter in der Kongregation.«

»Pater Forsbach?«

Nikolaus nickte. »Forsbachs Name stand in der berüchtigten Akte, die der frühere Kölner Kardinal Meisner mit dem Titel ›Brüder im Nebel‹ geführt hatte. Er soll sich damals in dem Internat an Jungen vergangen haben. Die meldeten sich aber erst, als in Deutschland der Missbrauchsskandal offenbar wurde. Strafrechtlich konnte man ihm nichts mehr anhaben. Die Fälle waren wie gesagt verjährt. Später gab es Vorwürfe, die man heute unter dem Stichwort geistlicher Missbrauch fassen würde. Da ging es um sogenannte erwachsene Schutzbefohlene, die sich ihm anvertrauten. Er war schon im Ruhestand, sodass man ihn nicht mal mehr irgendwelcher Ämter entheben konnte. Der Kardinal schickte ihn ins Kloster, möglichst weit weg von Köln. Und so kam er nach Vierzehnheiligen. Anfangs hat er hier in der Gegend noch als Vertretungspriester Messen gefeiert und Beichten gehört. Aber dann erteilte ihm der Kardinal öffentliches Zelebrationsverbot. Meines Wissens hat er sich an diese Auflage stets gehalten.«

»Und die Opfer?«, fragte Paulina.

»Wir sagen Betroffene. Sie erhielten Zahlungen zur Anerkennung des Leids. Ihre Namen sind in der ersten Kölner Missbrauchsstudie genannt, die aus Datenschutzgründen nie veröffentlicht werden durfte. Öffentlich sind sie nicht bekannt.«

»Kennen Sie die Namen der Opfer?«, wollte ich wissen.

»Nein, natürlich nicht. Forsbach ist nie wieder auffällig geworden, er hat ein zurückgezogenes Leben geführt.«

»Und manchmal den Teufel ausgetrieben?« Paulina zog die Augenbrauen hoch.

»Davon weiß ich nichts.«

»Gibt es hier im Kloster einen Mönch, der Exorzist ist?«

»Nein. So etwas müsste vom Ordinarius, also vom örtlichen Bischof, genehmigt oder angeordnet sein. Das ist hier nicht der Fall. Wenn wir genau sein wollen, gibt es hier im Kloster überhaupt keine Mönche.«

»Wie bitte?«

»Auch wenn die Umgangssprache unter ›Mönch‹ einen im Kloster lebenden Mann versteht, so ist ein Mönch eigentlich ein Einsiedler, der abseits des gesellschaftlichen Lebens für Gott in der Einsamkeit lebt. Die Kartäuser zum Beispiel sind ein solcher monastischer Orden. Die Franziskaner gehören nicht dazu, von Einsiedelei ist bei uns keine Rede. Wir sind für die Menschen da. Bei uns gibt es auch keinen Abt auf Lebenszeit, sondern alle Leitungsämter sind auf Zeit befristet.«

»Das klingt ja alles sehr offen«, sagte Paulina. »Und Sie sehen aus, als wären Sie ein moderner Mann, der mit der Zeit geht und die Vorzüge der Technik kennt und nutzt. Wie können Sie dann an die Existenz des Teufels glauben?«

»Ist diese Frage Teil Ihrer Vernehmung? Nun ja, ich wundere mich immer wieder, dass die Menschen den Glauben an einen guten Gott weniger in Frage stellen als den Glauben an den großen Verführer. Dabei ist das Böse in der Welt doch viel offensichtlicher. Die immer wieder gestellte Frage ›Wo war Gott in Auschwitz?‹ kann doch nur mit der Existenz des Antichristen beantwortet werden. In jedem Vaterunser beten Sie: ›Führe uns nicht in Versuchung, sondern erlöse uns von dem Bösen.‹ Das ist nichts anderes als ein Mini-Exorzismus. Und lassen Sie mich Charles Baudelaire zitieren, der sagte, dass die schönste List des Teufels darin besteht, die Menschen davon zu überzeugen, dass es ihn nicht gibt.«

»Noch mal zurück zu Pater Forsbach«, sagte ich. »Hat er regelmäßig Post bekommen?«

»Er hatte eine Reihe Zeitschriften abonniert. Das Vatican-Magazin, die katholische Tagespost, die Herder-Korrespondenz sowie einige theologische Fachblätter und die Kirchenzeitung aus dem Erzbistum Köln. Aber wenn Sie meinen, ob er persönliche Briefe bekommen hat: nein. Nicht einmal zu Weihnachten oder zum Geburtstag.«

»Hatte er einen Internetanschluss? Ein Mobiltelefon?«

»Nichts dergleichen. Er lebte komplett in der vordigitalen Zeit. Er hatte ein Festnetztelefon auf dem Zimmer, da konnte man ihn direkt anrufen. Ob er es viel genutzt hat, kann ich nicht sagen. Wirklich nicht.«

»Also hat er auch kurz vor seinem Tod keine außergewöhnliche Post bekommen?«, wollte ich wissen.

»Was meinen Sie damit?«

»Zum Beispiel eine Packung Pralinen?«

»Nicht dass ich wüsste. Wer sollte ihm auch so etwas schicken?«

»Danke, Herr Pater«, sagte ich. »Wir würden uns dann gerne noch das Zimmer des Verstorbenen anschauen. Geht das?«

»Selbstverständlich. Es ist aber schon weitgehend ausgeräumt. Kommen Sie mit!«

Er führte uns in den ersten Stock, wo sich eine Zelle neben der anderen befand. Im Zimmer von Pater Forsbach standen mehrere Umzugskartons mit Büchern sowie ein Koffer mit Kleidung.

»Was von einem fast Neunzigjährigen übrig bleibt«, stellte ich mit Blick auf die wenigen Habseligkeiten fest.

»Das ist nicht alles, was bleibt«, entgegnete Pater Nikolaus und machte ein Kreuzzeichen. »Lux perpetua luceat eum.«

»Wie bitte?«

»Das ewige Licht leuchte seiner unsterblichen Seele. Der Richter möge ihm gnädig sein.«

Amen, dachte ich. Aber ich sagte: »Vielen Dank, Herr Pater. Sie haben uns sehr geholfen.«

»Wenn Sie noch nichts gegessen haben, kann ich Ihnen den ›Goldenen Hirschen‹ empfehlen«, sagte Pater Nikolaus und deutete über den Vorplatz der Kirche auf ein Wirtshaus. »Das Schäuferla dort ist unschlagbar.«

Wir bedankten uns und versprachen, dem Gasthof bei nächster Gelegenheit die Ehre zu erweisen.

Als wir über die A 73 zurück Richtung Bamberg fuhren, signalisierte mein Handy eine Nachricht von Andrea. Es waren nur die Worte »Schau mal, Papa. Ist cool geworden« sowie ein Link, der sich jedoch wegen einer unzureichenden Mobilfunkverbindung nicht öffnete.

»Kennen Sie eigentlich TikTok?«, fragte ich Paulina.

»Ja, schon, Horst. Aber dafür bin ich seit fünfzehn Jahren zu alt. Warum?«

»Ach, nur so. Andrea hat mir da was gezeigt. Aber ich versteh es auch nicht so ganz. Diese kurzen Filmchen sind ja schon wieder vorbei, wenn sie die Aufmerksamkeit gewonnen haben. Andrea will übrigens ihr Studium abbrechen und beim FT als Volontärin anfangen. Ich weiß noch nicht, was ich davon halten soll.«

»Es spielt eh keine Rolle, was Sie davon halten, Horst. Sie ist erwachsen und wird wissen, was sie tut.«

Ich nickte. »Das stimmt wohl.«

Wir fuhren an Breitengüßbach vorbei, als mein Telefon

wieder Empfang anzeigte. Ich öffnete die Google-App und tippte »Legionäre Christi« in den Suchschlitz ein. Der erste Treffer war die Homepage der Bewegung, die sich als Priesterkongregation päpstlichen Rechts bezeichnete.

»Als der Pater von den Legionären Christi sprach, dachte ich erst an die Schweizergarde, aber das ist ja was ganz anderes. Diese Legionäre führen ihren Namen auf eine Äußerung von Papst Pius dem Zwölften zurück, der die Ordensleute als ›Soldaten in Schlachtordnung‹ bezeichnete und an die Tapferkeit der römischen Legionen erinnerte.«

»Etwas mittelalterliche Vorstellung, oder?«, entgegnete Paulina.

»Na ja, wenn ich richtig lese, wurden die Legionäre Christi 1941 gegründet. Sie sollten eine Gruppe von Männern sein, die gut auf ihren Dienst an Christus und seinem Evangelium der Liebe, Barmherzigkeit und Vergebung, des Friedens, der Aufgeschlossenheit und des Respekts vorbereitet sind. Steht hier.«

»Steht da auch was von diesen massenhaften Missbrauchsfällen durch ihren Gründer? Schauen Sie mal lieber auf Wikipedia.«

Ich rief die entsprechende Seite auf und las vor: »Die Kongregation der Legionäre Christi, kurz LC, gilt als erzkonservativ und mit einem Vermögen von dreiundvierzig Milliarden Dollar als einer der reichsten Orden weltweit. Sie sind in einundzwanzig Ländern verbreitet.« Ich überflog die weiteren Absätze und fasste zusammen: »Dieser Maciel muss ein richtig schlimmer Zeitgenosse gewesen sein. Schon 1943, zwei Jahre nach der Gründung der Gemeinschaft, gab es die ersten Missbrauchsvorwürfe gegen ihn. Er hatte zudem mehrere Kinder mit mehreren Frauen.«

»Und das konnte er vor dem Papst geheim halten?«

»Hier steht, dass er sich so sicher fühlte, dass er sich zu seinem sechzigsten Priesterjubiläum neben Johannes Paul dem Zweiten mit seiner Geliebten und seiner achtzehnjährigen Tochter zeigte. Ich glaub's ja nicht. Später hat der neue Papst Benedikt Maciel ein ›skrupelloses Leben ohne echten religiösen Sinn‹ vorgeworfen. Kurios auch: Der Orden selbst hat die Verehrung seines eigenen Gründers verboten. Der starb übrigens 2008.«

»Mein lieber Himmel.« Paulina seufzte. »Ich erinnere mich an das, was Bruder Elezi sagte: Der Rauch Satans ist in die Kirche eingedrungen. Vielleicht sollten die ihre Exorzisten lieber in eigener Sache einsetzen.«

Über das Autoradio, das mit Paulinas Diensthandy verbunden war, wurde ein Anruf signalisiert.

»Das ist Wolfgang«, sagte sie und nahm das Gespräch an. »Hier ist Paulina, was gibt's?«

Bevor der EDVler antworten konnte, schaltete ich mich ein: »Hier ist KHK Müller, ich muss Sie laut Datenschutzverordnung darüber in Kenntnis setzen, dass ich Sie über Freisprechanlage mithören kann. Wenn Sie das Gespräch fortsetzen, wird Ihre Zustimmung vorausgesetzt. Ende.«

»Passt schon, Kollegen«, ertönte die Stimme aus dem Lautsprecher. »Ich bin bei der Durchsicht der gelöschten E-Mails auf etwas Interessantes gestoßen.«

»Worum geht's?«, fragte Paulina. »Exorzismus?«

»Nein, schlimmer«, antwortete Wolfgang.

19. September 2010, Gößweinstein

»Öffne die Türen und tritt ein, Schritt für Schritt wird sie deine sein«, erklang ein Lied, das Prälat Alois Albrecht eigens für diesen Senegal-Sonntag komponiert hatte und das die enge Verbindung der Bistümer Thiès und Bamberg zum Ausdruck bringen sollte. Begleitet wurde der Gesang vom Spiel auf der Djembe, der afrikanischen Trommel. Es waren ungewohnte Klänge in der prächtigen von Balthasar Neumann gestalteten Basilika, die als spiritueller Mittelpunkt der Fränkischen Schweiz galt.

»Lerne, und die Welt tut sich auf!«, hieß es weiter im Liedtext. Vor der Kirche wurden afrikanische Nüsse und andere Lebensmittel aus dem Eine-Welt-Laden verkauft. Die drückende Hitze unterstrich die subtropische Atmosphäre. »Partnerschaft ist nicht Patenschaft«, hatte Prälat Albrecht in seiner Predigt gesagt und zur Solidarität im Kampf gegen die Armut aufgerufen. Im Mittelpunkt der Partnerschaft stehe ein Austausch, der beide Seiten reicher mache.

»Ein kluger und sehr sympathischer Mann«, sagte Sarah.

»Meinst du mich?«, fragte Ronny und küsste seine Freundin, die ihn zum Senegal-Sonntag der Erzdiözese begleitet hatte, wo er den erkrankten Pfarrer Diabang vertreten und die Spendeneinnahmen entgegennehmen musste. »Ist doch wirklich ein guter Ansatz, wenn alle reicher werden.«

»Wäre eine schöne Kirche zum Heiraten, oder?«, sagte Sarah und deutete auf das barocke Gotteshaus.

»Ja, nächstes Jahr vielleicht.« Er seufzte. »Ich gehe davon aus, dass bis Weihnachten die Formalitäten mit meiner Ex geklärt sind. Aber du weißt ja schon, dass eine kirchliche Wiederheirat nicht so einfach ist. Ein Annullierungsverfahren beim Vatikan kann Jahre dauern. Dass es keine Kinder gibt, könnte den Prozess immerhin beschleunigen.«

»Papa Diabang würde uns sicher am liebsten in St. Josef Gaustadt trauen«, meinte Sarah.

»Ja, oder am besten gleich im Senegal.«

»Was? Wieso?«, fragte Sarah überrascht.

»Na ja, eine afrikanische Hochzeit wäre doch schön. Da wird noch richtig gefeiert. Und …«, er senkte die Stimme, »… dort müsste man es vielleicht auch mit den kirchenrechtlichen Vorschriften nicht so eng nehmen, was die Wiederheirat angeht. Aber Las Vegas geht natürlich auch.«

»Ronny, du machst in letzter Zeit immer häufiger Andeutungen in diese Richtung. Hat das etwas zu bedeuten? Ich hielt deine Auswanderungspläne bisher immer für Flachsereien. Nicht ernst gemeinte Flausen im Kopf. Was ist los?«

»Die Lage ist ernst«, sagte Ronny. Doch Sarah verstand nicht, was er damit meinte. »Ich habe Probleme. Große Probleme.«

»Das weiß ich doch, Ronny. Der Scheidungskrieg, die Insolvenz des Bauträgers, das ist alles ziemlich übel, aber doch nichts, was wir nicht gemeinsam lösen könnten.« Nach einem Augenblick fügte sie unsicher hinzu: »Oder?«

Als Ronny nichts entgegnete und nur schweigend an ihr vorbeisah, sagte sie: »Deshalb sind wir doch zusammen. Ich bin jetzt die Frau an deiner Seite, egal ob wir schon einen Trauschein haben oder nicht. Wir stehen das gemeinsam durch, ich habe auch etwas Gespartes, eine Lebensversicherung und einen Aktienfonds. Beides kann ich flüssigmachen. Weglaufen ist keine Lösung.«

Ronny schloss die Augen und atmete tief durch. Dann schaute er sich um, ob sie unbeobachtet waren.

»Können wir reden, Sarah?«

Sie nickte.

In diesem Moment signalisierte sein Blackberry einen Anruf.

SIEBEN

Wir parkten vor dem Klostergebäude am Knöcklein, wo wir von Bruder Sandro Elezi erfuhren, dass der Prior, Bruder Windsheimer, gerade die Abendmesse in der Karmelitenkirche hielt. Ein leichter Regen hatte eingesetzt, der von der Wettervorhersage nicht angekündigt worden war. Weil ich immer und bei jedem Wetter, auch bei wochenlanger Dürre, einen Knirps-Taschenschirm dabeihatte, konnte mir der Wetterumschwung nichts anhaben. Ich bot Paulina Schutz unter meinem Schirm, doch sie zog die Kapuze ihres blauen Hoodies über den Kopf.

Wir gingen hinunter zum Gotteshaus, wo uns eine Frau auffiel, die sich vor dem ehemaligen Klosterladen suchend umschaute. Als sie uns erblickte, kam sie direkt auf uns zu. Sie war Mitte fünfzig und war nicht gekleidet wie der typische Bamberger, der bei diesem Wetter gewöhnlich Funktionskleidung aus dem Jack-Wolfskin-Store trug. Die Herkunft ihres Outfits hätte ich hingegen eher auf der Münchner Prinzregentenstraße oder der Düsseldorfer Königsallee verortet. Allein ihre Handtasche sah aus, als hätte sie mehr gekostet als drei meiner grauen Anzüge von der Stange im Karstadt.

»Sind Sie von der Makleragentur?«, sprach sie uns an und schaute hilflos auf das Display ihres Smartphones, das sich in einer Lederhülle befand und an einer goldfarbenen Kette um ihren Hals hing. »Dr. Kossow von der FRE Company?«

Ich verneinte. »Tut mir leid, aber können wir Ihnen helfen? Suchen Sie etwas?«

»Ich habe einen Besichtigungstermin im Klosterkarree mit der Franken Real Estate Company ausgemacht. Herr Kossow müsste eigentlich schon seit zehn Minuten hier sein. Ah, ich glaube, da kommt er.«

»Entschuldigen Sie die Verspätung, Frau Krolikowski«,

sagte der Grauhaarige mit Hipsterbart und Alu-Aktenkoffer, der in diesem Augenblick aus einem im Halteverbot geparkten Porsche Cayenne mit Nürnberger Kennzeichen stieg. Sein Anzug hatte den Stoff einer grauen Jogginghose, war aber geschnitten wie ein Businessanzug mit Hochwasserhosen, weshalb die roten Socken in den weißen Turnschuhen besonders ins Auge fielen. Was für mich wie ein Clownskostüm wirkte, war in der Großstadt vermutlich der modisch letzte Schrei.

»Der Frankenschnellweg, Sie wissen schon«, entschuldigte er seine Verspätung. Dann wandte er sich zu uns: »Sie sind auch Interessenten?«

»Sozusagen«, antwortete ich. »Wir möchten gerne mehr über das Kloster erfahren, das stimmt.«

Dr. Kossow öffnete seinen Koffer und holte zwei Mappen hervor, die er Frau Krolikowski und mir mit den Worten »Die Exposés« in die Hand drückte.

Ich bedankte mich und blätterte den mit vielen Bildern versehenen Katalog durch. Die Darstellungen waren aufgeteilt in den Barockflügel, die Bibliothek, das Refektorium, das Brauhaus und den Stadel. Die genannten Kaufpreise entsprachen mehr als dem Zehnfachen meines jährlichen Beamtengehalts.

»Es ist eine sehr kluge Entscheidung, hier zu investieren«, sagte der Makler. »Im Herzen der Altstadt schaffen wir ein Wohnquartier, wie es Bamberg noch nicht gesehen hat.«

Da ich vor einiger Zeit selbst hier auf Wohnungssuche gewesen war, kannte ich die Sprüche der Immobilienschwindler und ließ mich von ihren Superlativen nicht beeindrucken. Allerdings hatte ich auch in einer etwas anderen Preisklasse gesucht.

»Ich finde, der Kaulberg ist eher der linke Lungenflügel als das Herz der Altstadt«, sagte Paulina leise. Kossow blickte kurz irritiert und holte ein weiteres Faltblatt in doppelter Ausfertigung aus dem Koffer.

»Das sollten Sie lesen! Mit einer Wohnung im Klosterkarree investieren Sie in ein jahrhundertealtes denkmalgeschütztes Ensemble. Sie bekommen dafür vom Staat riesige Steuervorteile. Zwölf Jahre lang können hundert Prozent der Sanierungskosten abgesetzt werden. Sie sparen bares Geld.« Er senkte die Stimme und beugte sich vor, als habe er ein Geheimnis zu verraten: »Es sind eigentlich schon längst alle Einheiten verkauft. Aber ein Appartement ist kurzfristig wieder verfügbar geworden.«

»Wie kann das sein?«, fragte Paulina. »Bei einem so lukrativen Investment? Hat jemand online gekauft und von seinem vierzehntägigen Rückgaberecht Gebrauch gemacht?«

Kossow lächelte gütig. »Eine Käuferin hat tatsächlich nach wenigen Tagen eine Rückabwicklung beauftragt. Für uns kein Problem, da es genug Interessenten gibt. Auf den Nebenkosten bleibt sie natürlich sitzen, was sehr bedauerlich ist.«

Ich vermutete, dass ein Teil der Nebenkosten eine Vermittlungsprovision für die Agentur war, die der feine Dr. Kossow nun doppelt kassieren konnte.

»Sagen Sie, im Inneren des Gebäudes, wird da alles komplett umgebaut?«, wollte ich wissen. »Ich stelle mir vor, dass die kleinen Klosterzellen nicht gerade für Luxuslofts der Neureichen geeignet sind.«

Der Makler schaute verwundert, dann lachte er höflich über meine Bemerkung, die er wohl für Selbstironie hielt.

»Sie haben völlig recht, Herr, äh, wie war gleich der Name?«

»Müller.«

»Herr Müller, ja, genau. Also, wir haben innen viele Wände herausgerissen und neu gesetzt. Ein Karmelit, der dort früher gelebt hat, wird sich nach dem Umbau kaum noch zurechtfinden. Aber schauen Sie doch selbst und überzeugen Sie sich. Dafür sind wir ja hier vor Ort.«

»Genau«, sagte Frau Krolikowski, die etwas ungeduldig wurde. »Gehen wir hinein! Wir werden sonst noch ganz nass vom Regen.«

»Viel Erfolg«, sagte ich. »Wir schauen uns das Exposé erst mal in Ruhe an und melden uns wieder.«

»Ja, wie Sie meinen, Herr Müller«, erwiderte Kossow überrascht. »Aber denken Sie an die Steuervorteile!«

Wir gingen Richtung Kirchenportal, und ich rief dem Makler zu: »Wir fragen erst mal den Heiligen Geist um Rat.«

Eine Frau mittleren Alters kam mit suchendem Blick auf uns zu.

»Entschuldigen Sie, haben Sie die aktuelle Uhrzeit?«, sprach sie mich an.

Ich schaute auf meine Armbanduhr und sagte: »Viertel sechs.«

Paulina ergänzte: »Falls Sie nicht aus Franken sind: Das heißt so viel wie siebzehn Uhr fünfzehn.«

»Danke sehr«, erwiderte die Frau. Sie hatte ein blasses Gesicht mit Sommersprossen, und unter der Kapuze eines weinroten Popelinmantels war ein blonder Stufenhaarschnitt zu erkennen. Um den Hals hatte sie locker ein beigefarbenes Seidentuch gewickelt. In der Hand hielt sie eine Louis-Vuitton-Tasche. »Ich komme zur Beichte. Da bin ich wohl etwas früh dran. Ich werde warten.«

»Wir warten auch«, sagte ich und deutete auf die Kirche, »bis der Gottesdienst zu Ende ist.«

»Ach, Sie möchten auch beichten? Wenn Sie zu zweit sind, lasse ich Ihnen gerne den Vortritt.«

Paulina musste lachen. »Nein, es ist eher so, dass die Leute bei uns ihre Sünden bekennen.«

»Ach, Sie sind ... als Frau? Ich meine, geht das denn?«

»Nein, nein, Missverständnis«, sagte ich. »Wir sind von der Polizei. Und unsere Sakramente heißen Durchsuchungsbeschluss und Haftbefehl. Aber keine Sorge, wir sind hier nicht, um jemanden festzunehmen. Wir warten nur auf den Pater, um ihm ein paar Fragen zu stellen.«

»Ich habe Zeit«, sagte die Frau.

***

Der Gottesdienst in der Karmelitenkirche war fast zu Ende. Etwa ein Dutzend Menschen verteilte sich über die Bankreihen, vorwiegend ältere Frauen. Bruder Windsheimer hatte gerade die Kommunion gespendet und überreichte einer Ministrantin den goldenen Kelch. Wir setzten uns in die hinterste Bank und warteten auf das Ende der Messe, während an der Orgel besinnliche Improvisationen gespielt wurden. Beim Schlusssegen hatte er uns offenbar entdeckt, denn bereits wenige Minuten später kam er durch den Mittelgang des Kirchenschiffes mit schnellen Schritten auf uns zu.

»Guten Abend, Frau Kommissarin, Herr Kommissar.« Er streckte uns seine Hand zum Gruß entgegen. »Haben Sie den Mörder schon gefunden? Das wäre sehr schnell!«

»Bedaure«, antwortete ich. »Wir sind noch ganz am Anfang unserer Ermittlungen. Aber es gibt eine etwas delikate Angelegenheit, über die wir mit Ihnen sprechen müssen.« Eine Dame im schwarzen Kleid, vermutlich eine trauernde Witwe, näherte sich und nickte dem Priester freundlich zu. »Vielleicht irgendwo in Ruhe?«

»Kommen Sie mit in die Sakristei«, sagte der Prior und geleitete uns den Weg nach vorne.

Die Sakristei war ein länglicher Raum mit einem hohen Deckengewölbe. Über dem Eingang hing ein mächtiges Kruzifix, das länger war als die Tür hoch. Davor stand mitten im Raum ein Holztisch mit einer weißen Tischdecke und zwei Stühlen. Die komplette Seitenfront war von einer schweren Holzkommode mit zahllosen Fächern gefüllt, auf einigen darüber montierten Hängeschränken standen barocke Engels- und Heiligenfiguren. Ich sah ein aufgeschlagenes blaues Messbuch, ein Gotteslob, einen gelben Aktenordner und eine halb volle Flasche Wein. An der Wand hing eine alte hölzerne Tafel mit zahlreichen Namenskärtchen. Es sah aus wie eine Art Dienstplan für die Klosterbrüder. Ich deutete darauf und sagte: »Die Excel-Tabelle des achtzehnten Jahrhunderts?«

Windsheimer lachte. »Ja, sozusagen. Hängt fest an der

Wand und stürzt deshalb niemals ab. Bekommt keine Viren, nur den Holzwurm. Dies ist allerdings wirklich ein Relikt aus alten Zeiten. Unsere Beicht- und Messpläne werden heute natürlich elektronisch per E-Mail versendet und langfristig archiviert.«

»Gutes Stichwort«, sagte ich, nachdem klar war, dass wir uns hier im Stehen unterhalten mussten. »Wir sind bei der Auswertung des Computers von Bruder Martin auf eine Nachricht gestoßen. Es handelt sich dabei um eine«, ich senkte die Stimme, »Missbrauchsbeschuldigung.«

»Ja, das ist möglich«, reagierte Windsheimer auffällig unaufgeregt. »Bamberg ist der Sitz der Ordensprovinz der Karmeliten. Es kommt immer wieder vor, dass sich Betroffene bei uns melden, manchmal nach Jahrzehnten. Die Täter sind dann oft schon längst verstorben, was die Aufarbeitung nicht einfacher macht. Auch unsere Gemeinschaft ist von diesem verbrecherischen Fluch leider nicht verschont geblieben.«

»Was geschieht mit solchen Meldungen von Opfern üblicherweise?«, fragte Paulina.

»Die Meldungen werden unverzüglich an unsere unabhängige Missbrauchsbeauftragte weitergegeben. Die handelt nach den Leitlinien der Deutschen Ordensobernkonferenz zum Umgang mit sexuellem Missbrauch Minderjähriger und Schutzbefohlener. Dann geht alles seinen ordentlichen Gang. Wenn der Täter noch lebt, wird die Staatsanwaltschaft eingeschaltet, der Beschuldigte wird suspendiert und darf keinen Kontakt mehr mit Kindern und Jugendlichen haben, sofern die Anschuldigungen stichhaltig sind. Eine unabhängige Kommission entscheidet, ob Anspruch auf eine Zahlung zur Anerkennung des Leids besteht.« Dann schaute Windsheimer Paulina und mich nacheinander an. »Aber jetzt sagen Sie doch bitte, gegen wen sich der Vorwurf richtet!«

Paulina signalisierte mir mit einem Blick, dass sie mir das Wort überließ. Und so sagte ich nur knapp: »Gegen Sie!«

Windsheimer reagierte irritiert und lachte kurz, als gehe

er von einem Scherz aus. Als wir ernst blieben, schüttelte er erst langsam den Kopf, dann hob er abwehrend die Hände.

»Das muss ein Missverständnis sein. Eine Verwechslung. Wer beschuldigt mich?«

»Es ist also richtig, dass Bruder Martin diese Meldung nicht wie vorgeschrieben an die zuständigen Stellen weitergegeben hat?«, fragte ich. »Und er hat auch nicht mit Ihnen darüber gesprochen?«

»Nein, nein. Ich höre davon jetzt zum ersten Mal. Das müssen Sie mir glauben! Ich habe mir in dieser Hinsicht im Leben nichts zuschulden kommen lassen. Ich frage noch einmal: Wer beschuldigt mich? Und wann soll das geschehen sein?«

Paulina holte ihr Smartphone aus der Hosentasche ihrer löchrigen Designerjeans und öffnete die von Wolfgang weitergeleitete E-Mail.

»Der Vorfall liegt knapp zehn Jahre zurück. Es soll sich um einen Übergriff bei der Beichte gehandelt haben. Hier in der Karmelitenkirche.«

»Das ist unglaublich!«, entfuhr es Windsheimer. »Die Beichte ist heilig. Kein Priester darf diesen geschützten Raum verletzen.«

»Sie wissen selbst«, widersprach ich, »dass in der Vergangenheit unzählige Missbrauchsfälle dokumentiert und nachgewiesen wurden, die im Zusammenhang mit der Beichte stehen.«

»Und Ihnen ist hoffentlich auch klar«, ergänzte Paulina, »dass wir diese Anschuldigungen verfolgen beziehungsweise an die zuständigen Ermittlungsstellen weitergeben müssen, auch wenn sie nichts mit dem Todesfall zu tun haben, den wir untersuchen.«

»Und wenn Sie wirklich unschuldig sind, haben Sie natürlich nichts zu befürchten«, fügte ich hinzu im Bewusstsein, dass ein falscher Missbrauchsvorwurf sehr schnell eine berufliche Existenz zerstören und eine Person gesellschaftlich vernichten konnte, egal ob es sich um einen Pfarrer, einen Lehrer oder Sporttrainer handelte.

»Von wem stammt der Vorwurf? Und wie überhaupt kommt die Person auf meinen Namen? Die Beichte ist anonym!«

Paulina schaute noch einmal auf ihr Handy und sagte: »Die Aussage ist leider eindeutig, was die beschuldigte Person angeht. Es werden Datum, Ort der Tat und Name des Täters genannt. Ihr Name. Allerdings bleibt ziemlich im Unklaren, was genau geschehen ist. Es wird nicht ausdrücklich geschrieben, um welche Art von Missbrauch oder Misshandlung es gehen soll.«

»Ehrlich gesagt finde ich ja den Begriff ›sexueller Missbrauch‹ sehr unglücklich. Denn das setzt ja voraus, dass es auch einen sexuellen ›Gebrauch‹ geben könnte«, bemerkte ich.

»Erlauben Sie, dass ich mich setze«, sagte Windsheimer, der an meinen sprachwissenschaftlichen Ausführungen gerade wenig interessiert war. Er ging zu einem der beiden Stühle, die an dem Holztisch standen, und nahm zitternd Platz. Schweiß brach auf seiner Stirn aus. Er hatte rote Flecken im Gesicht bekommen. Seine körperliche Reaktion war typisch für Täter, die erst leugneten und zusammenbrachen, wenn man ihnen eindeutige Indizien vorlegte.

»Herr Bruder Windsheimer. Wie ich schon sagte, werden wir diese Sache der Staatsanwaltschaft übergeben, auch wenn die Tat schon lange zurückliegt und möglicherweise verjährt ist. Es gibt hier eindeutig einen Anfangsverdacht gegen Sie. Ich gehe von keiner Fluchtgefahr aus und bitte Sie, sich jederzeit zu unserer Verfügung zu halten. Dann kann ich auf eine vorläufige Festnahme verzichten. Allerdings ist nicht ganz von der Hand zu weisen, dass hier ein mögliches Mordmotiv vorliegen könnte.«

»Wie bitte?«

»Wenn Sie sagen, dass Bruder Martin den Vorwurf den

Vorschriften gemäß hätte weiterleiten müssen, dann ist dies vielleicht mit seinem Tod verhindert worden. Finden Sie nicht?«

Windsheimer schüttelte erneut den Kopf. »Das ist alles unmöglich, Herr Kommissar! Das muss ein großes Missverständnis sein. Und jetzt sagen Sie mir bitte: Wie heißt dieses angebliche Opfer?«

Paulina las den Absender der Nachricht vor: »Barbara Welge aus Hausen.«

Der Priester schloss die Augen und schwieg fast eine Minute lang. Ich vermutete, dass er um Erleuchtung betete, wie er sich jetzt verhalten sollte. Dann öffnete er die Augen und sagte, als wäre nichts geschehen: »Bitte entschuldigen Sie mich. Ich muss jetzt die Beichte hören.«

»Tun Sie das«, sagte ich. »Draußen wartet schon eine reuige Sünderin auf Sie.«

***

Bevor ich nach Hause ging, schaute ich bei meiner Nachbarin Frau Weimer vorbei, plauderte mit ihr bei einem Gläschen Nusslikör über die zunehmenden Wehwehchen des Alters und ließ mir mitteilen, dass es auf der Einladungsliste zu ihrer Beerdigung aktuell keine Änderungen einzutragen galt. Ich kümmerte mich immer darum, die Liste auf den neuesten Stand zu bringen, wobei ich meist verstorbene Personen streichen musste.

»Aber wo Sie gerade da sind, Herr Müller«, sagte sie. In der Hand hielt sie einen Katalog. »Ich brauche Ihren Rat: Was passt besser zu mir: Eiche, Kiefer, Pappel oder eher Nussbaum?«

Ich fühlte mich überrumpelt von der Frage und war auch kein Fachmann für Möbelkunde und Innenarchitektur. »Spontan würde ich Nussbaum sagen«, meinte ich. »Das passt zu Ihnen vor allem auch wegen Ihres vorzüglichen Likörs.

Nussbaum ist zeitlos und edel und harmoniert mit jedem Wohnstil. Wenn Sie also mich fragen …«

»Vielen Dank, Herr Müller. Ich weiß Ihren Geschmack sehr zu schätzen. Es ist ja auch eine Preisfrage. Da muss man zuschlagen, wenn es attraktive Angebote gibt.«

»Was wollen Sie denn anschaffen, Frau Weimer? Ist das ein IKEA-Katalog in Ihrer Hand?«

»Nein«, sagte sie und zeigte mir die dicke Broschüre mit der Aufschrift »Hoffnung und Abschied«. »Das Bestattungsinstitut hat mir einen Katalog mit günstigen Sonderkonditionen ins Haus geschickt. Da kann man jetzt schon bestellen und bequem in Raten zahlen mit null Prozent Finanzierungskosten. Wollen Sie auch mal reinschauen? Man kann übrigens auch seine Sterbebildchen anfertigen lassen, dann muss nur noch das Datum eingefügt werden. Das gibt zehn Prozent Preisnachlass. Es geht auch alles online über www.sargdiscount24.de.«

Praktisch denken, Särge schenken, fiel mir ein Spontispruch aus den Achtzigern ein. Ich sagte aber: »Vielen Dank, Frau Weimer. Ich komme zu gegebener Zeit darauf zurück. Im Moment erfreue ich mich noch eines blühenden Lebens, so wie Sie übrigens auch. Vermutlich werden Sie noch alle im Haus überleben. Wie gesagt: Nussbaum hat Stil.«

Dann stellte ich die blaue Altpapiertonne vor die Tür, auf der noch die Wochenendausgabe des FT lag, weil wohl jemand sich nicht die Mühe machen wollte, den Deckel anzuheben. Ich nahm die Zeitung mit, da auf der Titelseite ein Artikel über das Klosterkarree zu lesen war: »Immobilien-Schmuckstück am Kaulberg«, lautete die Überschrift. »Alle Traumwohnungen im alten Karmel verkauft«. Der Text klang wie eine Werbeanzeige des Bauträgers. Dreiundachtzig Suiten, Studios, Maisonettes und Lofts würden in naher Zukunft fertiggestellt, las ich und fragte mich, warum man Wohnungen heute nicht mehr als solche bezeichnen konnte. Vielleicht waren die exklusiven Käufer eher bereit, einen hohen sechsstelligen Betrag zu zahlen, wenn es sich um ein Studio handelte und nicht um ein Appartement.

Daheim goss ich mir eine Apfelsaftschorle ein und machte es mir in meinem Fernsehsessel bequem. Als ich den FT durchblätterte, hörte ich erneut das Rascheln aus dem Klavier. Die Maus, die ich schon wieder vergessen hatte, war immer noch da, und die Mausefallen standen unberührt vor den Löchern unter den Pedalen. Ich seufzte verzweifelt, dann sah ich in der Zeitung die Anzeige eines Speditionsunternehmens, das günstige Umzüge nach nah und fern anbot sowie Möbel- und Klaviertransporte. »Auch Entsorgung«, stand dort in großen Buchstaben. Vielleicht war das die einfachste Lösung: das komplette Klavier samt Maus einfach aus dem Haus zu schaffen.

Es gab eh niemanden, der hier ordentlich ein Instrument spielen konnte. Und meinen Vorsatz, das Gelernte aus dem halben Jahr Klavierunterricht während der Volksschulzeit wieder aufzufrischen, hatte bisher nur zu der enttäuschenden Erkenntnis geführt, dass ich dafür erst mal wieder hätte Notenlesen lernen müssen. Und so verschob ich den Gedanken, später mal im Altersheim in einer Seniorenband den Pianomann geben zu können, ebenso wie das Sargaussuchen auf unbestimmte Zeit.

»Pling« machte in diesem Moment mein Mobiltelefon. Es war wieder eine Nachricht von Andrea. »Hast du das Video gesehen? Schau mal auf die Views!« Die TikTok-Aufnahme hatte ich ebenso verdrängt wie den tierischen Eindringling. Und so drückte ich mit dem Zeigefinger auf den Link, den Andrea ihrer Botschaft beigefügt hatte.

Es öffnete sich die chinesische App. Ich hörte den Bob-Marley-Song »I Shot The Sheriff« aus dem Jahr 1973 und sah dabei mit der Dienstwaffe in der Hand: mich. Die Tanzbewegungen, die Andrea mir vorgemacht hatte, wirkten gar nicht so peinlich, wie ich mir bei der Aufnahme vorgekommen war. »Cringe« hätte Andrea wohl gesagt. Es war ein völlig sinnbefreites Kurzvideo, zu dem Andrea mich überredet hatte und das nur wenige Sekunden dauerte. Ich war davon ausgegangen, dass niemand es wahrnehmen, geschweige denn sich dafür interessieren würde. Doch dann sah ich die Zahl unter dem Video: »4139 Aufrufe«, stand dort. Und unter einem Herzsymbol stand die Zahl »39«. Das sollte wohl bedeuten, dass neununddreißig real existierende Personen diesem Kurzvideo eine virtuelle Sympathiebekundung gegeben hatten. Ich schüttelte ungläubig den Kopf. An Andrea schickte ich die Nachricht: »So ein Schmarrn. Wer schaut so was an?«

Postwendend kam ihre Antwort: »Viel mehr, als du denkst, BambergCop!«

Jetzt erst bemerkte ich, dass sie das TikTok-Konto auf den Namen »BambergCop« angelegt hatte. Wenigstens tauchte mein Name nirgends auf, sodass ich mir keine Sorgen machen musste. Bis auf Frau Dotterweich beim Bäcker Pagel kannte ich sonst niemanden, der TikTok benutzte. Und das Karmelitenkloster natürlich.

Ich wandte mich wieder dem alten Medium zu und blätterte die Tageszeitung durch.

Auf einer der hinteren Seite stieß ich auf ein Foto mit einem bekannten Gesicht. Genau genommen waren es zwei Gesichter, die ich kürzlich gesehen hatte: eins tot und eins lebendig.

19. September 2010, Gößweinstein

Ronny war mit seinem Telefon hinter einen Infostand des Referats Weltkirche verschwunden und nach einigen Minuten wiedergekommen. Seine Miene schien festgefroren, seine Gesichtsfarbe war aschfahl. Sarah erkannte sofort, dass ihr Freund am Telefon eine dramatische Nachricht erfahren hatte.

»Was ist los? Probleme?«, fragte sie und schaute ihn besorgt an.

»Das kann man sagen«, flüsterte er. »Komm mit!«

Er packte sie am Arm und zog sie die Stufen am Kirchplatz vor der Basilika hinunter zur Balthasar-Neumann-Straße, wo sie hinter einem Mauervorsprung unbeobachtet waren.

»Ich habe jetzt keine Zeit für Erklärungen, mein Schatz. Wem hast du alles erzählt, dass wir hier sind? Denk bitte genau nach!«

»Wie bitte?« Sie blickte ihn verwirrt an. »Was meinst du? Ich habe es niemandem erzählt.«

»Okay, gut. Wie viel Bargeld hast du dabei?«

Sie zögerte kurz. »Ungefähr zweihundert Euro. Warum?«

»Kreditkarte? Reisepass?«

»Nein. Beides zu Hause. Ronny, jetzt sag endlich, was los ist!«

Sie wurde sichtlich nervös.

Er fasste sie an beide Schultern und flüsterte: »Hör zu. Wir haben keine Zeit. Die Polizei hat eben das Pfarrbüro in Gaustadt durchsucht. Sie haben offenbar Hinweise darauf, dass die Buchführung lückenhaft ist. Sie ermitteln wegen Verdachts der Untreue.«

»Gegen wen?«

»Sarah. Ich muss weg. Und zwar sofort.«

»Was? Sie ermitteln gegen dich? Aber das kann man doch aufklären. Wenn du unschuldig bist, dann …«

»Sarah!«

Sie stockte. »Du meinst …?«

»Sarah. Wir haben keine Zeit. Wir können von Glück reden, dass der Senegal-Sonntag in Gößweinstein und nicht in Stegaurach oder gar Bamberg ist.« Er schaute auf seine Armbanduhr. »Von Gaustadt hierher sind es rund sechzig Kilometer, für die man eine knappe Stunde braucht. Mit Blaulicht geht's etwas schneller.« Er holte Luft und machte eine Pause, um den folgenden Worten die notwendige Bedeutung zu geben. »Kommst du mit?«

»Wohin?«

»Nach Frankfurt.« Dann fügte er hinzu: »Zum Flughafen.«

»Ich versteh nicht!«

»Es war leider zu befürchten, dass das passiert. Ich habe damit gerechnet und alles vorbereitet. Ich nehme noch heute einen Flieger nach Manila.«

»Manila?«

»Argentinien wäre mir auch lieber. Aber die Philippinen liefern nicht nach Deutschland aus. Ich kann jetzt keine Zeit verlieren. Also. Kommst du mit?«

Einige Sekunden lang schauten sie sich tief in die Augen.

»Wir werden uns trennen müssen. Vorerst. Sie werden auch nach dir suchen. Pass auf dich auf!«

Sie legte ihre Arme um seinen Kopf und zog ihn zu sich. Dann küssten sie sich.

ACHT

Für den nächsten Morgen hatten wir Frau Welge aus Hausen zur erneuten Zeugenvernehmung in die Inspektion bestellt.

Auf mein gedankenlos gesprochenes »Grüß Gott« wich sie erschrocken zurück. »Ich meine, guten Tag, Frau Welge. Entschuldigen Sie, ich vergaß …«

»Ich muss mich entschuldigen«, entgegnete sie. »Dass in jeder bayerischen Amtsstube ein Kreuz hängt, dafür können Sie ja auch nichts. Aber warum wollen Sie wieder mit mir sprechen? Ich habe Ihnen doch alles gesagt.«

»Nehmen Sie Platz!«, erwiderte ich und deutete auf den Stuhl, der zwischen Paulinas und meinem Schreibtisch stand. »Es haben sich neue Erkenntnisse ergeben, die wiederum einige Fragen aufgeworfen haben. Kaffee? Wasser?«

Sie verneinte und setzte sich. Sie trug einen dunkelgrauen Rock, der bis zu den Knöcheln reichte, und einen schwarzen Blazer über einer weißen Bluse. Bei der Aufnahme ihrer Personalien stellte ich fest, dass sie deutlich jünger war, als ich sie am Vortag geschätzt hatte.

»Wir haben auf dem Computer des verstorbenen Bruders Martin eine weitere Nachricht von Ihnen gefunden«, begann ich die Befragung. »Darin erheben Sie schwere Vorwürfe gegen den Prior des Karmelitenklosters, Bruder Antonius Windsheimer.«

Sie nickte stumm.

»Wollen Sie uns erzählen, was vorgefallen ist?«

»Muss ich das? Es hat nichts mit dem zu tun, worüber wir gesprochen haben.«

»Das mag sein. Aber für uns ist alles wichtig. Haben Sie jemals Anzeige erstattet?«

Frau Welge schüttelte den Kopf und sagte: »Ich möchte nicht mit der Polizei darüber reden. Strafrechtlich ist es vermutlich sowieso verjährt. Sie können mich nicht dazu zwingen.«

»Das ist richtig, Frau Welge. Sie müssen natürlich nicht aussagen. Aber wenn Sie helfen können, einen Mord aufzuklären? Bruder Martin hat Ihre Nachricht nicht an die zuständigen Stellen weitergeleitet. Wir müssen herausfinden, warum er das unterlassen hat.«

»Ich möchte nicht darüber reden.« Um ihre Worte zu bekräftigen, schlug sie mit der flachen Hand auf die Tischplatte.

»Gut, das akzeptieren wir selbstverständlich. Aber können Sie uns sagen, wann der Übergriff geschehen ist?«

»Ja, das kann ich«, antwortete sie sofort. »Es war der Karfreitag des Jahres 1998.«

»Daran erinnern Sie sich so genau?«, wunderte ich mich.

»Ja. Ich habe jedes Jahr vor Ostern in der Karmelitenkirche gebeichtet. Und der Karfreitag dieses Jahres war ein denkwürdiger Tag, denn damals wurde in Nordirland das Karfreitagsabkommen unterzeichnet. Es kam in allen Nachrichtensendungen. Ich habe damals als Floristin gearbeitet in einem Blumenladen am Unteren Kaulberg.«

Paulina schaute mich fragend an und sagte: »Da war ich im Grundschulalter. Klären Sie mich auf!«

»Mit dem Abkommen wurde der jahrzehntelange gewaltsame Konflikt zwischen Protestanten und Katholiken beendet«, erläuterte ich.

»Und worüber wurde gestritten? Über den wahren Glauben und den Papst?«

»Nein. Die Protestanten wollten, dass Nordirland Teil des Vereinigten Königreichs bleibt. Die Katholiken strebten ein einiges Irland und die Loslösung vom Vereinigten Königreich an. Mit Gott und Kirche hatte das wenig zu tun.«

»Und deshalb erinnern Sie sich so gut an das Datum, Frau Welge?«

»So ist es. Immer wenn in den Nachrichten darüber berichtet wurde, kam die Erinnerung hoch.«

»Sind Sie bei dem … Vorfall … damals verletzt worden? Ich meine, körperlich?«

»Ich hatte einige Blutergüsse an den Armen und eine Schürfwunde.«

»Haben Sie sich ärztlich untersuchen lassen?«, wollte Paulina wissen.

Sie schüttelte den Kopf und sagte: »Er war doch ein Priester, eine Respektsperson. Ich hätte ihn doch nicht bei der Polizei anzeigen können.«

»Hatten Sie denn damals auch schon diese … Probleme mit den Dämonen?«, fragte ich.

»Nein. Das kam erst in den Jahren danach.«

»Und wie konnten Sie damals den Täter identifizieren?« Die ganze Aussage kam mir zunehmend verworren vor.

»Ich kann doch lesen. Sein Name stand an der Tür zum Beichtzimmer. Ich sehe die schwarzen Buchstaben noch heute genau vor mir: A. Windsheimer, O. Carm.«

Ich schaute Paulina an, sie erwiderte meinen Blick mit einem Ausdruck von Irritation. Wir konnten uns beide den sanftmütigen Prior des Karmelitenklosters nicht als Gewalttäter vorstellen.

»Warum, Frau Welge, haben Sie denn jetzt Kontakt mit Bruder Martin in dieser Sache aufgenommen?«

»Es gab einen Aufruf in der Zeitung, dass sich Opfer von Missbrauch und Misshandlung melden sollen, auch wenn die Fälle strafrechtlich verjährt sind. Und da wollte ich einfach mal nachfragen.«

»Weil es Entschädigungszahlungen geben könnte?«, warf Paulina ein.

»Das spielt keine Rolle.« Frau Welge schaute an mir vorbei zum Fenster. »Ich dachte, dass dieser Vorfall damals auch etwas mit dem Teufel zu tun haben könnte. Dass er das ausgelöst hat, worunter ich heute leide. Verstehen Sie?«

Nicht ganz, dachte ich und sagte: »Ja, das könnte natürlich sein. Sagen Sie, Sie haben eben erwähnt, dass Sie damals in einem Blumengeschäft gearbeitet haben. Haben Sie in diesem Metier eine Ausbildung gemacht?«

Sie lachte. »Ja, eine Ausbildung in der Natur sozusagen. Ich interessiere mich schon seit der Kindheit für Blumen und Pflanzen. Da habe ich gewissermaßen ein Selbststudium absolviert. Und in der Schule bei den Englischen Fräulein habe ich auch sehr viel im Klostergarten gelernt. Warum fragen Sie, Herr Kommissar?«

»Ach, nur so«, wehrte ich ab. »Ich glaube, wir haben jetzt alles gefragt, was wir wissen möchten. Wenn noch etwas sein sollte, kommen wir auf Sie zu.«

Ich bot ihr an, sie von einer Streife nach Hause fahren zu lassen, was sie dankend annahm.

***

»Diese Frau ist mir ein großes Rätsel«, sagte ich, nachdem sie unser Büro verlassen hatte.

»Wohl wahr«, stimmte Paulina zu. »Nach der Floristenausbildung haben Sie gefragt wegen des Seidelbasts, richtig?«

Ich nickte und kratzte mich am Kinn. »Ja, aber ich glaube, dass man eher eine Laborantenausbildung braucht, um aus einer Pflanze Gift zu extrahieren und damit eine Praline zu präparieren. Und ich werde das Gefühl nicht los, dass Frau Welges subjektive Wahrnehmungen irgendwie … wie soll ich sagen?«

»Ich weiß, was Sie meinen, Horst. Es klingt alles etwas irre, was sie erzählt. Aber den Ruß in ihrem Zimmer haben wir gesehen und gerochen. Das war keine Einbildung.«

»Stimmt.« Ich atmete tief durch und legte den Wochenend-FT auf den Schreibtisch. »Schauen Sie mal, Paulina! Haben Sie schon Zeitung gelesen?«

Paulina lachte. »Ich schätze wirklich, dass Sie der letzten Generation angehören, die sich die Nachrichten vom Vortag auf bedrucktem Papier von einem Boten ins Haus bringen lässt. Ich meine, das war sicher mal eine fortschrittliche Idee. So vor hundertfünfzig Jahren vielleicht. Mal ganz abgesehen von dem überflüssigen Ressourcenverbrauch bei Papier und Energie.«

»Verstehe. Sie klicken lieber auf die neugierig machenden Schlagzeilen auf infranken.de, lassen sich von der Werbung manipulieren und bekommen nur die Informationen geliefert, die von möglichst vielen Leuten aufgerufen werden und hohe Werbeeinnahmen erlösen. Willkommen auf dem Boulevard. Jeder, wie er mag. Sehen Sie sich mal dieses Foto an!«

Ich schob die Zeitung zu ihr und deutete auf ein Bild, das mit der poetischen Überschrift »Politik und Tanz auf Kloster Banz« versehen war.

Paulina musste nur kurz hinschauen, um zu erkennen: »Das ist Gaibacher, der Gesundheitsstaatssekretär. Steht ja auch drunter. Und?« Paulina las die Bildunterschrift laut vor: »›Zum Jahresempfang des CSU-Bezirksverbands Oberfranken fanden sich im Bildungszentrum der Hanns-Seidel-Stiftung auf Kloster Banz zahlreiche Gäste aus Politik, Kultur und Gesellschaft ein. Als Ehrengast wurde der frühere Ministerpräsident Alois Kandlinger begrüßt. Für die musikalische Unterhaltung sorgten die Franken Tigers aus Bayreuth.‹« Paulina legte das Blatt gelangweilt zur Seite. »Bli-Bla-Blub. Was soll mir dieser Artikel sagen? Dafür zahlen Sie sechshundert Euro Abokosten im Jahr?«

»Der Text interessiert mich weniger als das Foto. Sehen Sie mal genau hin, mit wem sich Staatssekretär Gaibacher da unterhält!«

Paulina nahm die Zeitung wieder in die Hand. »Das ist ein Mönch, oder? Wer sonst würde auf solch einem Empfang eine lange braune Kutte tragen? Und für einen Fastenprediger wäre es nicht die richtige Jahreszeit.«

»Genau!« Ich nickte zufrieden. »Und jetzt schauen Sie sich den Ordensmann mal genauer an. Erkennen Sie sein Gesicht?«

»Jetzt, wo Sie es sagen …« Paulina blickte einige Sekunden

auf das Zeitungsfoto. »Ja, das könnte tatsächlich unser Toter sein. Bruder Martin!«

»Und finden Sie nicht auch, dass die beiden hier sehr vertraut miteinander wirken? Nicht so, als wäre es eine zufällige Begegnung mit oberflächlichem Small Talk?«

»Schon«, stimmte Paulina zu. »Aber das kann natürlich auch täuschen auf so einem Foto, das nur eine Momentaufnahme ist.«

»Trotzdem. Gaibacher hat gesagt, dass er Martin Jakubas nur flüchtig kannte. Er wusste sogar seinen Nachnamen, als ich mit ihm sprach. Das ist ungewöhnlich, weil sich die Brüder immer nur mit ihrem Vornamen vorstellen.«

»Und? Macht ihn das mordverdächtig?«

Ich zuckte mit den Schultern. »Mich macht es jedenfalls stutzig. Ich würde ihn schon gerne fragen, wie gut er Jakubas kannte. Ich ruf ihn mal an.« Ich suchte in meiner Schublade nach der Visitenkarte, die mir Gaibacher auf dem Markusplatz gegeben hatte. Dann wählte ich seine Mobilnummer. Ich erwischte den Politiker offenbar im Auto, denn er nahm das Gespräch sofort an, und ich hörte Motorgeräusche im Hintergrund.

»Herr Gaibacher, hier ist Hauptkommissar Müller von der Kripo Bamberg. Sie erinnern sich? Wir haben uns auf der Veranstaltung ... Ja, genau. Es geht um den Karmelitenbruder Martin Jaruzelski, der ums Leben gekommen ist. Ich erwähnte ihn.« Ich wartete kurz, ob Gaibacher darauf reagieren würde, dass ich einen falschen Nachnamen nannte. Aber entweder fiel ihm der Fehler wirklich nicht auf, oder er tappte nur nicht in meine Falle.

»Was soll mit ihm sein? Ich sagte Ihnen doch schon, dass ich ihn nicht kenne.«

»Es gibt ein Foto im FT vom Samstag, auf dem Sie im Gespräch mit Bruder Martin während des CSU-Empfangs auf Kloster Banz zu sehen sind.«

»Ich verstehe nicht, was Sie wollen, Herr Kommissar. Wissen Sie, wie viele Menschen auf so einem Empfang sind? Und fast alle wollen mit einem Spitzenpolitiker reden. Das ist der Sinn einer solchen Veranstaltung. Manche wollen auch nur ein Selfie machen und dann auf Instagram posten. Glauben Sie, ich kenne jede Person, mit der ich ein paar Worte wechsle?«

Gaibacher reagierte ganz schön wortreich und gereizt auf eine doch eigentlich harmlose Anfrage.

»Wie war noch gleich Ihr Name?«, fragte der Politiker. »Und Ihr Dienstgrad und Ihre Dienststelle?«

Während ich ihm die gewünschten Auskünfte gab, wurde an die Tür geklopft, und im selben Moment betrat unsere Kommissariatsleiterin Veronica Stadel das Büro. Während sie die Tür hinter sich geräuschvoll schloss und Luft holte, um offenbar in einer gewissen Erregung zu sprechen, bemerkte sie, dass ich telefonierte. Sie atmete lautstark aus und lehnte sich an die Tür. In ihrer Hand hielt sie wie ein Asservat ein Mobiltelefon.

»Alles klar, Herr Staatssekretär«, beendete ich das Telefonat. »Dann entschuldigen Sie bitte die Störung. Und weiter gute Fahrt!« Ich legte den Hörer wieder auf. Bevor ich sie begrüßen konnte, fing sie an zu sprechen, einige Dezibel über Zimmerlautstärke.

»Herr Hauptkommissar Müller, können Sie mir sagen, was das ist?«, fragte sie, während sie mir ihr Handy entgegenstreckte.

»Ich würde sagen, ein Mobiltelefon«, antwortete ich ahnungslos. »Sieht aus wie so ein neumodisches iPhone.«

Paulina versuchte, ein Kichern zu unterdrücken. Stadel fühlte sich offenbar nicht ernst genommen und machte einen weiteren Schritt auf mich zu.

»Schauen Sie sich das ruhig genauer an. Aber ich nehme an, Sie kennen das bereits. Wenn Sie keinen Doppelgänger haben auf …«, sie räusperte sich und spuckte die nächsten Silben wie einen gebrauchten Kaugummi aus, »… TikTok.«

»Ach so, das! Ja, das kenne ich natürlich, hat meine Tochter gemacht. Junge Leute finden das angeblich lustig. Ich hätte nicht gedacht, dass Sie auf TikTok sind, Frau Stadel. Wie ist denn Ihr Nutzername, damit ich Ihr Follower werden kann?«

Ihre Stimme wurde eine Tonlage lauter und schärfer: »Ich bin nicht auf TikTok! Der Datenschutzbeauftragte im Polizeipräsidium Oberfranken hat mich aufmerksam gemacht auf dieses …«, ihr fehlte der richtige Begriff, »… also auf diesen unsäglichen Auftritt eines Repräsentanten der bayerischen Polizei. Ist Ihnen eigentlich gar nichts peinlich, Herr Hauptkommissar Müller? Oder soll ich besser sagen: BambergCop?«

»Jetzt regen Sie sich mal nicht auf, Frau Kriminalrätin«, versuchte ich, meine Vorgesetzte zu beruhigen. »Das ist doch nur eine kleine Spielerei, das sieht doch niemand.«

»Das sieht niemand?«, sprach sie mir nach. »Sehen Sie diese kleine Zahl unter dem Video, die jede Sekunde wächst? Als ich vor wenigen Augenblicken zuletzt darauf geschaut habe, stand da 34 K. Wissen Sie, was das K bedeutet?«

Ich zuckte mit den Schultern: »Kucker vielleicht? Oder Kinder? Ich weiß es nicht.«

Stadel blickte zu Paulina: »Frau Kriminalmeisterin, erklären Sie es Ihrem Kollegen!«

Paulina grinste und hatte sichtlich Mühe, ernst zu bleiben. »Also, das K hat dieselbe Bedeutung wie bei Kilogramm oder Kilobyte und steht für tausend. Ihr TikTok-Video, Horst, wurde also schon vierunddreißigtausendmal aufgerufen. Ich würde sagen: Es geht viral.«

»Herr Hauptkommissar, Sie haben es gehört. Es wird nicht lange dauern, dann haben mehr Menschen diesen Nonsens angeschaut, als Bamberg Einwohner hat. Im Übrigen ist die Nutzung von TikTok und anderen ausländischen Apps auf dienstlichen mobilen Endgeräten laut Dienstvereinbarung untersagt. Löschen Sie also diesen Irrsinn, bevor der Schaden für die Polizei nicht mehr wiedergutzumachen ist.« Und als ob es nicht eindeutig genug gewesen wäre, fügte sie hinzu: »Das ist eine Dienstanweisung.«

»Ich habe Sie verstanden, Frau Kriminalrätin. Allerdings hat meine Tochter den Account eingerichtet. Ich habe leider gar keine Zugangsdaten für diesen Irrsinn, wie Sie es nennen.«

»Kümmern Sie sich darum!«, sagte sie, kehrte um und verließ das Büro. Zurück blieben nur ein herber Orangenduft und eine angespannte Stille, die Paulina nach einigen Augenblicken durchbrach.

»Puh, Horst. Das kommt davon, wenn man sich zu viel mit den neuen Medien beschäftigt. Sie sind ja auf dem Weg, ein richtiger TikTok-Star zu werden. Respekt.«

»Ein TikTok-Star mit Abmahnung in der Personalakte. Mir war nicht klar, dass diese Spielerei gegen eine Dienstvereinbarung verstößt. Ich kenne mich ja gar nicht aus, und Andrea hat's einfach installiert.«

»Apropos Social Media. Bruder Martin war privat auch in den Netzwerken unterwegs. Er hatte einen Instagram-Kanal, den ich mal ausgewertet habe.«

»Und? Haben Sie etwas Interessantes herausgefunden?«

»Eigentlich nur, dass er gerne Landschaften und Tiere fotografierte. Menschen sind auf seinen Fotos nie zu sehen.«

»Landschaften?«, fragte ich. »Hier in Franken?«

»Er war immer wieder in der Region unterwegs. Nur einmal, vor etwa anderthalb Jahren, gab es einen längeren Zeitraum, in dem er in Südamerika war. Bolivien, Brasilien, Mexiko.«

»Mexiko gehört geografisch zu Nordamerika«, korrigierte ich. »Aber egal. Was hat er da gemacht?«

»Das geht aus den Fotos nicht hervor. Aber an allen Orten, wo er fotografiert hat, haben die Karmeliten Niederlassungen. Ich nehme also an, dass er im Auftrag des Ordens unterwegs war. Interessant ist, dass Staatssekretär Gaibacher etwa zur gleichen Zeit auch in Mexiko war.«

»Was macht ein bayerischer Sozialpolitiker in Mexiko?«, wollte ich wissen.

»Ganz einfach: Urlaub. Das jedenfalls geht aus einem offiziellen Facebook-Profil hervor, das ich natürlich auch mal durchgeschaut habe. Weitere Verbindungen konnte ich aber nicht feststellen. Mexiko ist groß. Es ist nicht erkennbar, dass sie am selben Ort waren.«

Ich nahm noch einmal den FT zur Hand und betrachtete das Bild mit Gaibacher und Bruder Martin genauer. »›Foto: Severin Molitor‹«, las ich vor. Ist das ein Fotograf der Zeitung?«

Paulina hatte sofort den Namen gegoogelt und festgestellt: »Ein Freelancer. Er fotografiert für zahlreiche regionale und überregionale Medien, ist aber auch Kameramann fürs Fernsehen.«

»Aus Bamberg?«, fragte ich.

»Er wohnt in Hallstadt.«

***

Wir parkten vor der Pfarrkirche St. Kilian im Ortszentrum von Hallstadt und überquerten den Marktplatz, wo Severin Molitor in einem historischen Fachwerkhaus wohnte, neben dessen Eingangstür ein Schild darauf hinwies, dass es sich hier um das frühere Marktbeckenhaus handelte, also das Wohnhaus des Marktbäckers. Wir hatten uns telefonisch angemeldet und trafen den Mittvierziger in seiner Wohnung an, die wir über eine schmale Holztreppe erreichten. Molitor war fast einen Kopf größer als ich und hatte eine üppige Lockenpracht auf dem Kopf, die er mit einem Björn-Borg-Stirnband bändigte. Er schaute mich durch eine Metallbrille an, wie sie auch Kommissar Köster als »Der Alte« getragen hatte und wie sie heute wieder im Trend war.

Er streckte mir seine kräftige Hand entgegen und sagte: »Molitor, angenehm.«

»Müller«, erwiderte ich und schlug ein.

»Richtig. Und wie heißen Sie?«

Ich schaute verwirrt. »Sagte ich eben. Müller, Kriminalhauptkommissar.«

»Ach so.« Molitor lachte über das Missverständnis. »Ich dachte, Sie wären einer dieser Schlaumeier, die mir ihre Lateinkenntnisse beweisen wollen, indem sie meinen Namen ins Deutsche übersetzen.«

»Molitor gleich Müller?«, fragte Paulina und stellte sich ebenfalls vor.

Der Fotograf nickte und schaute meine Kollegin an. »Schade, dass Sie nicht für ein Fotoshooting hier sind. Ich hätte da ein paar Ideen für interessante Aufnahmen. Aber kommen Sie erst mal rein.«

»Ich dachte, Sie wären Bildjournalist und kein Modefotograf«, sagte ich.

»Ich arbeite dort, wo Honorar gezahlt wird«, entgegnete er. »Allein von Presseknipserei kann ich nicht leben und diese Wohnung mit Studio nicht bezahlen.«

Tatsächlich war das denkmalgeschützte Haus, das mehrere hundert Jahre alt war, von innen in einem toprenovierten Zustand wie ein Luxusneubau.

»Sie haben es wirklich schön hier, mit Blick auf die Altenburg«, sagte ich, als ich durch das Fenster blickte.

»Ja, ein Haus mit Geschichte. Es war auch mal eine Brauerei. Und gleich nebenan ist ein ehemaliges fürstbischöfliches Anwesen. Steht allerdings gerade leer.«

Er leitete uns in ein Wohnzimmer, das komplett mit modernen Möbeln mit weißen Lackfronten eingerichtet war, einziger Farbakzent war ein riesiges Sofa, dessen Sitzfläche breiter war als mein Bett und auf dem einige Zeitschriften und Bücher lagen. Die Wände waren in einem hellen Grau gestrichen, was dem Raum eine offene Atmosphäre verlieh. Eine elegante, blank geputzte Glaswand trennte den Wohnvom Essbereich ab.

»Ich mache gelegentlich übrigens auch Bilder für den ›Playboy‹. In dem stehen nämlich nicht nur die allseits bekannten Reportagen und hochkarätigen Interviews. Aber nehmen Sie Platz«, sagte Molitor. »Ich habe mir gerade einen Espresso Tonic gemacht. Sie auch?«

»Wie bitte?« Ich glaubte, mich verhört zu haben. »Kaffee mit Bitterlimonade? Das klingt wie Pommes mit Nutella.«

»Sie müssen entschuldigen«, schaltete sich Paulina ein. »Mein Kollege trinkt nur Eierlikör und Apfelschorle. Ich nehme gerne einen, wenn es keine Umstände macht.« Dann wandte sie sich zu mir: »Espresso Tonic ist eine angesagte Kaffeespezialität. Und ohne Milch sogar vegan.«

»Richtig«, bestätigte Molitor. »Es kombiniert die herbe Note des Tonicwaters mit den intensiven Aromen des Espressos. Ist erfrischend, belebt, löscht den Durst und hat nebenbei gesagt weniger Kalorien als Filterkaffee. Was nicht heißt, dass Sie es nötig hätten, Kalorien zu sparen.« Er zwinkerte Paulina zu. »Mischverhältnis eins zu drei, ein paar Eiswürfel und eine Limettenscheibe. Und fertig. Durch das Eis hat der Drink sofort die richtige Temperatur. Aber jetzt sagen Sie, was genau ich für Sie tun kann!«

Ich versuchte, mich auf das stylishe Sofa zu setzen. Es gelang mir aber nicht, gleichzeitig die Füße auf den Boden zu stellen und mich anzulehnen. Um bequem zu sitzen, hätte ich die Füße hochlegen müssen, was ich für einen Staatsbeamten in einer fremden Wohnung aber unpassend gefunden hätte. Paulina hingegen hatte keine Probleme damit, sich mit dem Trendgetränk in der Hand gemütlich in die Sitzlandschaft zu fläzen, wobei sie in Kauf nahm, dass ihr Jeansrock zwei Fingerbreit zu weit hochrutschte, scharf an der Grenze zur Obszönität, was jedoch weder sie noch den Fotokünstler zu stören schien.

»Es geht um dieses Bild, Herr Molitor.« Ich holte aus der Innentasche meines Sakkos den zusammengefalteten FT vom Samstag, während ich etwas unbequem auf der Sofakante saß.

Molitor schaute sich das Foto an und erkannte es sofort: »Ja, ich erinnere mich. Das war dieser CSU-Termin in Banz. Großes Händeschütteln, jeder mit jedem, und danach Fingerfood. Als hätte es Corona nie gegeben. Ich bin froh, wenn ich bei so was die Kamera halten kann und niemandem Pfötchen geben muss.«

Ein hypochondrischer Schürzenjäger, dachte ich. Wie geht das zusammen?

»Sie haben Staatssekretär Gaibacher fotografiert, zusammen mit diesem kirchlichen Würdenträger.«

»Ja, wollen Sie das Foto kaufen? Ich kann Ihnen ein günstiges Angebot machen.«

Molitors Art ging mir bereits nach wenigen Minuten gehörig auf die Nerven.

»Haben Sie von diesem Gespräch zwischen Gaibacher und dem Ordensmann noch mehr Bilder?«

»Ich hatte nach diesem Abend rund fünftausend Fotos auf dem Chip gespeichert. Ich gehe davon aus, dass es auch von diesem Motiv mehrere Aufnahmen gibt. Meine nicht archivierten Altdaten werden nach vier Wochen automatisch gelöscht. Sie müssten also noch in der Cloud vorhanden sein.«

»Wären Sie so freundlich und würden mal nachschauen?«, bat ich ihn, nachdem er keine Anstalten machte, dies von sich aus anzubieten.

Molitor verschwand kurz in einem Nebenraum und kam mit einem Tablet wieder zurück. Nach einigen Wischbewegungen öffnete er eine Datenbank und gab den Namen Gaibacher als Suchbegriff ein. Einige Sekunden lang war ein rotierendes Wartesymbol zu sehen, dann war das gesamte Display mit kleinen Vorschaubildern gefüllt.

»Über dreihundert Treffer. Sie sehen, der Herr Staatssekretär taucht in meinem Archiv seit vielen Jahren immer wieder auf. Das älteste Bild ist über zehn Jahre alt. Da war er noch im Stadtrat, also Hobbypolitiker sozusagen.«

Molitor reichte mir das Tablet, sodass ich mit dem Zeigefinger selbst die verschiedenen Aufnahmen aufrufen und nach Belieben vergrößern konnte. Ich sah Gaibacher auf der Sandkerwa, beim Besuch des Bundespräsidenten im Dom, bei der Weihnachtsfeier des Stadtmarketings, bei der Verabschiedung des Unipräsidenten und vielen anderen ähnlichen Anlässen.

»Was ist denn Ihr Anliegen, Herr Kommissar? Vielleicht kann ich Ihnen ja helfen, wenn Sie mir sagen, wonach Sie suchen.«

»Es geht um den Ordensmann, den Gaibacher in Banz getroffen hat«, erläuterte Paulina und zog mit ihren Worten Molitors gesamte Aufmerksamkeit auf sich.

»Lassen Sie mich etwas ausprobieren, ich habe eine Idee.«

Er nahm das Tablet wieder zurück. Wenig später sprach er es aus wie ein Zauberwort: »Gesichtserkennung! Ein neues Feature in meiner Datenbanksoftware. Ist noch eine Betaversion, sollte aber eigentlich funktionieren.«

»Sollte? Eigentlich?« Ich zeigte deutlich meine Skepsis gegenüber jeder Form der künstlichen Intelligenz. Doch dann war ich überrascht, was Molitor mir nach kurzer Zeit präsentierte.

»Das musste er sein, oder?« Er deutete auf ein Foto, das mehrere erwachsene Männer in einem Klassenraum vor einer Schultafel zeigte, unter ihnen Josef Gaibacher. Das Gesicht eines anderen Mannes, der ziemliche Ähnlichkeit mit Bruder Martin Jakubas hatte, war elektronisch mit einem gelben Kreis markiert.

»Bingo. Der Algorithmus hat eine physiognomische Übereinstimmung von siebenundneunzig Prozent festgestellt«, sagte Molitor.

»Aber der Algorithmus hat nicht bemerkt, dass die erkannte Figur keinen Ordenshabit trägt«, stellte ich fest.

»Wann und wo ist das Foto entstanden?«, wollte Paulina wissen, und Molitor klickte auf die Bildbeschreibung.

»›Mit einem feierlichen Festakt im ETA Hoffmann Theater

beging die Schulfamilie des KHG offiziell das vierhundertfünfundzwanzigjährige Jubiläum‹«, las er vor.

»Das vierhundertfünfundzwanzigste Jubiläum muss es heißen«, korrigierte ich leise.

»Wie bitte?«

»So, wie es da steht, hieße es, dass man vierhundertfünfundzwanzig Jahre lang Jubiläum feiert, aber es ist ja der vierhundertfünfundzwanzigste Jahrestag. Ist leider ein weitverbreiteter Fehler, und es würde mich nicht wundern, wenn man ihn auch an einem Gymnasium machen würde.« Allerdings war davon auszugehen, dass der Duden diese sprachliche Schlamperei inzwischen auch legalisiert hatte.

»›Viele Ehrengäste aus Politik, Kirche und Gesellschaft, unter ihnen der Staatsminister für Unterricht und Kultus, Joachim Braunsberger, sowie der Staatssekretär im Justizministerium, Josef Gaibacher, selbst 1993 KHG-Absolvent, sowie viele ehemalige Schülerinnen und Schüler nahmen am Schulfest teil‹«, fuhr Molitor fort.

»KHG?«, fragte Paulina. »Was soll das heißen?«

»Im kirchlichen Umfeld ist es die Abkürzung für die Katholische Hochschulgemeinde. Aber hier haben wir es mit dem Jubiläum des Kaiser-Heinrich-Gymnasiums zu tun«, erklärte ich. »Gaibacher ist offenbar einer der prominenten Ehemaligen der Schule.«

»Und wenn das auf dem Foto wirklich Jakubas ist, dann war er womöglich auch auf dem KHG«, sagte Paulina.

Ich nickte. »Googeln Sie doch mal das Geburtsjahr des Staatssekretärs. Jakubas war fünfzig Jahre alt.«

»Sekunde.« Paulina nahm ihr Smartphone und hatte wenig später das Ergebnis: »Gaibacher ist laut Wikipedia neunundvierzig. Könnte passen.«

Molitors Gesicht war ein einziges Fragezeichen.

»Sie haben uns sehr geholfen«, sagte ich und genoss es ein wenig, ihn im Unklaren über unsere Gedankengänge zu lassen. Ich wünschte ihm noch einen schönen Tag.

Den Nachmittag verbrachten wir auf dem Revier mit dem Bearbeiten der bisherigen Ermittlungsergebnisse, sofern davon die Rede sein konnte.

Auf dem Heimweg kaufte ich im Baumarkt noch einige Mausefallen, und für den Abend verabredete ich mich mit meiner Tochter zum Essen.

***

Das Besondere am »Casa Italia« in der Dominikanerstraße war, dass der Name des Betreibers Gregorios Zakris wenig italienisch klang und dass es hier nach Andreas Überzeugung die besten veganen Nudeln mit Avocadopesto gab. Schon in unseren Familienurlauben auf Rhodos hatte sie als Kind am liebsten Pizza und Spaghetti gegessen, weshalb sie wohl bis heute der Überzeugung war, dass Griechen die besseren Italiener waren.

»Was macht die Arbeit, Papa? Hast du einen schwierigen Fall?«, fragte sie, als wir an einem Vierertisch mit Blick auf die Straße Platz genommen hatten. Aus den Lautsprechern war leise das unvermeidliche »Felicità« von Al Bano und Romina Power zu hören.

»Mein schwierigster Fall ist gerade, die Speisekarte zu entziffern. Ich habe keine Lesebrille dabei.«

Ich versuchte, die bedruckte Tischunterlage, auf der die angebotenen Speisen und Getränke aufgelistet waren, in den idealen Abstand zu meinen Augen zu bringen. Irgendwann war es wohl doch Zeit für eine Gleitsichtbrille. Ich quälte mich nicht weiter und bestellte eine Apfelschorle und eine Pizza Salami, Andrea wählte natürlich ihr Lieblingsgericht.

»Ich ermittele gerade in einem ungeklärten Todesfall im Karmelitenkloster«, kam ich auf Andreas Frage zurück. »Ein Ordensbruder, der mit Teufelsaustreibungen zu tun hatte, wurde vergiftet.«

»Spannend! So was gibt's noch? Wer glaubt denn heute noch an den Teufel?«

»Man kann manchmal den Eindruck bekommen, dass das Böse in der Welt ganz schön Oberwasser hat, findest du nicht? Die Fratze des Bösen wird überall sichtbar, da muss man gar nicht an eine satanische Figur aus der Hölle glauben.«

Ich verzichtete lieber darauf, Andrea von meinen Erlebnissen bei Frau Welge in Hausen zu berichten.

»Und bei dir?«, fragte ich. »Was macht die freie Mitarbeit beim FT?«

»Gut, dass du fragst, Papa. Die Redaktion würde gerne über dich berichten. Als den ersten TikTok-Polizisten in Bayern.«

»Wie bitte? Auf gar keinen Fall. Ich habe deshalb schon Riesenärger mit meiner Chefin bekommen. Woher weiß der FT überhaupt davon? Hat sich das schon herumgesprochen?«

»Ich hab das Thema selbst vorgeschlagen. Der Lokalchef war ganz begeistert von der Idee. Deine Chefin scheint etwas spaßbefreit zu sein.«

Ich zuckte mit den Schultern. »Sie war wohl irritiert über die Reichweite, die das Video erzielt hat.«

»Ja, ein großer Erfolg. Wir sind übrigens inzwischen bei über fünfzigtausend Views. Und es werden ständig mehr. Du willst das doch nicht etwa löschen, oder?«

»Mir wäre es ja egal. Aber ich bin nun mal Beamter.«

»Und Befehl ist Befehl, willst du sagen?«

Ich nickte.

»Also kein Interview? Schade. Ich könnte das Video auf privat stellen, dann sieht es keiner mehr. Aber wirklich schade um die Reichweite. Da wäre noch viel mehr drin.«

»Ich weiß. Aber bitte, ja, stell es auf privat, wenn es dann wirklich niemand mehr sehen kann. Und du sollst bitte auch die App von meinem Diensthandy löschen. Das ist laut irgendwelchen Richtlinien verboten. Aber warte mal! Der Prior des Klosters hat erzählt, dass die Karmeliten auch einen TikTok-Account haben. Den würde ich gerne mal sehen. Vielleicht finde ich da ja Hinweise, die mich bei den Ermittlungen weiterbringen. Kannst du mal schauen?«

Andrea seufzte und nahm mein Telefon. Kurz darauf hatte sie die Seite gefunden und gab mir das Gerät zurück.

Was ich sah, war wesentlich unspektakulärer als das Kurzvideo des »BambergCop«. Bruder Windsheimer stand vor dem Altar der Karmelitenkirche und sprach ohne jede musikalische Untermalung in die Kamera. Zu hören war eine Kurzpredigt von wenigen Minuten über das Erntedankfest. Windsheimer gelang es bereits in den ersten Sekunden, Aufmerksamkeit und Neugier zu erzeugen, sodass ich seiner kleinen Ansprache bis zum Schluss zuhörte. Auch Andrea folgte seinen Worten interessiert.

»Das war nicht schlecht«, lobte sie, als das Video zu Ende war. »Immerhin über viertausend Aufrufe in den letzten zwei Wochen. Das muss man als Pfarrer auf TikTok erst mal schaffen.«

»Stimmt wohl.«

Ich scrollte durch die weiteren Kurzvideos und schaute mir einige an. Sie waren alle nach dem Prinzip aufgebaut, dass eine Frage eingeblendet wurde und einer der Klosterbrüder sie in wenigen Sätzen beantwortete, zum Beispiel »Was sind Exerzitien?«, »Feiert ihr Geburtstag?« oder »Wozu braucht man Weihrauch?«. Über fünfzigtausend Aufrufe hatte die Antwort auf die Frage »Warum sind wir als Kloster bei TikTok?«. Bruder Windsheimer beantwortete sie mit den Worten: »Ganz einfach: weil uns viele junge Menschen Fragen zu Glaube, Kloster und Kirchenjahr stellen. Die wollen wir in verständlicher Weise beantworten. Außerdem freuen wir uns, wenn unsere Klostergemeinschaft durch Social Media bekannter wird und sich Interessenten für einen Ordenseintritt melden.«

Jetzt brachte Zakris unsere Speisen. Die Musik war inzwischen zu Eros Ramazzotti gewechselt.

»Sag mal, Andrea. Auch wenn du dein Studium abbrechen willst …«

»Ich schließe mit dem Bachelor ab!«

»Jaja. Kennst du dich mit Fakeprofilen in sozialen Netzwerken aus? Das ist doch nicht verboten, oder?«

»Du meinst die Sache mit dem Staatssekretär, der dem früheren OB vorwirft, mit gefälschten Identitäten auf Facebook Stimmung gegen ihn gemacht zu haben? Davon habe ich heute im Radio gehört. Die haben dazu Professor Olaf Hoffjann interviewt, bei dem ich meine mündliche Prüfung hatte.«

»Ach ja? Und was hat der Herr Professor gesagt? Ich würde ja vermuten, dass es nicht verboten ist, im Internet ein Pseudonym zu verwenden.«

»So ist es. Das muss man nämlich unterscheiden. Bei Spitznamen oder Pseudonymen wie BambergCop oder WilderHengst2000 ist klar, dass dies nicht der richtige Name ist. Wenn sich jemand unter einem falschen Namen im Netz bewegt und sich an politischen Debatten beteiligt, dann liegt eine Täuschungsabsicht vor. Und das nennt Hoffjann aus medienethischer Perspektive problematisch.«

»Hm, und was genau ist das Problem daran, wenn ich meine Meinung als Peter Meier und nicht als Horst Müller äußere?«

»Der politische Diskurs lebt vom transparenten Austausch auf Augenhöhe. Das setzt voraus, dass die Teilnehmer erkennbar und identifizierbar sind. All das ist bei Fakeprofilen nicht der Fall, sagt Hoffjann. Und wenn dann aus einer Person gleich mehrere werden, die alle der gleichen Meinung sind, dann verzerrt das die politische Debatte. Und deshalb, so Hoffjann, ist es zwar nicht strafrechtlich relevant, wenn ein Politiker Fake-Accounts betreibt, aber medienethisch nicht in Ordnung.«

»Verstehe«, sagte ich. »Wenn also herauskommen sollte, dass Marienberg wirklich mit solchen unlauteren Methoden gearbeitet hat, dann wäre er politisch am Ende.« Dann fügte ich hinzu: »Wenn er wegen seiner Büroklammern-Affäre nicht eh schon erledigt wäre.«

»Meine Kollegen beim FT erzählen, dass Marienberg an seiner Rehabilitation arbeitet und ein Comeback nicht ausschließt«, meinte Andrea.

»In Bamberg ist alles möglich«, sagte ich und aß ein Stück meiner Pizza.

»Alles in Ordnung?«, fragte Zakris, und ich überlegte, ob er nach dem Essen eher einen Ouzo oder einen Grappa anbieten würde.

»Was macht eigentlich dein Mäuseproblem?«, fragte Andrea.

Ich zuckte mit den Schultern und sagte mit halb vollem Mund: »Die Fallen sind aufgestellt.«

»Schau mal hier, Papa. Das habe ich auf TikTok gefunden.« Sie zeigte mir auf dem Smartphone ein Video eines jungen Herrn namens Sezario, der unter der Überschrift »Ein Herz für Mäuse« verschiedene Gegenstände wie ein rohes Ei, einen Schokokeks oder einen Lolli in eine zuschnappende Mausefalle hielt, die brutal zertrümmert wurden. »Jetzt weiß ich, woher der Begriff ›mausetot‹ kommt«, sagte Sezario, der rund eine Million Follower hatte und allein für dieses Video fast vierzigtausend Herzen zählte.

»Danke dafür«, sagte ich. »Was will mir der junge Herr sagen? Auf der Verpackung der Falle steht, dass das Tier artgerecht, schmerzfrei und schnell getötet wird.«

»Du sprichst wie die Henker in Amerika, die den Todeskandidaten vor der Hinrichtung die Vene desinfizieren, bevor sie das tödliche Gift injizieren.«

»Andrea, also bitte«, empörte ich mich. »Eine Schädlingsbekämpfung ist keine Exekution.«

»Doch.«

»Nein.«

Ich seufzte. »Was schlägst du vor?«

Sie nahm das Handy wieder in die Hand und rief eine andere Website auf.

»Hier!«, sagte sie und zeigte mir dann das Display. Dort

war unter der Überschrift »Ullas Haushaltstipps« zu lesen: »Mausefalle selber bauen – so geht's«. Ich scrollte mit dem Zeigefinger durch den bebilderten Text und las eine Anleitung, wie man mit einem Eimer, einer Holzlatte und einem Stück Klebeband eine Lebendfalle bauen konnte. »Als Köder eignen sich Schokolade oder Speck. An Käse sind Mäuse entgegen landläufiger Ansicht kaum interessiert«, stand dort.

»Und dann nimmst du den Eimer und lässt die Maus draußen wieder frei.«

»Ich kann's ja versuchen«, gab ich nach.

Als wir fertig gegessen hatten, kam Zakris und fragte: »Espresso, Grappa, Ramazzotti?«

»Haben Sie auch einen Filterkaffee?«, fragte ich.

»Bedaure«, antwortete der Wirt.

»Der Herr würde auch einen Eierlikör nehmen«, sagte Andrea lachend.

Udo Jürgens sang inzwischen »Griechischer Wein«, was ich aber nicht als Aufforderung verstand. Ich bestellte einen Espresso.

19. September 2010, Frankfurt am Main

Ronny versuchte, sich seine Nervosität nicht anmerken zu lassen. Dass ihm vor Angst der Schweiß im Gesicht stand, würde der Beamte der Bundespolizei, der seinen Reisepass in Augenschein nahm, ohne Zweifel auf die hohen spätsommerlichen Temperaturen zurückführen. Er hatte die zweihundertvierzig Kilometer von Gößweinstein zum Frankfurter Flughafen über die am Sonntagnachmittag ausnahmsweise fast freie A3 in gut zweieinhalb Stunden zurückgelegt und dabei penibel darauf geachtet, in keine Radarfalle zu tappen.

Auf einem an der Wand montierten Fernsehschirm war der Nachrichtensender N24 zu sehen, auf dem Schlagzeilen durch das Bild liefen: »Deutschland siegt 5:0 im Davis-Cup gegen Südafrika. In Afghanistan wird das Parlament gewählt. Papst Benedikt XVI. beendet seinen Besuch in Großbritannien. In einem Krankenhaus in Lörrach erschießt eine Frau einen Pfleger.« Es folgten die DAX-Kurse.

»Können Sie bitte kurz die Sonnenbrille abnehmen?«, sagte der Beamte hinter der Panzerglasscheibe, wo die Interkontinentalreisenden überprüft wurden. Es war der wichtigste Moment auf seiner Flucht. Ronny ging davon aus, dass am Sonntag die oberfränkischen Polizeistuben nicht so üppig besetzt waren, dass er innerhalb kürzester Zeit auf allen internationalen Fahndungslisten stehen würde. Auch wenn die Vorwürfe, die man ihm zur Last legte, dies sicherlich gerechtfertigt hätten. Er hoffte, dass die Bamberger Ermittler das Ausmaß seiner Unterschlagungen nicht sofort überblicken würden. Ansonsten wäre der internationale Haftbefehl vermutlich schnellstens ausgefertigt.

Ronny griff zu seiner Sonnenbrille. In dem Moment wurde ihm bewusst, dass es sich um ein gefälschtes Modell handelte, das er im letzten Türkeiurlaub auf einem Basar für drei Euro gekauft hatte. Statt des Ray-Ban-Logos hatte sie auf den Bügeln den täuschend ähnlich aussehenden Schriftzug »Ray-Bai«. Doch er war hier beim Grenzschutz, nicht beim Zoll. Möglichst ruhig nahm er die Brille ab. Der Beamte schaute ihm tief in die Augen, blickte dann auf das Foto des Reisepasses. Dann zögerte er. Hatte er etwas bemerkt? Eine Sekunde. Noch eine Sekunde. Ronny vergaß zu atmen.

»Sagen Sie, Herr Berger. Heißen Sie wirklich so?«, beendete der Polizist das schier endlose Schweigen.

»Wie bitte?« Zweifelte er etwa an der Echtheit seiner Papiere? »Was meinen Sie?«

»Ich meine: Heißen Sie wirklich Ronny mit Vornamen? So wie der Affe aus dem Fernsehen früher? ›Ronny's Pop Show‹? Na ja, scheint so. Sonst würde es ja nicht im Pass stehen.« Der Beamte klappte das Ausweisdokument lachend zu und reichte es Ronny durch den schmalen Schlitz unter der Glasscheibe. »Ihre Eltern waren ganz schön mutig. Guten Flug, Herr Ronny Berger.«

Ronny ging drei Schritte weiter, atmete aus und versuchte, sich seine Erleichterung nicht anmerken zu lassen. Mit seinem Blackberry wählte er Sarahs Nummer. Es läutete, aber sie nahm nicht ab.

In diesem Moment wurden über die Lautsprecher die Passagiere des Lufthansa-Fluges LH2048 zum Boarding aufgerufen.

NEUN

Am nächsten Morgen holte Paulina mich zu Hause ab. Wir hatten einen Termin im Rathaus gemacht und wollten vom Markusplatz aus zu Fuß zum Maxplatz laufen.

»Was haben Sie denn da?«, fragte mich meine Kollegin. »Tragen Sie Ihre Arbeitsunterlagen jetzt im orangen Obi-Eimer herum?«

»Nein, nein. Ich muss nur auf dem Weg noch etwas erledigen«, antwortete ich. Dass es spätestens seit der »orangenen Revolution« in der Ukraine offiziell erlaubt war, »orange« statt »orangefarben« zu sagen, war für mich immer noch gewöhnungsbedürftig. Genauso wie die Deklinationen des Adjektivs »beige«.

»Und was piepst da im Eimer?«

»Einen Moment noch. Sie werden es gleich sehen. Wir gehen kurz runter«, sagte ich, als wir vor dem Eiscafé »Riverside Cortina« an den Stufen zum Main-Donau-Kanal standen.

»Igitt!«, schrie Paulina auf. »Sie haben eine lebende Maus in diesem Eimer?«

»Beruhigen Sie sich! Sie kommt da nicht raus. Und wie Sie festgestellt haben, ist ein Deckel drauf. Mit Luftlöchern. Meine Tochter wird stolz auf mich sein. Und Sie als militante Veganerin werden es doch sicher auch begrüßen, dass das Tier in diese selbst gebaute Lebendfalle gegangen ist und jetzt am Flussufer weiterleben darf.«

»Und von Ratten gefressen wird?«

»Das ist dann nicht mehr mein Problem.«

»Tun Sie, was Sie für richtig halten, Horst. Ich warte hier oben.«

Tatsächlich war die winzige Maus – sie war ohne Schwanz nicht größer als eine Zündholzschachtel – über Nacht von einem Klecks Nutella mit Erdnussbutter angelockt worden und in den Eimer gefallen, aus dem sie sich nicht mehr befreien konnte. Am Ufer des Kanals, auf dem gerade ein niederländischer Frachtkahn vorbeischipperte, kippte ich den Eimer zur Seite und ließ die Maus frei, die in Sekundenschnelle im Gestrüpp verschwunden war.

Ich muss gestehen, ich fühlte mich gut dabei.

»Haben wir es dann bald?«, hörte ich Paulina ungeduldig rufen.

»Ich komme schon«, sagte ich und überlegte, was ich mit dem Obi-Eimer machen sollte. Mir fiel nichts ein, denn für den Mülleimer an der Treppe war er zu groß. Und ihn einfach stehen zu lassen war natürlich auch keine Option. Also nahm ich ihn mit.

Wenige Minuten später erreichten wir das Rathaus am Maxplatz.

»Paulina, wissen Sie, dass das hier auch mal ein Priesterseminar war?«

»Sie meinen, als das Alte Rathaus noch nicht alt war?«

»Ja. Hier auf dem heutigen Maxplatz stand früher die Kirche Alt St. Martin. Das Barockgebäude, in dem sich heute das Rathaus befindet, war von 1737 an Priesterseminar, erst 1928 zog dieses an den heutigen Standort am Heinrichsdamm.«

»Sie würden gut in ein Priesterseminar passen, Horst. Da gibt es bestimmt auch strenge Regeln und viele Pedanten, die auf die Einhaltung derselben achten.«

»Haben Sie mich gerade Pedant genannt? Ich habe mich wohl verhört.«

»Ich? Gott bewahre«, sagte Paulina und lachte.

Wir wollten gerade das Rathaus über die Steinstufen betreten, als sich die schwere Holztür vor uns öffnete und wir ein bekanntes Gesicht erblickten.

»Grüß Gott, Herr Kommissar«, sagte der Mann Ende fünfzig mit kugelförmigem Kopf, den entweder der Lauf der Zeit oder ein scharfes Rasiermesser von jeglichem Haupthaar befreit hatte. Ich erkannte ihn an seinen roten Hosenträgern über dem weißen Hemd. Dieses Outfit war zum Markenzeichen des Krimiautors Hartmut Knauer geworden, den der FT mal als »Titan des Frankenkrimis« bezeichnet hatte.

»Herr Knauer, schön, Sie zu sehen«, begrüßte ich den Schriftsteller. »Was treibt den großen Dichter hierher? Recherchieren Sie für ein Buch mit dem Titel ›Mord im Rathaus‹ oder ›Der Killer vom Maxplatz‹?«

Der leicht untersetzte Mann lachte und zeigte das Buch, das er in der Hand hielt: »Ist gerade erschienen.«

»›Tod auf dem Main-Donau-Kanal‹«, las ich. »Sie bleiben bei der Wahl der Titel dem Erfolgsrezept treu, stimmt's?«

Knauers bisherige Bestseller hießen »16 Uhr 50 ab Strullendorf« und »Mord im Franken-Thüringen-Express« und lehnten sich an Klassiker von Agatha Christie an. Und hier war der durch Bamberg fließende Main-Donau-Kanal an die Stelle des Nils getreten.

»Wie wäre es mit einer Story ›Tod auf dem Nils‹?«, schlug Paulina vor. »Da könnte eine Frau beim Geschlechtsakt mit einem Mann namens Nils ermordet werden.«

»Paulina! Ich muss doch sehr bitten«, stoppte ich ihre literarischen Phantasien.

»Ist doch gar nicht schlecht«, entgegnete Knauer. »Das muss ich mir merken. Ich würde Sie auch in den Danksagungen erwähnen, Frau Kommissarin. Aber ich will Sie nicht länger aufhalten. Ich hoffe, Ihr Besuch im Rathaus ist nicht dienstlich veranlasst. Die Büroklammern-Affäre fällt ja nicht in Ihr Ressort. Hoffentlich jedenfalls. Einen schicken Aktenkoffer haben Sie übrigens dabei, Herr Kommissar.« Knauer deutete auf den Eimer in meiner Hand.

»Die Rundablage wird sich dauerhaft durchsetzen«, entgegnete ich. »Und Sie? Haben Sie Ihren neuen Krimi fürs ›Rathaus-Journal‹ vorgestellt?«

»Ja. Ich wollte das Buch eigentlich dem OB überreichen. Das war schon lange vor seinem Rücktritt vereinbart worden. Jetzt hat der Zweite Bürgermeister den Termin übernommen.

Und, ach herrje«, Knauer wedelte mit dem Buch in seiner Hand, »das wollte ich dem Höfner eigentlich dalassen. Glatt vergessen. Nehmen Sie es mit und geben es ihm? Das wäre sehr nett.«

Ich nahm das Buch und las den Klappentext auf der Rückseite: »Knauer-Krimis sind süffig wie Kulmbacher Bier. Thomas Gottschalk«. Für Bamberger Literatur vielleicht eine zweifelhafte Auszeichnung, dachte ich.

Wir gelangten durch mehrere Glastüren und eine steinerne Treppe in die erste Etage und klopften an die Tür von Zimmer 105. Anstelle des Namens des Oberbürgermeisters war am Türschild nur »N. N.« zu lesen. Ich stellte meinen Eimer unauffällig neben einen Schirmständer.

Als die Tür geöffnet wurde, sahen wir wieder ein bekanntes Gesicht. Es war von einem roten Haarkranz umrandet.

»Null Null Sieber!«, sagte ich überrascht. »Haben Sie sich undercover ins Rathaus eingeschlichen für eine Enthüllungsreportage?«

Theo Sieber war als Lokalreporter des FT eine Instanz in der Stadt. Zwar galt er, was das Schreiben anging, als erwiesenermaßen talentfrei, doch durch sein weit gespanntes Informantennetz in alle Institutionen und Behörden hinein war er eine der bestinformierten Personen und immer für eine Skandalgeschichte gut. Er war auch an der Berichterstattung über die Büroklammern-Affäre maßgeblich beteiligt gewesen.

»Ich arbeite hier«, antwortete Sieber.

»Im Dienste Seiner Majestät, des Oberbürgermeisters?«

»Nicht mehr. Marienberg hatte mich noch im Sommer als Pressesprecher engagiert, als mein Vorgänger frustriert gekündigt hatte. Jetzt arbeite ich für Rolf Höfner, der als Zweiter Bürgermeister kommissarisch die Geschäfte führt. Kommen Sie doch rein!«

»Und ist die Arbeit in einer kommunalen Behörde nicht vergleichsweise langweilig, wenn man vorher als rasender Reporter unterwegs war?«

Wir traten in einen Büroraum mit zwei Schreibtischen. An der Wand hing ein unterschriebenes Mannschaftsfoto der Bamberg Baskets, irgendwo stand ein Radio, in dem leise Antenne Bayern lief.

»Wissen Sie«, sagte Sieber, »ich bin über sechzig, habe eine neue Hüfte bekommen und Probleme mit dem Blutdruck. Als Marienberg mir einen Job im öffentlichen Dienst anbot mit all seinen Sozialleistungen und Aussicht auf Altersteilzeit, habe ich nur so lange gezögert, wie ich bis dreizehn zählen konnte.«

»Wieso bis dreizehn?«

»Das ist meine Entgeltstufe.« Er lachte. »Aber wem sag ich das, Herr Kriminalbeamter.«

»Herr Sieber, schauen Sie sich doch bitte mal dieses Foto an!« Ich legte ihm ein Bild mit Gaibacher und Jakubas vor. »Kennen Sie die Herren?«

Sieber warf einen flüchtigen Blick auf das Foto. »Klar, das ist der Staatssekretär. Aber den anderen kenne ich nicht.«

»Schauen Sie mal genauer. Sie müssten doch eigentlich jeden hier in der Stadt kennen, oder? Es dürfte kaum einen Bamberger geben, über den Sie nicht schon mal geschrieben haben.«

»Der Kluft nach ein Ordenspriester, würde ich sagen. Ein Karmelit? Aber den Namen weiß ich wirklich nicht. Warum fragen Sie?«

»Es handelt sich um einen Bruder, der für die Social-Media-Kanäle des Karmelitenklosters zuständig war. Er hat über die angeblichen Fake-Accounts recherchiert, über die gerade in den Medien berichtet wird. Sie haben davon gehört?«

Sieber nickte desinteressiert. »Natürlich.«

»Gaibacher wirft Marienberg vor, mit falschen Profilen auf Facebook Propaganda gemacht zu haben.«

»Ich habe das gelesen, ja. Hoffentlich hat der Herr Staatssekretär sich dabei nicht in etwas verrannt. Aber ich vermute, Sie wollen nicht mit mir darüber diskutieren, sondern haben einen Termin beim BM zwo?«

»Wir haben uns angemeldet beim Zweiten Bürgermeister, ja«, sagte ich.

Sieber klopfte an die Tür zum Chefbüro und kündigte uns mit den Worten »Kommissar Müller und seine Kollegin« an.

Höfner kam uns mit einem Lächeln wie aus der Zahnpastawerbung entgegen. Doch sein Gesicht erinnerte mich an eine andere Figur aus der Fernsehreklame. Es fiel mir nicht ein.

»Freut mich, Sie kennenzulernen«, sagte der Bürgermeister.

Er war etwa in meinem Alter, hatte aber eine viel schlankere und sportlichere Figur. Er trug Jeans und weiße Turnschuhe, die er selbst vermutlich als Sneakers bezeichnet hätte. Die Ärmel seines weißen Hemdes waren hochgekrempelt, was ihn als einen dieser Kurzarmhemden-Gegner identifizierte und eigentlich für ein Bürgermeisteramt in dieser Stadt disqualifizierte. Auch wenn Paulina dies gewiss anders sah.

»Ich nehme an, Sie ermitteln in der Sache, die heute im FT steht?«, sagte Höfner und deutete einladend auf die Besucherstühle. Ich schaute Paulina fragend an. Wir wussten beide, dass an die Medien noch keine offizielle Information hinausgegangen war.

»Was steht in der Zeitung?«, fragte sie. »Wir haben heute den FT noch nicht gelesen.«

Höfner griff zur aktuellen Ausgabe, die vor ihm auf dem Schreibtisch lag, und schlug die dritte Seite auf. Dann las er vor: »›Tod am Knöcklein – Klosterbruder stirbt auf ungeklärte Weise‹.«

»Zeigen Sie mal!«, sagte ich. »›Tod am Knöcklein‹ wäre auch ein guter Titel für einen dieser Regionalkrimis.«

Höfner reichte mir das Blatt. Ich überflog den Artikel, der wenig konkrete Informationen enthielt und als Quelle lediglich »exklusive Informationen unserer Redaktion« angab.

»Erstaunlich, dass der FT nach dem Weggang von Sieber

immer noch über so gute Informanten verfügt, nicht wahr?« Höfner konnte ein verschmitztes Grinsen kaum unterdrücken. Offenbar genoss er, uns bei unserer Ahnungslosigkeit über diese Berichterstattung erwischt zu haben.

»Wer hat's geschrieben?«, fragte Paulina.

Der Text war mit keinem Autorennamen gekennzeichnet, aber unter der letzten Zeile stand das Kürzel »AM«.

Das kann kein Zufall sein, dachte ich. Aber ich ließ mir nichts anmerken.

»Richtig, in dieser Sache ermitteln wir. Und zwar handelt es sich darum, dass der Verstorbene über Staatssekretär Gaibacher recherchiert hat. Wir vermuten, dass es da auch um die Fake-Accounts ging. Wir hätten dazu ja gerne Herrn Marienberg befragt.«

»Der Alt-OB ist seit seinem Rücktritt von der Bildfläche verschwunden«, sagte Höfner. »Er hat noch ein paar private Unterlagen aus seinem Büro eingepackt und wurde seitdem nicht mehr gesehen.«

»Sie haben keinen Kontakt zu ihm?«, wollte Paulina wissen.

Höfner schüttelte den Kopf. »Nein. Aber er scheint gelegentlich mit Journalisten zu sprechen.«

»Daher die Gerüchte, dass er eine Rückkehr in die Politik nicht ausschließt?«

»Reine Spekulation. Ich kann darüber nichts sagen. Aber ich habe Ihnen gar nichts zu trinken angeboten. Wasser? Kaffee? Whisky?«

Während er fragte, rührte Höfner mit einem Löffel in seiner Kaffeetasse und schaute über seine randlose Halbbrille. In diesem Moment fiel mir wieder ein, an wen er mich erinnerte.

»Danke, nein«, antwortete ich. Der Bürgermeister schien uns keine Auskünfte geben zu können, die uns weiterhelfen würden. Wir bedankten und verabschiedeten uns. Als niemand hinschaute, nahm ich den Eimer wieder in die Hand.

Auf dem Maxplatz fragte ich Paulina: »Finden Sie auch, dass Höfner wie der Melitta-Mann aussieht?«

»Wie wer?«

»Ich vergaß. Da waren Sie vermutlich noch nicht geboren, als diese Werbespots liefen. Mir fällt aber sein bürgerlicher Name nicht mehr ein.«

»Daher kommt also Ihre Vorliebe für Filterkaffee? Warten Sie mal. Ich frag Google.«

Kurz darauf hatte Paulina die relevanten Informationen gefunden: »Der Melitta-Mann heißt Egon Wellenbrink, geboren 1945 in Wolfsburg, er komponierte für Rudi Carrell und war mit Roy Black auf Tournee. Von 1989 bis 1999 stand er in hundertdreißig Werbespots für den Kaffeefilterfabrikanten Melitta vor der Kamera. Und sein Sohn ist ... Krass, den kenne ich natürlich!«

»Sein Sohn ist?«

»Nico Santos. ›Rooftop‹ war sein größter Hit.« Sie begann zu singen: »›I'm shoutin' from the rooftop, baby ...‹« Dann las sie weiter: »Und seine Enkelin Mia-Sophie Wellenbrink ist das ›Fruchtalarm‹-Mädchen. Sagt Ihnen das was?«

»Ja, klar. Das war eine sehr nervtötende Fernsehwerbung für Fruchtjoghurt. Muss auch schon zwanzig Jahre her sein.« Dann bemerkte ich, dass ich immer noch Knauers Krimi in der Hand hielt. »Oh, wie blöd, vergessen!«

»Nehmen Sie ihn doch mit, haben Sie etwas zu lesen«, schlug Paulina vor.

»Das wäre Diebstahl«, entgegnete ich entschieden. Neben dem Haupteingang war ein großer Briefkasten. Ich spielte mit dem Gedanken, das Buch einfach hineinzuwerfen, aber der für die Leerung zuständige Beamte hätte damit nichts anfangen können. »Ich nehm es mit und schicke es dem BM zwo mit der Post.«

»Richtig weitergebracht hat uns Höfner nicht«, stellte Paulina fest.

»Nur dass er uns auf einen interessanten Zeitungsartikel

hingewiesen hat. Ich werde dringend mit meiner Tochter reden müssen.«

»Ach, Sie meinen, AM ist das Kürzel Ihrer Tochter?«

»Es liegt auf der Hand. Ich habe mit ihr gestern kurz über den Fall gesprochen, rein privat und vertraulich natürlich. Ich konnte nicht ahnen, dass ausgerechnet eine Lokalreporterin mithört.«

In diesem Moment läutete mein Diensthandy. Es war die Nummer der Stadel.

»Jetzt gibt's schon den Ärger«, mutmaßte ich und nahm das Gespräch an mit den Worten: »Ich kann das erklären, Frau Kriminalrätin.«

»Was können Sie erklären? Warum der Chef des Karmelitenklosters mit einer Vergiftung im Klinikum liegt?«

»Wie bitte?«, entgegnete ich, und Paulina bemerkte sofort, dass etwas Besonderes geschehen war.

»Wir sind gerade von der Einsatzzentrale informiert worden, dass Antonius Windsheimer vom RTW nach Bug gebracht wurde.«

»Lebensgefahr?«, fragte ich.

»Unbekannt. Übernehmen Sie?«

»Wir sind schon unterwegs. Ende«, sagte ich und nickte Paulina zu.

***

Als wir das Klinikgebäude am Bruderwald betraten, lächelte uns sofort Staatssekretär Gaibacher an. Zwar nicht persönlich, aber in Form eines eingerahmten und an der Wand aufgehängten Zeitungsartikels über die Einweihung des neuen Bettenturms, für den der Bamberger Politiker sich jahrelang eingesetzt hatte.

Wir fanden Windsheimer im vierten Stock im Intermediate-Care-Bereich der interdisziplinären Intensivstation. Der stellvertretende Sektionsleiter, ein völlig übernächtigt wirkender junger Mann mit blassem Gesicht und kleiner runder Nickelbrille, klärte uns auf.

»Der Pater hat Glück gehabt. Wenn nicht einer seiner Mitbrüder sofort die Rettung alarmiert hätte, wäre wenig Hoffnung gewesen. Wir konnten den Magen auspumpen und den Kreislauf stabilisieren.«

»Sie meinen, er kommt durch?«, fragte Paulina.

»Wenn ich ein frommer Mensch wäre, würde ich sagen: Er hatte einen Schutzengel. Jedenfalls stehen die Chancen gut, ja.«

»Wissen Sie schon etwas über die Ursache? Vergiftung?«

»Die Symptome deuten darauf hin. Für Genaueres wird aber eine toxikologische Untersuchung nötig sein.«

»Ist er ansprechbar? Können wir zu ihm?«

Der Arzt zögerte kurz. »Sie sind von der Kriminalpolizei, wenn ich das richtig verstanden habe?«

Wir nickten.

»Eigentlich würde ich für den Patienten strikte Ruhe anordnen. Aber wenn es hier um die Aufklärung eines Verbrechens geht, dann ist es sicher auch in seinem Interesse, wenn Sie mit ihm reden. In aller gebotenen Kürze!«

»Selbstverständlich«, sagte ich dankbar. Es kam nicht oft vor, dass Krankenhauspersonal Verständnis für polizeiliche Ermittlungen zeigte. »Nur ein paar Minuten.«

Der Oberarzt brachte uns ins Patientenzimmer. Windsheimer war an einige Geräte zur Überwachung angeschlossen und bei Bewusstsein.

»Frau Kommissarin, Herr Kommissar, Sie müssen die Umstände entschuldigen, die ich Ihnen bereite«, sprach er angestrengt.

»Umstände? Wir ermitteln, das ist unser Job«, sagte ich.

»Ich hätte den selbst gemachten Likör nicht trinken sollen.«

»Welchen Likör?«

»Eine Frau hat ihn für mich an der Klosterpforte abgegeben

mit den Worten, dies sei der Dank für ein gutes Seelsorgegespräch.«

»Wann war das? Und er war an Sie persönlich gerichtet?«

Windsheimer nickte. »Jemand hat die Flasche gestern abgegeben. Es war eine Frau, wie mir der Bruder an der Pforte gesagt hat. Er hat sie aber nicht gekannt.«

»Und haben Sie eine Ahnung, wer sich für ein gutes Seelsorgegespräch hätte bedanken können?«

»Darüber darf ich nicht sprechen.«

»Wie bitte?«

»Beichtgeheimnis.«

Paulina seufzte. »Das ist jetzt nicht Ihr Ernst, oder? Sie verweigern die Zusammenarbeit bei der Aufklärung eines Mordanschlags auf Sie?«

»Paulina, bitte!«

»Ist doch wahr!«

»Das Beichtgeheimnis ist in Paragraf dreiundfünfzig der Strafprozessordnung verankert«, erklärte ich.

»Und unantastbar«, ergänzte Windsheimer. »Ein Priester würde eher den Tod in Kauf nehmen, als das Beichtgeheimnis zu verletzen.«

»Da waren Sie ja schon auf gutem Weg«, sagte Paulina.

»Sie haben natürlich recht, dass Sie als Berufsgeheimnisträger ein Zeugnisverweigerungsrecht haben. Das respektieren wir«, versuchte ich zu vermitteln. »Aber vielleicht können Sie uns trotzdem etwas sagen, was nicht direkt mit der Beichte zu tun hat? Können Sie sich an ein Seelsorgegespräch erinnern, das möglicherweise mit dem Tod von Bruder Martin zusammenhängt? Oder mit den Gewaltvorwürfen gegen Sie? Könnte es sein, dass es sich um einen Racheakt handelt?«

Windsheimer schloss die Augen und nickte fast unmerklich.

»Und?«, hakte Paulina nach.

Dann schüttelte er den Kopf. »Ich kann, will und werde nichts dazu sagen. Sosehr Sie mich auch bedrängen.«

In diesem Moment öffnete der Arzt leise die Tür und sagte: »Ich muss Sie jetzt bitten.«

»Moment noch«, sagte Windsheimer. »Ich habe noch eine wichtige Information für Sie, was die Anschuldigungen gegen meine Person durch diese Frau Welge betrifft.« Er richtete sich etwas auf. Das Sprechen strengte ihn offenkundig sehr an. »Ich habe im Archiv die Unterlagen über die Beichtzeiten am Karfreitag des Jahres 1998 heraussuchen lassen.«

»Der Tag, an dem Frau Welge den nicht näher definierten Übergriff im Beichtgespräch erlebt hat?«

»Richtig. Ich hätte an diesem Freitag Beichtdienst gehabt, war aber kurzfristig erkrankt. Eine Nierenkolik, sehr schmerzhaft.«

»Das heißt, Sie waren gar nicht im Beichtstuhl?«

»So ist es. Ich wurde vertreten.«

»Von wem?«, fragte ich ungeduldig.

»Aus den Unterlagen geht hervor, dass ein Pfarrer Franz Forsbach aus Vierzehnheiligen eingesprungen ist. Ich gehe davon aus, dass das Namensschild draußen am Beichtzimmer nicht ausgetauscht wurde. Das dürfte der Grund für die Verwechslung sein.«

»Forsbach?«, wiederholte ich den Namen leise.

»Der ist auch tot«, sagte Paulina.

»Was? Wurde er vergiftet?«, fragte Windsheimer. »Dass er überhaupt noch lebte … Er war damals schon alt.«

»Nein, zumindest gibt es keine Hinweise darauf«, antwortete ich. »Er wurde fast neunzig.«

»Und wird Ihre Aussage nicht mehr bezeugen können«, sagte Paulina.

»Wollen Sie damit sagen –«

»Ich muss jetzt wirklich bitten«, unterbrach der Oberarzt. »Der Patient braucht Ruhe. Würden Sie nun bitte den Raum verlassen?«

»Wir werden Ihre Angaben überprüfen, Herr Windsheimer«, sagte ich. »Gute Besserung! Und bitte denken Sie noch mal darüber nach, ob Sie nicht doch eine Aussage machen können für den Fall, dass der Mörder von Bruder Jakubas bei Ihnen gebeichtet hat. Oder die Mörderin.«

***

Als wir durch das Eingangsfoyer gingen, stand plötzlich ein älterer Herr im schwarzen Anzug vor uns, den ich sofort als den früheren Dompfarrer Monsignore Momberg erkannte.

»Herr Pfarrer, schön, Sie zu sehen«, begrüßte ich ihn. »Aber warum im Krankenhaus? Ich hoffe, es geht Ihnen gut!«

Der Priester mit der spitzen Nase und den weißen Haaren streckte mir seine knochige Hand entgegen. Er war seit unserer letzten Begegnung nach dem spektakulären Raub des Bamberger Reiters noch mal deutlich gealtert.

»Danke, mir geht es gut, Herr Kommissar. Das Rheuma quält mich manchmal, aber jetzt gerade bin ich im Dienst. Ich bin im Ruhestand hier als Krankenhausseelsorger beauftragt worden. Ein paar Stunden pro Woche, damit es nicht langweilig wird, wissen Sie? Haben Sie Zeit? Ich wollte gerade zu Mittag essen.«

Ich verständigte mich kurz wortlos mit Paulina, auch sie schien Hunger zu haben.

»Fühlen Sie sich wohl in Ihrer neuen Wohnung?«, fragte Momberg, während wir die Cafeteria betraten, die mehr wie ein schickes Bistro eingerichtet war als wie eine Klinikkantine. Dutzende blau gekleidete Pfleger und Krankenschwestern begrüßten sich mit »Mahlzeit«-Rufen, was Paulina wortlos die Nase rümpfen ließ. Ich bestellte ein Schweineschnitzel mit Bratkartoffeln, Paulina wählte eine Karotten-Ingwer-Suppe und eine gefüllte Aubergine, und der Dompfarrer entschied sich für Blaue Zipfel mit Bauernbrot. Wir setzten uns an einen kleinen Tisch mit Blick auf den Parkplatz vor dem Haupteingang.

»Nehmen Sie eigentlich als Klinikseelsorger vielen Patienten die Beichte ab?«, fragte Paulina.

»Ich würde sagen: Im Krankenbett wird heute fast mehr gebeichtet als im Beichtstuhl in der Kirche.«

»Sie meinen: im Sterbebett, oder?«, sagte ich. »Die Letzte Ölung?«

Er nickte. »Wenn die Stunde naht, verspüren viele Menschen das Verlangen nach geistlicher Begleitung und dem Empfang der Krankensalbung. Von Letzter Ölung sprechen wir schon lange nicht mehr. Die Krankensalbung kann man auch mehrmals empfangen.«

»Wie ist das denn, wenn Ihnen jemand einen Mord beichtet? Können Sie ihm diese Sünde vergeben?«, fragte Paulina.

Momberg schnitt seine Wurst in Stücke und antwortete: »Nicht ich vergebe die Sünden, sondern Jesus Christus. Als Beichtvater bin ich sozusagen nur der Mittelsmann. Und natürlich setzt eine Absolution, also die Lossprechung von der Sünde, eine aufrichtige Reue voraus. Ohne Reue kann es keine Vergebung geben. Übrigens eine Frage, die sehr oft gestellt wird, während die meisten Priester niemals in ihrem Leben in eine entsprechende Situation geraten.«

»Aber wenn der Mörder die Reue nur heuchelt?«

»Dann ist die Beichte ungültig. Sie wäre ja auch sinnlos. Es gehört auch der Vorsatz dazu, die Sünde nicht wieder zu begehen oder sie wiedergutzumachen.«

»Schwierig bei Mord«, stellte Paulina fest.

»Richtig. In dem Fall wäre die Voraussetzung für eine Lossprechung, dass der Pönitent sich der weltlichen Justiz stellt und die gerechte Strafe hinnimmt.«

»Und das Beichtgeheimnis gilt tatsächlich auch bei Mord?«, hakte Paulina nach.

»Ja, es gibt keine Ausnahme. Das Beichtgeheimnis ist unverletzlich, heißt es im Kirchenrecht, wo das Sigillum confessionis schon seit 1215 formuliert ist. Es handelt sich sozusagen um die älteste Datenschutzrichtlinie der Welt. Wer das Beichtgeheimnis bricht, wird mit der Tatstrafe der Exkommunikation belegt. Das Beichtgeheimnis gilt übrigens auch für den Fall, dass aus irgendwelchen Gründen keine Absolution erteilt werden kann, zum Beispiel wegen fehlender Reue. Und es gibt eine Reihe katholischer Priester, die für den Schutz des Beichtgeheimnisses den Märtyrertod gestorben sind.«

»Ich habe eine ganz andere Frage«, sagte ich und tauchte ein Schnitzelstück in einen Ketchupklecks auf meinem Teller. »Sind Fake-Accounts im Internet eigentlich auch Sünde?«

»Sie meinen, wenn jemand einen falschen Namen verwendet? Ich kenne mich mit diesen modernen Computersachen nicht aus. Ich persönlich würde vermuten, dass der Anteil der sündhaften Dinge im Internet größer ist als der unschuldige Rest. Und ob die Welt durch das Internet eine bessere geworden ist, möchte ich auch in Frage stellen. Allein der moralische Verfall.«

»Wie meinen Sie das?«, fragte ich.

»Nun, Ehebruch und Unkeuschheit waren auch früher schon an der Tagesordnung. Aber das war nicht so einfach wie heute, wo es ja sogar eigene Computerprogramme geben soll, mit denen man einen Seitensprung organisieren oder sogar ein Alibi bestellen kann. Pfui Deibel.«

»Ja, aber das war ja jetzt nicht das Thema. Die Frage war, ob Fakeprofile ...«

»Richtig. Ich denke, es kommt hier auf die Intention an. Es ist ein Unterschied, ob man sich einfach nicht mit Klarnamen zu erkennen gibt oder ob man seine Mitmenschen bewusst täuschen und Fake News verbreiten will. Schon die Heilige Schrift wendet sich gegen Fake News. Und das achte Gebot ...«

»Moment mal«, wandte Paulina ein. »Ausgerechnet die Bibel? Die ist doch voll mit Fake News. Oder glauben Sie etwa ernsthaft daran, dass Jesus übers Wasser spazieren konnte oder dass Eva aus der Rippe von Adam geschaffen wurde und wir alle verdammt sind, weil sie in einen Apfel gebissen hat?«

Momberg lächelte gütig. »Man darf die Heilige Schrift nicht als Tatsachenbericht lesen. Und man muss die Texte freilich aus der Zeit heraus verstehen, in der sie entstanden sind. Übrigens, in der Schöpfungsgeschichte steht überhaupt nichts von einem Apfel. Den haben die Menschen später hinzugedichtet, vielleicht weil das lateinische ›malus‹ für Apfel so ähnlich klingt wie ›malum‹, das Böse. Auch Ochs und Esel oder die Heiligen Drei Könige kommen im Evangelium nicht vor.«

»Fake News überall«, stellte Paulina fest. »Auf einem Märchenbuch bauen Sie Ihre Kirche auf.«

»Das achte Gebot lautet: Du sollst kein falsches Zeugnis geben wider deinen Nächsten. Wenn man einen Fake-Account als falsches Zeugnis auffasst, dann handelt es sich eindeutig um sündhaftes Handeln, würde ich sagen.«

»Amen«, sagte Paulina.

»Und warum sind Sie hier im Krankenhaus? Doch sicher auch nicht als Patienten.«

»Eine Zeugeneinvernehmung«, antwortete ich. Und als der fragende Blick des Pfarrers deutlich machte, dass er gerne mehr erfahren hätte, fügte ich hinzu: »Auch bei der Polizei gibt es so was wie ein Beichtgeheimnis. Aber wo wir gerade so nett plaudern, Herr Pfarrer. Ich hätte noch eine Frage: Man weiß ja, dass die Kirche ein großes Problem mit dem Missbrauch von Kindern durch Priester hat. Gibt es eigentlich auch Missbrauch an Erwachsenen? Und zwar im Zusammenhang mit Exorzismus?«

Momberg schaute mich an, als wollte er fragen, ob dieses Thema ausgerechnet beim Essen angesprochen werden müsse. Aber er sagte mit einer gewissen Verzweiflung in der Stimme: »Mit diesem Thema habe ich mich viel beschäftigt. Wir nennen es rituelle Gewalt. Das Dunkelfeld ist groß und unerforscht. Es ist die These verbreitet, dass es einflussreiche, geheime satanische Zirkel gibt, in denen Menschen gefoltert, missbraucht oder sogar getötet werden. Angeblich werden die

Opfer dabei gezielt so manipuliert, dass es zu einer Spaltung ihrer Persönlichkeit kommt.«

Mombergs Gesichtsausdruck war zu entnehmen, was er von dieser These hielt. Deshalb fügte er auch hinzu: »Experten halten die Rituelle-Gewalt-These für einen Mythos. Viele Elemente der These sind nicht zu belegen. Namhaften Psychologen zufolge ist zudem die gezielte Aufspaltung der Persönlichkeit gar nicht möglich. Aber so ist das mit Verschwörungstheorien: Ihre Anhänger sagen, dass es keine Beweise gibt, weil die Täter so mächtig und gut vernetzt sind.«

»Kennen Sie selbst Fälle von ritueller Gewalt?«, fragte Paulina.

»Ich hatte mal, als ich noch Kaplan im Frankenwald war, mit einer Frau zu tun, die sich selbst als Opfer rituellen Missbrauchs bezeichnet hat. Sie war davon überzeugt, von Autos verfolgt zu werden mit den Ziffern 666 im Kennzeichen. Später hat sich herausgestellt, dass sie als Kind von einem Priester sexuell missbraucht worden war und dadurch schwere psychische Störungen erlitten hat. Sie hat ihre Erfahrungen mit den Eindrücken des Horrorfilms ›Rosemaries Baby‹ vermischt, der Ende der sechziger Jahre in den Kinos lief.«

»Wollen Sie abstreiten, dass es organisierten Missbrauch gibt? Auch in der Kirche?« Paulina blickte den emeritierten Dompfarrer empört an.

»Keineswegs. Nicht im Geringsten«, wehrte er ab. »Niemand wird bestreiten, dass es Netzwerke gibt, in denen Kindern und Schutzbefohlenen schlimmste Gewalt angetan wird, sei es zur Triebbefriedigung oder zur Herstellung von Kinderpornografie. Aber nach meiner Überzeugung und nach der von Experten spielt Satanismus hier keine Rolle. Im Bistum Münster wurde erst vor Kurzem die Beratungsstelle für organisierte rituelle Gewalt geschlossen, weil man der Überzeugung ist, dass es keinen Beweis für ihre Existenz gibt. In vielen Fällen berichten angeblich Betroffene erst von ritueller

Gewalt, wenn sie von Anhängern der Rituellen-Gewalt-These danach gefragt werden.«

»Gibt es Ihrer Ansicht nach also keine satanistische Gewalt hierzulande?«, wollte ich wissen.

»Doch, sicher«, antwortete Momberg. »Aber wir sprechen hier vor allem von Jugendkriminalität wie umgeworfenen Grabsteinen auf Friedhöfen oder mit satanischen Symbolen beschmierten Gotteshäusern. Wissen Sie, auch der Papst spricht das Thema Teufel des Öfteren an. Erst vor Kurzem hat er in einem Interview betont, dass der Satan immer wieder versucht, sich in Herz und Verstand der Menschen einzuschleichen, und dass der Teufel sich nicht nur durch Krieg und Ungerechtigkeit, sondern auch auf eine sibyllinische und höfliche Art und Weise präsentiert. Die Seele, die sich nicht um Gewissenserforschung kümmere, bemerke ihn nicht oder lasse ihn aus geistiger Lauheit herein. Und in der Bibel können wir nachlesen, dass sogar Jesus vom Teufel verführt wurde. Auch wenn es heute viele nicht mehr wahrhaben wollen: Der Teufel ist eine Realität. Aber das Gebet ist stärker als er.«

Er schaute auf seine Armbanduhr. »Jetzt muss ich mich wirklich entschuldigen. Ich muss gleich den Gottesdienst in der Klinikkapelle halten. Wenn ich mich verspäte, komme ich in Teufels Küche.« Es war nicht klar, ob er diesen Ausdruck gedankenlos oder absichtlich verwendete. Er wischte sich den Mund mit der Serviette ab und war so plötzlich verschwunden, wie er erschienen war.

***

»Glauben Sie auch, dass wir es mit dem Racheakt eines Missbrauchsopfers zu tun haben?«, fragte Paulina, während sie das Auto den Kaulberg hinunter Richtung Karmelitenplatz lenkte, wo wir die mutmaßlich vergifteten Likörreste für die kriminaltechnische Untersuchung sicherstellen wollten.

»Es liegt auf der Hand«, gab ich zu. »Aber es passt für mich nicht wirklich zusammen. Es sieht ja nicht danach aus, dass die erste Sendung den falschen Empfänger erreicht hat. Die Post war eindeutig adressiert.«

»Und wenn wir es mit zwei Missbrauchstätern zu tun haben?«, meinte Paulina.

»Hm«, machte ich. »Im Gegensatz zu Bruder Antonius Windsheimer war Bruder Martin Jakubas kein Geistlicher und hat deshalb keine Beichte gehört. Und nach Lage der Dinge war er nicht in der Seelsorge tätig, wo er viel mit Menschen zu tun gehabt hätte.«

»Das muss nichts heißen. Wir müssten mehr über Bruder Martins Vergangenheit herausfinden. Über sein Leben vor der Zeit im Kloster scheint niemand etwas zu wissen. Das ist auch irgendwie merkwürdig, oder?«

Ich nickte. »Halten Sie mal dort!« Ich zeigte nach rechts zur Bäckerei Kunze. Hier war ich immer Kunde gewesen, als ich Andrea ins benachbarte Haus der Domchöre zur Probe der Mädchenkantorei gebracht hatte. Als ich die Backstube betrat, erinnerte ich mich wieder daran, dass hier neben ofenfrischen Backwaren auch immer die neuesten Krimis von Hartmut Knauer verkauft wurden, die innerhalb eines Tages mit einer persönlichen Widmung nach Wunsch versehen werden konnten. Das deutete darauf hin, dass der Schriftsteller hier in der Nähe wohnte und auch zu den Stammkunden gehörte. Hinter der Theke stand immer noch die freundliche ältere Dame mit den grauen Haaren, die mich auch nach Jahren gleich wiedererkannte, als ich um zwei Hörnla und eine Zeitung bat. Sie konnte kaum glauben, dass meine Tochter inzwischen erwachsen war. Und ich behielt für mich, dass sie den Aufmacher im Lokalteil des heutigen FT geschrieben hatte.

»Es gibt wieder einen Mord in Bamberg?«, sagte die freundliche Bäckersfrau und zeigte auf das Blatt. »Und schon kommen Sie wieder zu uns ins Geschäft. Das ist hoffentlich kein schlechtes Omen, Herr Kommissar!«

Ich versicherte ihr, dass mein Besuch rein privater Natur war.

»Kannten Sie denn den Toten?«, fragte ich. »Das Kloster ist ja nicht weit weg. Kommen die hochwürdigen Herren schon mal rüber, um einen Kaffee zu trinken oder ein Brödla zu kaufen?«

»Nein, ehrlich gesagt kann ich mich nur an ein einziges Mal erinnern, dass einer der Klosterbrüder hier war, vor ein paar Wochen erst. Ich weiß es noch, weil er eine Seele kaufen wollte. Da musste ich sehr schmunzeln.«

»Eine Seele?«, fragte Paulina erschrocken nach.

»Ja, so sagt man in Oberschwaben zu einem lang gestreckten Weizenbrötchen, das mit Salz und Kümmel bestreut wird. Seinem Dialekt nach kam er vom Bodensee. Aber seinen Namen weiß ich nicht. Ich habe ihm dann eine Baguettestange verkauft.«

Ich bedankte mich, zahlte Hörnla und Blättla, als die Verkäuferin mich noch auf ein besonderes Angebot hinwies: »Kennen Sie schon den neuen Knauer? ›Tod auf dem Main-Donau-Kanal‹. Den müssen Sie lesen!«

»Ich lese keine Regiokrimis«, antwortete ich und lachte. »Zu unrealistisch!«

***

»Es ist so entsetzlich«, sagte Bruder Elezi, als er auf die leere Flasche deutete, die im Gemeinschaftsraum des Klosters neben zwei Schnapsgläsern auf dem Tisch stand. Daneben lagen die Zeitung von heute und ein Stapel ungeöffneter Briefe. Der Raum hatte den Charme der Achtziger, der Linoleumfußboden schien seine besten Jahre hinter sich zu haben. Die Regale aus heller Eichenholznachbildung, in denen weißes Geschirr stand, wirkten eher zweckmäßig als geschmackvoll. Ein Geruch von scharfem Putzmittel hing in der Luft. Wer auch immer diesen Raum eingerichtet hatte, legte keinen großen Wert darauf, dass man sich hier gerne aufhielt. Wir setzten uns auf weiße Holzstühle mit braunen Kissen.

»Es ist alles unberührt«, betonte Elezi.

»Was genau ist passiert?«, fragte ich. »Erzählen Sie in allen Details!«

»Gestern hat eine Frau an der Pforte ein Päckchen für Bruder Antonius abgegeben. Es war eine Karte dabei mit den Worten ›Herzlichen Dank für Gespräch und Sakrament der Versöhnung‹.«

»Wusste Herr Windsheimer, wer der Absender war?«, fragte Paulina.

»Es schien so, ja. Er wunderte sich jedenfalls nicht und freute sich über die Aufmerksamkeit. So etwas kommt nicht häufig vor. Heute nach der Frühmesse hatte ich eine kurze Besprechung mit Bruder Antonius. Es ging um ein paar organisatorische Dinge. Am Ende erwähnte er, dass heute sein silbernes Weihejubiläum sei. Das heißt, er wurde vor fünfundzwanzig Jahren zum Priester geweiht. Er schlug vor, darauf mit dem geschenkten Likör anzustoßen. Das haben wir dann gemacht.«

»Und Sie haben nicht davon getrunken?«, fragte Paulina.

»Ich vertrage keinen Alkohol«, sagte Elezi. »Um nicht unhöflich zu sein, habe ich nur genippt und meine Lippen benetzt.«

»Oder weil Sie wussten, dass das Getränk vergiftet war?« Ich schaute ihm direkt in die Augen.

»Um Gottes willen! Wo denken Sie hin?«

»Was ist dann passiert?«

»Es dauerte einige Minuten, bis er bemerkte, ihm sei übel. Er wurde ganz blass im Gesicht und kurzatmig. Ich ging in die Küche, um ihm ein Glas Wasser zu holen. Als ich zurückkam, lag er schon mit verzerrtem Gesicht auf dem Boden. Ich rief sofort die Rettung. Der Notarzt war innerhalb weniger Minuten hier. Die Rettungsstelle vom Roten Kreuz ist ja zum Glück nicht weit weg.«

Ich zog Einweghandschuhe an, packte die Flasche in einen Asservatenbeutel und ließ mir auch die Grußkarte aushändigen.

»Herr Elezi, eine Frage noch. Gibt es über den verstorbenen Bruder Martin bei Ihnen so etwas wie eine Personalakte? Oder irgendwelche anderen Unterlagen, die Hinweise auf sein Leben vor der Zeit im Kloster geben?«

»Selbstverständlich. Einen Moment bitte.« Elezi stand auf und verließ den Raum, um kurz danach mit einer Mappe mit dem Umfang einer TV-Zeitschrift zurückzukommen. »Bitte sehr.«

»Das ist alles?«, wunderte ich mich. »Buchstäblich sehr dünn.« Ich schlug die Akte auf und fand lediglich eine Handvoll Blätter vor. Es handelte sich um schlechte Fotokopien: eine von der Stadt Wetzlar ausgestellte Geburtsurkunde und einen Taufschein der Pfarrei St. Anna Braunfels sowie einen tabellarischen Lebenslauf und ein Diplomzeugnis der Philipps-Universität Marburg. Aus einem Vermerk ging hervor, dass er für zwei Jahre an die Ordensprovinz in Mexiko ausgeliehen wurde, um dort die Finanzverwaltung aufzubauen.

Paulina fotografierte die Dokumente mit ihrem Smartphone und legte sie in der digitalen Ermittlungsakte ab.

»Darf ich mal den Lebenslauf sehen?« Paulina gab mir das zweiseitig bedruckte Blatt. Ich überflog die Daten. Nach einer kaufmännischen Ausbildung hatte Martin Jakubas Zivildienst bei der Suchthilfestelle der Diakonie in Wetzlar geleistet, danach ein Freiwilliges Soziales Jahr in einem Caritas-Pflegeheim absolviert. Dann arbeitete er ein Jahr in der Buchhaltung eines Frankfurter Softwareunternehmens, bevor er als Comboni-Laienmissionar erst in Spanien und dann in Mexiko lebte. Vor zehn Jahren kehrte er nach Bamberg zurück und trat ins Karmelitenkloster ein.

»Was sind Comboni-Missionare?«, fragte ich.

»Der italienische Priester Daniele Comboni gründete 1867

das Institut für die Bekehrung Afrikas und war ein bedeutender Wegbereiter der Kirche in Afrika. Er wurde später Bischof und 2003 heiliggesprochen. Die Comboni-Missionare waren eigentlich kein Orden, sondern eine Gemeinschaft von Priestern und Laien, die in Afrika in der Mission tätig waren. Heute sind die Combonis eine Kongregation, die sich in eine Männer- und eine Frauengemeinschaft gliedert. Es gibt auch die Möglichkeit für Nicht-Priester, als Missionar oder Missionarin auf Zeit Entwicklungsarbeit zu leisten. Das hat Bruder Martin ein Jahr lang in Mexiko gemacht.«

»Sagen Sie, gibt es in Bamberg nicht auch das Comboni-Haus auf dem Domberg?«, fragte ich. »Hat das etwas mit dem Orden zu tun?«

»Richtig. Das Missionshaus St. Heinrich am ›Torschuster‹ wurde 1933 von der Gemeinschaft zur Ausbildung ihrer Missionare gekauft und war bis vor zehn Jahren auch Sitz des Provinzials. Dann wurde das Haus an die Salesianer Don Boscos verkauft, und das Provinzialat ist nach Nürnberg gezogen. Interessant, dass die Bamberger immer noch vom Comboni-Haus sprechen, obwohl da jetzt betreute Wohngruppen von Jugendlichen untergebracht sind.«

»Schauen Sie mal«, sagte ich zu Paulina und deutete auf einen der ersten Punkte im Lebenslauf. »›1993 Abitur an der Goetheschule Wetzlar‹, steht da.«

»Das würde unserer Vermutung widersprechen, dass Jakubas und Gaibacher gemeinsam das Abitur bestanden haben«, sagte Paulina.

»Wissen Sie, dass der Ausdruck ›Abitur bestehen‹ ein weißer Schimmel ist?«

»Wie bitte?« Paulina blickte mich ahnungslos an.

»Wollen Sie es genau wissen? Abitur kommt vom lateinischen Verb abire und bedeutet so viel wie ›abgehen‹. Abgehen und bestehen ist also doppelt ausgedrückt.«

»Ich versteh nur Bahnhof«, stellte Paulina fest. »Ist aber vielleicht im Moment auch nicht so wichtig.«

»Brauchen Sie mich noch?«, fragte Bruder Elezi, der sich offenbar überflüssig fühlte.

»Danke. Wir haben es dann«, sagte ich, und wir verließen das Klostergebäude.

Ich schaute auf die Uhr: »Wenn wir uns beeilen, schaffen wir es noch bis Schulschluss!«

»Was?«

»Zum Kaiser-Heinrich-Gymnasium müssen wir nur einmal den Berg runter und um die Ecke. Die werden ja wohl ein Archiv haben, aus dem hervorgeht, wer vor dreißig Jahren Abitur gemacht hat.«

Das KHG in der Altenburger Straße wirkte nicht wie ein traditionsreiches Schulhaus mit vierhundertjähriger Historie, sondern eher wie ein klassischer Neubau der achtziger Jahre mit vielen Fenstern und noch mehr Beton. Wir schritten eine breite Treppe hinauf und nahmen die Beschriftung an der Fassade wahr, wonach es sich um eine Schule ohne Rassismus und mit Courage handelte.

»Ganz schön traurig, dass eine solche Selbstverständlichkeit heute mit einem Schild kenntlich gemacht werden muss«, sagte Paulina.

»Stimmt. Vielleicht sollten wir auch Buttons tragen mit der Aufschrift: ›Polizisten ohne Rassismus‹«, schlug ich vor.

»Polizist:innen«, korrigierte sie mich geschlechtergerecht mit Gender-Sprechpause.

Wir gingen durch ein dunkles Foyer, in dem auf großen Monitoren die Vertretungsstunden und Unterrichtsausfälle vermeldet wurden. Ein mehrere Meter breites Bild, vermutlich das Ergebnis eines Kunst-Leistungskurses, zeigte den Kopf von Kaiser Heinrich in Hunderten verschiedenen Farbtönen. An der Sichtbetonwand, die zum Sekretariat führte, erinnerten silberfarbene Tafeln an bekannte Persönlichkeiten, die am Gymnasium gelernt oder gelehrt hatten. Ich las, dass 1922 der spätere Rechtsanwalt Hans Wölfel hier Abitur gemacht hatte, er war ein katholischer Widerstandskämpfer gegen das

Naziregime und wurde 1944 hingerichtet. Auch auf Dr. Georg Simon Ohm wurde hingewiesen, der von 1812 bis 1817 Lehrer am Alten Gymnasium war.

»Schauen Sie mal, kennen Sie das ohmsche Gesetz?«, fragte ich Paulina und erinnerte mich an die langweiligsten Stunden meiner Schulzeit im Physikunterricht.

»Ja, R gleich U durch I. Stimmt's?«, antwortete sie. »Aber was das bedeutet, weiß ich auch nicht mehr.«

»Die Stärke des durch ein Objekt fließenden elektrischen Stroms ist proportional der Spannung«, rief ich das vor Jahrzehnten auswendig gelernte Wissen ab. »Oder andersherum: Ist der elektrische Widerstand, der als Quotient aus Spannung zu Stromstärke definiert ist, konstant, so hat das Objekt ein ohmsches Verhalten. Es gilt das ohmsche Gesetz.«

Ich verzichtete auf das sicherlich unpassende Wortspiel, dass die Herren Wölfel und Ohm beide etwas mit Widerstand zu tun hatten.

Wir klopften an und betraten das Sekretariat mit der Zimmernummer A28 durch eine blaue Tür. Das Vorzimmer des Rektorats war ein kleiner Raum mit zwei Schreibtischen. Neonröhren sorgten für gleißendes Licht. Durch das Fenster hatte man einen traumhaften Blick auf den Michelsberg.

Ein Verwaltungsangestellter befürchtete beim Anblick meines Polizeidienstausweises offenbar Schlimmstes und erlitt beinahe einen Nervenzusammenbruch. Nachdem er die Direktorin aus dem Nebenbüro zu Hilfe gerufen hatte, versicherten wir, dass alles in Ordnung war und wir nur eine harmlose Archivauskunft brauchten.

»Herr Locher arbeitet eigentlich im Katasteramt und ist nur zur Aushilfe hier«, sagte die Schulleiterin, die sich als Oberstudiendirektorin Eichhorn vorstellte. »Unsere Sekretärin ist seit zwei Monaten außer Dienst. Bandscheibe.«

Dass eine Sekretariatskraft Locher hieß, erinnerte mich an die Reinigungskraft im Dompfarrhaus mit dem Namen Putzer und an einen Mitarbeiter der Schleierfahndung namens

Sucher, den ich mal auf einem Fortbildungsseminar kennengelernt hatte.

Ich erläuterte der Direktorin unser Anliegen: »Es geht um den Abiturjahrgang 1993. Haben Sie da eine Liste?«

»Selbstverständlich. Die Prüfungsarbeiten liegen noch alle im Archiv, aber wenn es nur um eine Namensliste geht, die habe ich im PC gespeichert, einen Moment.«

Die Digitalisierung der Schule war offenbar weiter fortgeschritten, als ich vermutet hatte. Und wenige Augenblicke später druckte Frau Eichhorn eine Liste aus und überreichte sie mir.

Ich überflog die in alphabetischer Reihenfolge aufgeschriebenen Namen. »Gaibacher, Josef«, stand dabei. Den Namen Jakubas fand ich allerdings nicht. Es gab zwar einen Martin, der hatte aber den Nachnamen Schofer.

»Die Liste ist garantiert vollständig?«, vergewisserte ich mich.

»Das sind jedenfalls alle, die ein Abschlusszeugnis erhalten haben.«

»Gab es auch welche, die durchgefallen sind und nicht auf der Liste stehen?«

»Ja, schon. Aber, das ist natürlich datenschutzrechtlich etwas heikel.«

»Wir sind die Polizei.«

»Schon gut. Ich sehe nach. Aber diese Unterlagen habe ich nur in Papierform archiviert. Da muss ich die Prüfungsakten anschauen. Einen Moment.«

Es dauerte etwa zehn Minuten, bis Frau Eichhorn mit einem Aktenordner wiederkam.

»Drei sind durchgefallen, alle mit ungenügender Leistung in Deutsch. Das kommt selten vor«, sagte sie.

»Die Namen?«, bohrte ich.

»Sendelbacher, Felix. Kastenhuber, Gernot und Knauer, Hartmut«, sagte sie. »Aber Sie versichern mir, dass ich keinen Ärger wegen Datenschutz bekomme, ja?«

»Kein Thema, Frau Eichhorn. Wenn das alle Namen sind, danke ich Ihnen. Eine Bitte noch: Haben Sie so etwas wie ein Jahrbuch oder eine Abi-Zeitung aus dem Jahr 1993?«

»Selbstverständlich. Unsere Schülerzeitung ›Kaiserschmarrn‹ macht jedes Jahr eine Sonderausgabe mit der Abiturientia. Damals war es datenschutzrechtlich noch nicht bedenklich, alle Absolventen mit Foto, Adresse und Telefonnummer zu veröffentlichen. Ich kann Ihnen ein Heft von 1993 überlassen.«

Sie holte ein Exemplar aus dem Schrank, in dem alle Jahresberichte chronologisch archiviert waren, und gab es uns.

»Vielen Dank«, sagte ich. »Eine Frage habe ich noch. Diese Schule hier …«, ich machte eine auslandende Handbewegung, »die kann doch unmöglich über vierhundertdreißig Jahre alt sein!«

»Das stimmt. Hier ist die Schule seit fünfzig Jahren, da haben wir gerade erst Jubiläum gefeiert. Gegründet wurde sie 1586 von Fürstbischof Ernst von Mengersdorf als Priesterseminar mit Gymnasium.«

»Schon wieder ein Priesterseminar«, bemerkte Paulina.

»Wie bitte?«

»Ach, nichts.«

»Es befand sich damit im heutigen Uni-Gebäude. Erst 1965 wurde das Alte Gymnasium in Kaiser-Heinrich-Gymnasium umbenannt und nahm auch Mädchen und evangelische Kinder auf. 1973 folgte dann der Umzug hier an den Westrand der Altstadt. Man plante damals eine Verbindungsstraße von Bamberg nach Gaustadt. Dann hätte die Schule sehr verkehrsgünstig gelegen. Da diese Straße nie gebaut wurde, sind wir heute etwas im Abseits. Was auch sein Gutes hat.«

»Dass der Bestsellerautor Hartmut Knauer und der Stadtkolumnist Felix Sendelbacher hier durchs Abi gefallen sind …«

»Darüber wird nicht so gerne gesprochen. Wenn die Prüfer damals gewusst hätten, was aus denen wird, vielleicht hätten sie ein Auge zugedrückt.«

»Spricht jedenfalls dafür, dass man auch ohne Abi Erfolg haben kann«, sagte Paulina.

»Wir weisen natürlich immer gerne auf die erfolgreichen Absolventen unserer Schule hin, wie Hans Ehard, den früheren Ministerpräsidenten, oder Thomas Dehler, den späteren Bundesjustizminister, Bundestagsvizepräsidenten und FDP-Chef.«

»Oder darauf, dass vor ein paar Jahren Schüler aus dem Tresor die Abi-Aufgaben geklaut haben, weshalb in ganz Bayern die Aufgaben geändert werden mussten?«, erinnerte ich mich. »Das kriminelle Potenzial ist ja durchaus vorhanden.«

Eichhorn seufzte. »Reden wir nicht von dieser bundesweiten Blamage. Der übelste Abistreich in der Geschichte unserer Schule. Damals war ich zum Glück noch nicht Schulleiterin, sondern nur Konrektorin. Sie müssen mich jetzt entschuldigen, ich habe in fünf Minuten Elternsprechstunde.«

***

Auf dem Weg zum Auto blätterte ich das Abi-Jahrbuch durch. Ich fand Berichte über Skifreizeiten in Tirol, eine Sammlung der lustigsten Lehrersprüche und ein Interview mit dem damaligen Direktor, und auf vielen Seiten waren die Fotos der vierundsiebzig Abiturientinnen und Abiturienten abgebildet.

»Schauen Sie mal, Paulina, da steht unter jedem Namen eine Berufsprognose. Bei Hartmut Knauer lautet sie: ›Kriminalkommissar‹.«

»Handelt es sich um den eigenen Wunsch oder um eine Vermutung der Mitschüler?«

»Das ist nicht ersichtlich.«

Ich blätterte durch die Seiten und fand weitere bekannte Bamberger Namen. »Robert Belzer, der neue Dompfarrer. Der ist hier mit langen Haaren und Lederjacke abgebildet und der Prognose Rockstar.« Auch Moritz Hollfelder, der Spross einer bekannten Bamberger Puppenspielerfamilie, nach dessen Ermordung wir vor einigen Jahren ermittelten, gehörte zum Jahrgang. Bei ihm war die Berufsprognose wohl schon zur Jugendzeit vorhersehbar und lautete: »Kasperl«.

»Was ist mit Gaibacher?«, fragte Paulina.

»Moment, hab ihn gleich.« Tatsächlich hatte sich der heutige Staatssekretär optisch kaum verändert. Sein Gesicht war damals schmaler gewesen, dafür war die Stirn heute höher. Die Augen und die Nase waren unverkennbar.

»Und was steht bei ihm?«, wollte Paulina wissen.

»›Bankräuber‹«, las ich vor und lachte. »Was hat das wohl zu bedeuten? Wenig schmeichelhaft für einen Spitzenpolitiker jedenfalls.«

Wir hatten den am Karmelitenplatz geparkten Dienstwagen erreicht und fuhren in die Kriminalpolizeiinspektion in der Schildstraße. Ich packte auf dem Beifahrersitz das Hörnla aus und versuchte das fast unmögliche Kunststück, keine Krümel im Auto zu hinterlassen.

»Vielleicht haben sich Gaibacher und Jakubas doch nicht so gekannt, wie es scheint«, mutmaßte Paulina, als wir an einer roten Ampel hielten.

»Ich weiß nicht«, sagte ich mit halb vollem Mund. »Mich wundert vielmehr, dass wir keine Hinweise auf die Vergangenheit des Toten finden. Der muss in seinen fünfzig Lebensjahren doch Spuren hinterlassen haben. Wir haben ja auch keinerlei Verwandte ausfindig gemacht. Die Eltern in Wetzlar leben nicht mehr. Geschwister gibt's keine.«

»Wenn es nicht Mittelhessen, sondern Mallorca wäre, würde ich ja sagen: Da müssen wir mal vor Ort recherchieren«, meinte Paulina. »Wissen wir etwas darüber, wann und warum er von Wetzlar nach Bamberg gekommen ist?«

Ich zuckte mit den Schultern. »Keine Ahnung.«

Es wurde grün, wir fuhren weiter.

»Sagen Sie, Horst, wo ich Sie so in ein Bamberger Hörnla beißen sehe …«

»Ja?«, sagte ich. »Bitte jetzt keine Bemerkungen über die

CO_2-Belastung durch die Verwendung von tierischen Produkten wie Butter in Backwaren.«

»Ach was.« Paulina winkte ab. »Ich wollte fragen: Wie lange arbeiten wir jetzt eigentlich zusammen? Zehn Jahre?«

»Mindestens. Etwas mehr sogar. Warum fragen Sie?«

»Ich meine, dass wir uns nach so langer Zeit immer noch siezen, ist ja in Ordnung. Ich habe mich daran gewöhnt. Aber der Wolfgang fragte mich neulich ganz direkt, ob ich ein Verhältnis mit Ihnen hätte.«

»Wie bitte? Weil wir das hanseatische Sie verwenden?«

»Er dachte, damit wollten wir eine nicht vorhandene Distanz vortäuschen und eine geheime Nähe verbergen.«

Ich lachte. »Auf die Idee muss man erst mal kommen. Ich glaube eher, dass unser EDV-Kollege selbst ein Auge auf Sie geworfen hat. Das ist ja eigentlich nicht zu übersehen.«

»Ach, Horst. Können Sie sich vorstellen, dass ich mit einem ITler ...?«

»Da fällt mir ein Witz ein.«

»Bitte nicht! Sie wollen nur von meiner Frage ablenken.«

»Wie viele Softwarespezialisten braucht man, um eine Glühbirne zu wechseln?«

»Sagen Sie's!«

»Keinen. Es ist ein Hardwareproblem.«

»Sehr witzig.«

»Würden Sie mich duzen wollen, Paulina?«

»Wissen Sie, Horst, in Skandinavien gibt es das Flächen-Du. Das macht das Leben unkomplizierter. In Dänemark siezt man nur im Parlament und wenn man mit der Königsfamilie spricht, was für Sören Normal-Dänen selten vorkommt. Da hat man den Eindruck, dass alle Menschen sich grundsätzlich erst mal nahestehen, während man sich bei uns im Standardmodus auf Distanz hält.«

»Ich empfinde es eher als übergriffig, wenn ich bei IKEA, von irgendwelchen Apps oder dem Betriebssystem meines Handys grundsätzlich geduzt werde.«

»Und ich finde, wenn sich erwachsene Menschen, die sich sehr gut kennen und vertraut sind, siezen, klingt das wie einer dieser Loriot-Sketche aus dem letzten Jahrhundert. Wenn Herr Hoppenstedt und Herr Müller-Lüdenscheidt miteinander sprechen.«

»Empfinden Sie mich als eine Figur aus den Loriot-Sketchen der siebziger Jahre?«, fragte ich empört. Zugleich überlegte ich, ob ich dies nicht auch als Kompliment wahrnehmen konnte, und fügte hinzu: »›Ein Du taugt nur etwas, wenn es aus dem Sie hervorgeht.‹«

»Ist das von Aristoteles?«, fragte Paulina.

»Nein, ein Zitat aus einem Roman von Bodo Kirchhoff. Und was die Bemerkung von Wolfgang Brehme betrifft: Gehen Sie mit ihm doch mal aus, damit er merkt, dass er keinen Grund zur Eifersucht hat.«

»Ach, Horst, Sie und Ihre pragmatischen Vorschläge. Sie können ja mal drüber nachdenken, ob wir wirklich bis zur Pensionierung beim Sie bleiben müssen. Wenn Sie es so wollen, ist es für mich auch okay. Aber ich wollte es mal angesprochen haben. Ich kenne übrigens auch einen schlechten Witz. Wie nennt man einen Polizisten ohne Haare?«

»Wie kommen Sie jetzt darauf?« Ich strich über meine inzwischen auf Kaliber sechs Millimeter gekürzte Frisur, die eine zunehmend wachsende Stirnfläche frei ließ.

»Glatzcop«, beantwortete sie ihre eigene Scherzfrage, ohne eine Miene zu verziehen. »Ist nicht lustig, weiß ich. Aber das sind Ihre Witze auch nicht. Also lassen wir das, einverstanden?«

»In Ordnung.«

***

Als wir wieder im Büro waren, fand ich eine Rückrufbitte von Bruder Elezi vor. Doch bevor ich ihn im Kloster anrief, füllte ich Kaffeepulver in die Rowenta und schaltete sie ein.

»Sie auch eine Tasse?«, fragte ich Paulina, die sofort mit einer abwehrenden Geste »Nein, danke!« rief.

»Sehen Sie! Der Genuss von Filterkaffee ist für Sie so unvorstellbar wie für mich die Duz-Kultur. Was machen wir da?«

Ich lächelte freundlich, Paulina seufzte.

»Ich hab ja schon verstanden. Belassen wir es beim Status quo, und genießen Sie Ihre Plörre.«

Ich wählte die Nummer des Karmelitenklosters, und Bruder Elezi ging direkt ans Telefon.

»Grüß Gott, Herr Kommissar«, sagte er. »Die Rechtsmedizin hat die Leiche des Verstorbenen freigegeben, und jetzt wollte ich die Formalitäten für die Beisetzung erledigen. Als ich im Rathaus die Sterbeurkunde beantragen wollte, gab es ein Problem.«

»Ja?«, hakte ich nach, als Elezi nicht weitersprach.

»Es ist ganz merkwürdig. Der Sterbefall konnte nicht registriert werden, weil in der Datenbank Martin Jakubas bereits als verstorben verzeichnet war.«

»Hat jemand anders die Meldung gemacht?«

»Ja.« Dann fügte er hinzu: »Vor über zwölf Jahren.«

»Wie bitte? Ich schalte Sie mal laut, damit meine Kollegin mithören kann.«

»Die Person mit Namen und Geburtsdatum von Martin Jakubas ist am 24. März 2011 in Playa del Carmen, Mexiko, gestorben.«

»Das gibt's doch nicht!«

»Das ist ein Ort an der mexikanischen Karibikküste«, sagte Paulina, die rasch gegoogelt hatte. »Ich werde mal eine Datenbankabfrage machen. Wenn sich herausstellt, dass unser Toter unter falscher Identität gelebt hat …«

»Danke für Ihren Anruf, Herr Elezi«, sagte ich. »Wir kümmern uns um die Sache.«

Ich legte auf und schaute Paulina fragend an.

»Dauert noch ein bisschen«, sagte sie, und ich nahm mir

das Abi-Jahrbuch noch mal vor. Ich blätterte es durch, bis ich die Seiten mit den Gruppenfotos der Leistungskurse fand. Zuerst nahm ich mir das Bild des Deutschkurses vor, der Lehrer hieß Herr Blumberg, eine Gruppe von achtzehn Jungen und Mädchen war vor einem Goethe-Denkmal abgebildet, was auf eine Studienreise nach Weimar hindeutete. Das Gesicht von Gaibacher hatte ich schnell erkannt. Aus der obersten Schublade des Rollcontainers unter meinem Schreibtisch holte ich eine Lupe, kniff das linke Auge zu und schaute mir die Vergrößerung des pixeligen Schwarz-Weiß-Fotos an.

»Sherlock Müller im Einsatz«, sagte Paulina, als sie mich bemerkte.

»Spotten Sie nur, Watson!«, entgegnete ich. »Aber ich glaube, ich habe tatsächlich etwas entdeckt. Sehen Sie mal!« Mit einem Bleistift umkringelte ich ein Gesicht, stand auf und legte das Heft auf Paulinas Schreibtisch. »Das ist er doch, oder?«

Ich suchte in der Bildbeschreibung den Namen des Abgebildeten. Ich überlegte, in welchem Zusammenhang mir der Name bekannt vorkam. Als es mir eingefallen war, forderte ich die Akten aus dem Archiv an.

19. September 2010, München

Nach einer schier endlosen Zugfahrt über Nürnberg nach München und von dort mit der S-Bahn zum Flughafen Franz Josef Strauß im Erdinger Moos betrat Sarah das Terminal 1. Sie erinnerte sich an das geflügelte Wort, dass der Münchner Flughafen als einziger auf der Welt nur aus der Luft erreichbar war. Ein gläserner Fahrstuhl brachte sie in die Abflughalle. Es war schon wahnsinnig, was sie hier tat. Sie kannte Ronny erst wenige Wochen und war nun bereit, sich mit ihm ins Ausland abzusetzen!

Was er sich im Einzelnen zuschulden hatte kommen lassen, war ihr noch nicht vollends klar. Sicher war sie sich aber, dass er, auch wenn es illegal war, letztlich nichts Unrechtes getan haben konnte. Vielleicht hatte Ronny gegen Gesetze und Regeln verstoßen. Aber er hatte gewiss nichts getan, was er nicht vor seinem Gewissen verantworten konnte. Dass er sich trotz eines Eheversprechens bis zum Tod von seiner Frau getrennt hatte, verstieß auch gegen die Regeln und Gebote. Aber es war richtig.

Ronny wusste immer genau, was er tat. Auch wenn man es als Außenstehender nicht sofort verstehen konnte. Sie hatte ihm vertraut, und er hatte ihr Vertrauen nie enttäuscht, seitdem sie sich kennengelernt hatten. Dass er jetzt in so große Schwierigkeiten geraten war, dass er nur die Flucht antreten konnte, war gewiss nicht seine Schuld. Davon war sie überzeugt.

Sie stellte ihren dunkelblauen Samsonite-Rollkoffer auf das Transportband neben dem Check-in-Schalter von Qatar Airways. Die digitale Anzeige zeigte ein Gewicht von einundzwanzig Kilo an. Sie hatte ihre sämtlichen Sommerklamotten eingepackt und erst auf der Herfahrt überlegt, dass sie gar nicht wusste, welche Jahreszeit auf den Philippinen gerade war. Aber egal. Sie hatte auch das gesamte Bargeld abgehoben, das die EC-Karte von der Sparkasse aus dem Geldautomaten herausließ.

Ronny hatte gesagt, dass sie mit getrennten Maschinen fliegen würden. Und keine Direktflüge, um die Spuren zu verwischen. Als hätte er so etwas schon oft gemacht.

Als Handgepäck hatte sie einen Jack-Wolfskin-Rucksack dabei, in dem sie ihre Papiere und eine CD mit ihren wichtigsten Foto-Erinnerungen verstaut hatte.

Noch eine Stunde bis zum Boarding. Die Schlange an der Sicherheitskontrolle war nicht lang. Sie ging zu einem Zeitschriftenladen und stöberte im Regal, als sie in einer unverständlichen Lautsprecherdurchsage glaubte, ihren Namen zu hören. Sie legte die »Brigitte« wieder auf den Stapel und hörte auf die Wiederholung der Durchsage.

»Die Passagierin Sarah Kreiller, gebucht auf Flug QR1530 nach Amsterdam, wird dringend gebeten, sich am Information-Desk zu melden. Passagierin Sarah Kreiller ...«

Gab es Probleme mit ihrem Gepäck? So schnell konnte es noch gar nicht untersucht worden sein. Die Ansage wurde auf Englisch wiederholt.

Sie schaute sich vorsichtig um. Vermutlich nur eine Routinekontrolle, versuchte sie sich zu beruhigen. Sie bildete sich ein, von der Verkäuferin an der Kasse misstrauisch beäugt zu werden. Sie drehte sich um und ging zum Informationsschalter.

»Guten Tag, Sie sind Mrs. Kreiller?«, fragte die Frau hinter dem Tresen.

Sarah nickte in der Erwartung, dass jetzt zwei Polizisten auftauchen und sie überwältigen würden.

»Sehr gut, Mrs. Kreiller. Wir wollten Ihnen nur ein Upgrade anbieten. Wenn Sie einverstanden sind, buchen wir Sie in die Businessclass um. Ein besonderer Service unserer Airline, da die Maschine nicht ausgelastet ist.«

Sarah glaubte erst, sich verhört zu haben. »Äh, ja. Sehr gerne, danke«, sagte sie.

Die Mitarbeiterin der Airline drückte einige Tasten auf ihrer Tastatur, dann spuckte der Drucker eine neue Bordkarte aus.

»Bitte sehr, einen angenehmen Flug!«

Sarah nahm die Papiere entgegen, nickte dankend und ging.

ZEHN

Durch einen Anruf im Wahlkreisbüro erfuhren wir, wohin wir fahren mussten, und machten uns auf den Weg zur Mehrzweckhalle in der Forchheimer Straße, die in der Vergangenheit immer wieder mal je nach Sponsor ihren Namen gewechselt hatte und jetzt Brose-Arena hieß. Sie war gleichermaßen Veranstaltungsort für die Heimspiele der meist erfolgreichen Bamberger Basketballprofis wie für Konzerte und Shows, und während der Pandemie hatten Tausende Bamberger sich dort impfen lassen. Heute fand die Bezirksversammlung des Bayerischen Apothekerverbandes statt, auf der Gesundheitsstaatssekretär Gaibacher für einen Vortrag angekündigt war.

Wir durchquerten das Foyer, in dem große Plakate eine Show mit »Thommy, dem Fux« ankündigten. Der Schlagersänger tingelte seit Auflösung der erfolgreichen Band »Die Füxe« auf Solopfaden durch die Lande. Ich erinnerte mich daran, dass wir hier in der Halle vor einigen Jahren die Leiche eines ermordeten Schlagerstars gefunden hatten. Heute fanden wir nur mehrere hundert Apothekerinnen und Apotheker, die einer Rede ihres Vorsitzenden lauschten und von denen niemand einen weißen Kittel trug. Der auf der riesigen Leinwand hinter ihm eingeblendeten Präsentation zufolge hieß der Redner Dr. Jasper von Adelholz und sprach zum Thema »Zwischen Heilmittel und legalem Rausch – Was bedeutet eine Zulassung von Cannabis für die Apotheken in Oberfranken?«.

»Spannendes Thema«, flüsterte Paulina. »Eine Legalisierung würde unseren Kollegen vom Rauschgift viele Ressourcen freigeben für die Bekämpfung echter Kriminalität.«

»Wollen Sie damit sagen, Dealer sind keine echten Kriminellen?«, erwiderte ich. Die Diskussion hatte ich schon oft mit meiner Tochter geführt, als sie eine Zeit lang mit einem

Aktivisten des Deutschen Hanfverbandes liiert war, einer aus meiner Sicht kriminellen Vereinigung, die jedoch als Lobbyverband ganz legal agierte und sich für die Freigabe von Cannabis einsetzte.

»Die scheinen hier gerade aber andere Sorgen zu haben«, sagte ich. »Hören Sie mal zu, was der da vorne redet.«

»Die Stimmung ist so schlecht wie nie, meine Damen und Herren«, sagte der Mann im schwarzen Nadelstreifenanzug mit rotem Einstecktuch und einem lustigen gezwirbelten Schnauzbart am Rednerpult und zitierte eine Studie, wonach dreiundachtzig Prozent der Apotheken negativ auf die wirtschaftliche Entwicklung schauten. »Was wir in der Coronazeit geleistet haben, hat unsere Kräfte bis an die Grenzen ausgezehrt. Und an Sie, Herr Staatssekretär Gaibacher, muss ich mich heute mit klaren Worten wenden: Der Tankzeiger steht auf null. Die Flasche ist leer. Die Zitrone ist ausgepresst. Welche Metapher muss ich noch bemühen, um Ihnen deutlich zu machen: Es geht so nicht weiter!«

Zum donnernden Applaus der Zuhörer wurde auf der Leinwand eine Großaufnahme Gaibachers gezeigt, der gerade sein Handy in die Sakkotasche steckte, auf dem er offenbar gelangweilt herumgespielt hatte, und reflexartig ebenfalls zu applaudieren begann. Nach einer Sekunde realisierte er aber, dass er damit ja der Kritik an seiner eigenen Regierung Beifall spendete, und fingerte etwas peinlich berührt an seiner Armbanduhr herum.

»Herr Staatssekretär, Sie haben das Wort«, sagte der Verbandschef und bat den Politiker ans Rednerpult. Nun wurde ein Foto Gaibachers auf die Leinwand übertragen.

»Das müssen wir uns jetzt nicht antun, oder?«, meinte Paulina.

Ich dachte kurz über die Folgen nach, wenn wir den Staatssekretär mit vorgezeigten Dienstausweisen von der Bühne herunterholen würden. Dann stimmte ich Paulina zu. Wir verließen den Saal und wandten uns dem Kaffee-und-Kuchen-Büfett zu. Es gab Streuselkuchen in allen Variationen und zu meiner Freude Filterkaffee aus silberfarbenen Thermoskannen.

»Was zu lesen für Sie?«, fragte Paulina und griff zu einem Werbeexemplar der »Apotheken Umschau«, auf deren Titelseite das Thema »Neue Hüfte, neues Glück« angekündigt war.

»Meine Hüfte ist noch bestens in Schuss«, versicherte ich.

»Das glaube ich Ihnen. Verschonen Sie mich mit Beweisen!« Paulina lachte.

Ich verspeiste ein Stück Mandarinenstreuselkuchen. Paulina fastete, da keine offensichtlich vegane Auswahl angeboten wurde. Nach etwa zehn Minuten war Gaibacher zum Ende seiner Rede gekommen, die zurückhaltenden Beifall und vereinzelte Buhrufe auslöste. Als der Verbandsvorsitzende wieder ans Mikrofon getreten war und die Aussprache eröffnet hatte, gingen wir mit der gebotenen Diskretion zur ersten Reihe. Paulina bat Gaibacher flüsternd, uns nach draußen zu begleiten. Nach kurzem Zögern stand er auf und ging mit uns ins Foyer.

»Was soll das?«, sprach er sichtlich verärgert. »Ich hoffe, Sie haben einen triftigen Grund, mich hier aus der Veranstaltung zu holen. Wenn nicht, wird das für Sie ernsthafte Konsequenzen haben. Mein Draht zum Innenminister ist kürzer als die Zeit bis zu Ihrer Versetzung in den vorzeitigen Ruhestand, falls –«

»Beruhigen Sie sich, Herr Gaibacher«, versuchte ich, ihn zu besänftigen.

»Die Menschen denken doch, ich will mich der Diskussion entziehen. Worum geht es also?«

»Es geht wieder um den Toten aus dem Karmelitenkloster, von dem Sie behaupten, ihn nicht zu kennen.«

»Ja? Was ist mit ihm?« Gaibacher wurde noch ungeduldiger. »Ich habe Ihnen dazu alles gesagt.«

»Erinnern Sie sich noch an Ihr Abitur?«, fragte Paulina.

»Natürlich. Was soll das?«

Sie zeigte ihm das Abi-Jahrbuch und schlug die Seite mit dem Gruppenfoto des Deutsch-Leistungskurses auf, wo der junge Gaibacher neben der uns als Martin Jakubas bekannten Person abgebildet war.

»Erkennen Sie ihn?«

»Das ist mein Abschlusskurs, ja«, sagte Gaibacher, ohne genauer hinzuschauen.

Ich klopfte mit dem Zeigefinger auf das Foto und sagte: »Der hier ist es. Sie sind mit ihm zur Schule gegangen.«

Jetzt schaute sich Gaibacher das Foto genauer an, legte den Kopf zur Seite und murmelte dann schwer verständlich: »Jetzt, wo Sie es sagen, ja. Ich erinnere mich. Wie war sein Name gleich?«

»Berger. Ronny Berger«, antwortete ich. »Und ich kann mir schwer vorstellen, dass Sie seinen Namen wirklich vergessen haben.«

»Berger, ja. Richtig. Es fällt mir wieder ein. Aber warum hat er dann im Kloster unter einem anderen Namen gelebt? Ich kann mir das nicht erklären.«

»Sie wollen damit sagen, dass Sie seit dem Abitur mit Herrn Berger alias Herrn Jakubas keinen Kontakt mehr hatten?«

»Nein«, antwortete Gaibacher und bemerkte sofort, dass diese Aussage angesichts der Fotos vom CSU-Empfang, mit denen wir ihn bereits konfrontiert hatten, nicht glaubwürdig wirkte. »Also, doch. Aber mir war nicht klar, dass … Was wollen Sie mir überhaupt anhängen, Herr Kommissar? Welche Rolle soll das bitte schön spielen? Oder wollen Sie mich etwa des Mordes bezichtigen?« Als die Servicekraft, die am Kuchenbüfett die leeren Kaffeekannen abräumte, neugierig herblickte, senkte er seine Stimme. »Ich habe mir nichts vorzuwerfen.«

»Niemand bezichtigt Sie«, betonte ich. »Aber Sie können sich vielleicht vorstellen, dass wir uns schon fragen, ob Sie uns etwas verheimlichen. Und wenn ja, aus welchem Motiv.«

»Motiv? Was heißt das? Sprechen Sie von einem Mordmotiv? Es wird Folgen haben, wenn ... Ich sage nichts mehr ohne Anwalt.«

»Jaja, gewiss ist Ihr Draht zum Justizminister genauso kurz, der wird Ihnen sicher einen kompetenten Rechtsbeistand vermitteln«, sagte ich und schlug vor: »Am besten führen wir das Gespräch auf der Inspektion fort. Die Apotheker werden bestimmt Verständnis dafür haben, dass der Staatssekretär wegen dringender unvorhergesehener Angelegenheiten diese inspirierende Veranstaltung verlassen muss.«

»Kommen Sie mit«, sagte Paulina, »dann wird das Ganze hier unauffällig und ohne großes Aufsehen über die Bühne gehen.«

***

Der Staatssekretär saß auf dem Stuhl zwischen unseren Schreibtischen und nahm einen großen Schluck aus dem Glas Wasser, das Paulina ihm unaufgefordert hingestellt hatte. Er hatte nach der anfänglichen Nervosität die innere Ruhe wiedergefunden, die ihm als Politiker half, schwere Krisen zu überstehen und dabei einen kühlen und klaren Kopf zu behalten. Ich ertappte mich bei dem Gedanken, dass unsere Ermittlungen nach dieser Vernehmung zu einem Abschluss kommen könnten. Warum sollte man seine Kontakte zum Mordopfer geheim halten wollen, wenn man nicht selbst der Täter war? Allerdings hatte ich auch kein besonderes Interesse, einen bayerischen Spitzenpolitiker zu Unrecht eines Kapitalverbrechens zu beschuldigen. Und auch der Zusammenhang mit dem zweiten Anschlag auf den Prior des Klosters war noch völlig unklar.

Nachdem Paulina die Personalien erfasst hatte, fragte ich: »Herr Gaibacher, Sie sind gelernter Jurist mit ruhender Zulassung als Rechtsanwalt und arbeiten im Gesundheitsministerium. Braucht man für diesen Job irgendeine Fachqualifikation? Ich meine zum Beispiel medizinische oder pharmazeutische Kenntnisse. So wie Ihre Ex-Chefin. Die frühere Ministerin ist ja bekanntlich eine richtige Ärztin.«

»... und könnte genauso gut im Umwelt- oder Kultusministerium arbeiten. Jedes Ministerium hat seine Fachleute, an der Spitze stehen Politiker, die den Rahmen vorgeben und sich in jede Materie einarbeiten können. Als Gesundheitsstaatssekretär muss ich keine Leber transplantieren oder Grippeimpfung verabreichen können, auch wenn die Pressefotos immer eine gute Wirkung haben, wenn die Ministerin den Ministerpräsidenten impft. Ich bin Jurist. Aber das ist ja fast die Standardausbildung für Berufspolitiker. In jedem Ressort haben wir es mit Recht und Gesetzgebung zu tun.«

»Ich frage konkreter: Verfügen Sie über die Fähigkeit, aus einer toxischen Pflanze eine giftige Substanz zu extrahieren? Oder hätten Sie die Möglichkeit, sich dieses Wissen anzueignen?«

»Was soll diese Frage? Ich bin sicher, dass es im Fachreferat für Pharmakologie ausgebildete Apotheker gibt, die über dieses theoretische Wissen verfügen. Aber um Ihre konkrete Frage konkret zu beantworten: Nein, ich könnte das nicht.«

»Gut, dann kommen wir zu Herrn Ronny Berger oder Martin Jakubas, wie er sich die letzten Jahre seines Lebens genannt hat. Dass Sie sich seit der Schulzeit kannten, wissen wir bereits. Jetzt sagen Sie uns bitte, wie Ihr Verhältnis seitdem gewesen ist. Und was wussten Sie über das Strafverfahren gegen Herrn Berger?« Ich schlug mit der flachen Hand auf die Ermittlungsakte, die vor mir auf dem Tisch lag. Ein Blick hinein hatte genügt, und ich hatte den gesamten Fall von damals wieder komplett vor Augen.

»Ich werde hier als Zeuge vernommen, richtig?«, fragte Gaibacher. »Ich bin freiwillig hier. Darüber sind wir uns einig?«

»So ist es. Da Sie Abgeordneter des Landtags sind, kann die

Staatsanwaltschaft bekanntermaßen ohne Aufhebung Ihrer Immunität durch das Parlament kein formales Ermittlungsverfahren gegen Sie eröffnen.«

»Gut.« Gaibacher atmete tief durch. »Ich biete Ihnen vollständige Kooperation an. Im Gegenzug sichern Sie mir Ihre Diskretion zu. Will heißen: keine Presse.«

»Das mit der Kooperation ist schon mal ein guter Anfang.« Ich lehnte mich in meinem Stuhl zurück. »Das mit der Diskretion und der Presse entscheiden nicht wir. Ich bin nur ein kleiner unbedeutender Sachbearbeiter ohne kurzen Draht zum Innenminister. Also, erzählen Sie, was Sie von Bergers Identitätsdiebstahl oder Doppelleben wussten!«

»Wir waren damals schon gute Freunde, als er in große finanzielle Not geriet. Zuerst erwies sich sein Investment auf der Erba-Insel als Desaster, weil der Bauträger Insolvenz anmeldete. Dann zog ihn der Anwalt seiner geschiedenen Frau über den Tisch. Weil er gerade eine neue Freundin hatte und unbelastet in die Beziehung starten wollte, hat er sich brutal ausnehmen lassen, entgegen meinem Rat. Wir sind darüber in Streit geraten, und es herrschte fast zwei Jahre lang Funkstille. In dieser Zeit habe ich nichts von ihm gehört.«

»Wann genau ist der Kontakt abgerissen?«, fragte ich.

»Im Sommer 2010. Es war WM in Südafrika. In einem unserer letzten Gespräche bekam ich den Eindruck, dass seine Nöte ihn dazu trieben, unvernünftige Dinge zu tun. Ja, ungesetzliche Dinge.«

»Was meinen Sie damit?«

»Ich weiß es nicht genau. Er war als Kirchenpfleger in Gaustadt für die Finanzen der Kirchengemeinde verantwortlich. Er deutete an, dass er Gelder abgezweigt hatte. Kleine Summen zunächst. Er hat von einer Kollekte nicht die gesamte Barsumme aufs Konto eingezahlt und gemerkt, dass ihn niemand kontrollierte. Ich glaube, dass er damit weitergemacht und die Summen vergrößert hat. Ich warnte ihn eindringlich. Aber er wollte das alles nicht hören. Ich vermute, dass diese Frau, mit der er zusammen war, ihm den Kopf verdreht hat. Er brach dann rasch den Kontakt ab. Und mir war das auch recht. Ich wollte mit kriminellen Machenschaften nichts zu tun haben und mich keiner Mitwisserschaft schuldig machen.«

»Sie waren schon in der Politik?«, fragte Paulina.

»In der Kommunalpolitik, ja. Ich war im Stadtrat.«

»Haben Sie nicht mitbekommen, dass er sich ins Ausland abgesetzt hat?«, wollte ich wissen.

»Erst viel später. Als er wieder nach Deutschland zurückgekehrt war, meldete er sich. Er war unter falschem Namen ins Kloster gegangen.«

»Mit der Identität eines ermordeten Missionars«, sagte Paulina.

»Damit hatte er nichts zu tun. Er hatte die gestohlenen Papiere auf dem Schwarzmarkt gekauft, um wieder einreisen zu können.«

»Laut dieser Ermittlungsakte gilt Ronny Berger bis heute als verschollen. Es gab nach seiner Flucht nie wieder ein Lebenszeichen von ihm. Seine Lebensgefährtin, die sich mit ihm absetzen wollte, wurde wegen Totschlags zu einer langjährigen Haftstrafe verurteilt. Sie hat niemals eine Aussage über Bergers Verbleib gemacht. Deshalb gilt der Fall bis heute als Coldcase.«

»Und aus dem Kloster heraus hat er sich bei Ihnen gemeldet?«, fragte Paulina.

Gaibacher nickte. »Ja. Ich war sein einziger Bezugspunkt aus der Vergangenheit. Er kontaktierte mich und vertraute auf meine anwaltliche Schweigepflicht.«

»Obwohl Sie gar nicht mehr als Anwalt tätig sind?«

Gaibacher nickte. »Unsere alte Freundschaft schien ihm mehr bedeutet zu haben, als mir bewusst war. Und er hatte sonst niemanden. Seine Freundin sitzt hinter Gittern, der Gaustadter Pfarrer von damals ist längst in den Senegal zurückgekehrt.«

»Wollte Berger etwas Konkretes von Ihnen? Und was war mit der Beute seiner Unterschlagungen? In der Akte ist von einem Millionenbetrag die Rede, den er über die Zeit hinweg unbemerkt hat verschwinden lassen.«

»Jetzt, wo er tot ist, fühle ich mich nicht mehr an meine Schweigepflicht gebunden. Aber wie gesagt, ich bitte Sie darum, mich in dieser Sache aus der Öffentlichkeit herauszuhalten. Es darf nicht herauskommen, dass ich einen Verbrecher gedeckt habe, auch wenn ich mich auf mein Zeugnisverweigerungsrecht berufen kann.«

»Schon wieder Beichtgeheimnis«, seufzte Paulina leise.

»Er hat die Beute in einem Aluminiumkoffer im Karmelitenkloster versteckt«, fuhr Gaibacher fort. »Er wollte dort unerkannt als Klosterbruder leben, bis seine Unterschlagung verjährt war. Die Verjährung ist inzwischen eingetreten. Und dann wollte er mit seiner Lebensgefährtin, wenn sie aus der Haft entlassen wird, ein neues Leben in Argentinien beginnen und dort Rinder züchten. Das hat er jedenfalls erzählt. Allerdings ...«, Gaibacher legte eine Kunstpause ein, »... ist das Geld verschwunden.«

»Wie bitte?«, sagte ich.

Und Paulina fragte: »Aus dem Kloster gestohlen, oder was?«

»Ronny hatte den Geldkoffer bombensicher, so sagte er, in einer Trockenbauwand in seiner Klosterzelle versteckt. Buchstäblich eingemauert. Was er nicht ahnen konnte: Während seines zweijährigen Auslandsaufenthaltes in Mexiko haben die Karmeliten das alte Kloster an einen Bauinvestor verkauft, der daraus Wohnungen machen wollte. Als Ronny wieder aus Mexiko zurückkam, waren die Ordensbrüder in einen Ersatzbau gezogen. Das alte Kloster war eine Baustelle, und die Wand mit dem Geldkoffer existierte nicht mehr.«

»Krasse Sache!«, sagte Paulina.

»Haben Sie schon während seines Auslandsaufenthalts von dem Koffer in der Wand gewusst?«, fragte ich.

Gaibacher schüttelte den Kopf. »Nein, er hat mir erst vor wenigen Wochen davon erzählt.«

»Sie waren zur selben Zeit wie er in Mexiko, das wissen wir aus Ihrem Facebook-Profil. Außerdem wissen wir von Gerüchten, dass Sie auch in finanziellen Schwierigkeiten stecken. Mit ein bisschen Phantasie könnte man daraus durchaus ein Mordmotiv konstruieren.«

»Ihre Phantasie geht mit Ihnen durch, Frau Kommissarin. In Mexiko war ich privat im Urlaub. Und meinen kurzfristigen Liquiditätsengpass habe ich mit dem Verkauf einiger Aktienfonds längst gelöst.«

»Und jetzt wollte er trotzdem im Kloster bleiben? Ohne Geld?«

»Ich weiß nicht, was genau seine Pläne waren. Mit seiner falschen Identität hätte er ja nicht einfach so ein neues Leben anfangen können. Möglicherweise hätte er sich mit Sarah nach ihrer Haftentlassung wieder ins Ausland abgesetzt.«

»Sarah war seine Freundin? Wie lange ist sie noch im Gefängnis?«

Gaibacher zuckte mit den Schultern. »Das weiß ich nicht. Kann ich Ihnen noch weitere Fragen beantworten?«

»Allerdings. Was hat es damit auf sich, dass Berger über die Fake-Accounts des Oberbürgermeisters recherchiert hat?«

Gaibacher schaute erst Paulina, dann mich an. Er schien zu überlegen, was wir schon wissen konnten und welche Aussage für ihn verfänglich war.

»Ronny war ja der Social-Media-Manager des Klosters. Dabei ist er mal auf Auffälligkeiten bei gewissen Personen gestoßen, die sich immer wieder zu kommunalpolitischen Themen geäußert haben. Als der Prior der Karmeliten öffentlich die Stadt für die Zustände im Ankerzentrum kritisiert hat, haben sich diese Herren sehr heftig mit Postings und Kommentaren auf den Profilen der Karmeliten ins Zeug gelegt und den OB verteidigt. Ronny hat sich die Profile der Kommentatoren genauer angeschaut und einige Ungereimtheiten bemerkt.«

»Was für Ungereimtheiten?«

»Genau weiß ich es nicht. Aber einer dieser Typen hat wohl als Beruf Lektor angegeben und beherrschte weder Grammatik noch Rechtschreibung. Ein anderer, der sich als aus Hamburg zugezogener Neu-Bamberger bezeichnete, hatte ausschließlich Facebook-Freunde mit Stadtratsmandat oder Ämtern und Funktionen. Und keinen einzigen Kontakt in Norddeutschland.«

»Lektoren mit schlechten Orthografiekenntnissen und Hamburger ohne Freunde sind vielleicht ungewöhnlich, aber nicht unmöglich, oder?«

Gaibacher nickte. »Das hatte ich ihm auch gesagt. Aber Ronny hat keine Ruhe gegeben. Er fand heraus, dass die Profilfotos der verdächtigen Personen mit Hilfe eines frei zugänglichen Onlinetools und künstlicher Intelligenz erzeugt und dass die Profile alle am selben Tag angelegt wurden. Und als er bemerkte, dass diese mutmaßlichen Fake-Accounts auch mich regelmäßig angegriffen und gegen mich gehetzt haben, hat er mich über seinen Verdacht informiert.«

»Schön und gut, der Verdacht liegt vielleicht nahe«, sagte ich. »Aber was hat Sie so sicher gemacht, dass Sie öffentlich tausend Euro gewettet haben, dass die Personen nicht existieren?«

»Frau Professorin Dietzenbach. Sie ist eine bundesweit renommierte forensische Sprachwissenschaftlerin. Ihr Job ist es, vor Gericht Erpresserbriefe oder andere anonyme Schriftstücke zu untersuchen und aufgrund von Vergleichstexten gerichtsfest einem Verfasser zuzuordnen. Ich kannte sie noch aus meiner Zeit als Rechtsanwalt, und ich habe den Kontakt zu Ronny vermittelt. Sie hat mit an Sicherheit grenzender Wahrscheinlichkeit nachgewiesen, dass zumindest die Postings des Profils ›Hans Bamberger‹ allesamt von OB Marienberg persönlich stammten. Bei ›Franz Steffens‹ besteht der

Verdacht, aber die Hinweise sind weniger deutlich. Der Dritte im Bunde, ›Gerhard Schulze‹, hingegen scheint einen anderen Urheber zu haben.«

»Puh, ein heftiger Vorwurf«, sagte Paulina.

»Darüber war ich mir durchaus im Klaren. Ich habe mir deshalb das Gutachten der Professorin genau angeschaut. Es war absolut stichhaltig und überzeugend. Es gibt Hinweise im Satzbau, bei der Wortwahl und auch bei bestimmten Normabweichungen, die wie ein Fingerabdruck sind. Das kann man auch nicht imitieren.«

»Verstehe. Das habe ich nicht gewusst, dass es so etwas gibt.«

»Frau Dietzenbach ist auch die einzige von Gerichten anerkannte Gutachterin dieser Art in Deutschland. Sie hatte an den Untersuchungen wohl richtig Freude und hat sie für ein eher symbolisches Honorar durchgeführt.«

»Und warum hat Ronny Berger sich so in diese Angelegenheit reingehängt?«, fragte Paulina.

»Er hat sich in den Fall festgebissen und wollte seinen Verdacht unbedingt bestätigt sehen. Da hatte er so etwas wie einen Jagdhundinstinkt, verbunden mit alter Freundschaft zu mir.«

»Glauben Sie wirklich, dass Marienberg die Fake-Accounts selbst betrieben hat?«, sagte ich.

Gaibacher kratzte sich am Kinn. »Sie meinen, es könnte jemand in seinem Auftrag gehandelt haben?«

Ich nickte.

»Es wäre natürlich möglich, wenn man bedenkt, dass Marienberg selbst noch nie als besonders Social-Media-affin in Erscheinung getreten ist. Andererseits sind wie gesagt die Beweise für einen Account erdrückend.«

»Die Frage ist nur, ob das für unsere Todesermittlung eine Relevanz hat«, stellte ich fest. »Herr Staatssekretär, ich danke Ihnen für Ihre Offenheit. Und wenn wir mal einen Kontakt zum Innenminister brauchen, kommen wir gerne auf Ihren kurzen Draht zurück.«

Gaibacher wusste nicht, wie er auf meine freundlich verpackte Boshaftigkeit reagieren sollte, und lächelte etwas unbeholfen.

»Dann kann ich wohl gehen«, sagte er nur.

***

»Und nun?«, fragte ich, während ich die Luft aus meiner grünen Tasse ließ und durch ein koffeinhaltiges Heißgetränk ersetzte.

»Jedenfalls bringen wir langsam etwas Licht ins Dunkel«, meinte Paulina. »Aber jetzt erzählen Sie doch bitte mal, was in der Akte zu Ronny Berger steht. Waren Sie an den Ermittlungen damals beteiligt?«

»Nicht direkt. Der Fall lag bei den Kollegen vom Betrugsdezernat. Die Revisionsabteilung des Erzbischöflichen Ordinariats hatte Anzeige gegen den Kirchenpfleger Ronny Berger erstattet, weil bei einer Buchprüfung ein fehlender Millionenbetrag aufgefallen war.«

»Was ist ein Kirchenpfleger eigentlich?«, fragte Paulina. »Eine männliche Putzfrau?«

Ich lachte. »Nein, das ist eine Aufgabe in der Verwaltung einer Pfarrgemeinde. Der Kirchenpfleger unterstützt den Kirchenvorstand bei Haushaltsfragen und im Rechnungswesen und überwacht die Finanzen. Dabei kann ihm sogar Zeichnungsvollmacht für bestimmte Konten der Kirchenstiftung übertragen werden.«

»Aber das ist kein Hauptberuf, oder? Ich google mal.« Wenig später las sie vor: »›Die Kirchenverwaltung wählt aus ihrer Mitte einen Kirchenpfleger. Die Aufgabe des Kirchenpflegers besteht aus der Kassen- und Rechnungsführung des Kirchenstiftungsvermögens und den dazugehörigen Aufgabengebieten, die sich je nach Art und Größe der Pfarrei sowie nach örtlichen Gegebenheiten unterscheiden.‹«

»Genau. Die Ermittlungen haben damals ergeben, dass Berger immer wieder Zahlungen für die Pfarrei auf sein Privatkonto umgeleitet hat, oder er hat Bareinzahlungen unterschlagen. Die Beträge waren immer gerade noch nicht so groß, dass es jemandem sofort aufgefallen wäre. Da in der Gemeinde damals aber eine große Baumaßnahme lief, wurde auch regelmäßig mit höheren Beträgen hantiert.«

»Und wie ist er dann aufgeflogen?«

»Der Pfarrer wurde stutzig, als trotz mehrmaliger Nachfrage eine erhebliche Zuschusszahlung der Oberfrankenstiftung nicht auf dem Konto eingegangen war. Berger hatte ihn wochenlang mit Ausflüchten hingehalten und von Fehlbuchungen und Bankirrtümern gesprochen. Der Pfarrer, der aus dem Senegal kam und sich selbst um Verwaltungsfragen kaum gekümmert hat, hatte ihm in Finanzfragen wohl bedingungslos vertraut. Nach der Strafanzeige wurde ziemlich schnell ein Durchsuchungsbeschluss erwirkt. Doch Berger und seine Lebensgefährtin konnten sich durch Flucht der Festnahme entziehen. Dabei kam es dann zu einem tragischen Zwischenfall am Münchner Flughafen.«

Ich zeigte Paulina die entsprechende Aktennotiz und den Pressebericht der Bundespolizei sowie die Artikel über den Gerichtsprozess gegen Sarah Kreiller. Ich blätterte in den Unterlagen und fand eine Meldung von der Urteilsverkündung. »Sie verbüßt ihre Haftstrafe in der JVA Aichach und sitzt noch mindestens anderthalb Jahre ein. Ich werde dort mal eine Anfrage stellen.«

Ich schlug mein Notizbuch auf, in das ich alle Erkenntnisse unserer Ermittlungen eingetragen hatte. Paulina belächelte mich immer über diese aus ihrer Sicht altmodische Art der persönlichen Datenverarbeitung. Aber mit dem Gedanken, Notizen in ein Telefon zu tippen und abzuspeichern, konnte ich mich nicht anfreunden.

Ich fand die Aufzeichnungen zur Vernehmung von Frau Zemler und sagte: »Wäre es denkbar, dass Bruder Martin alias Ronny Berger die Hypnosetherapeutin in seinen Plan eingeweiht hat?«

»Unwahrscheinlich, wenn er darauf gewartet hat, dass seine Geliebte freikommt, um dann die Beute zu teilen.«

»Stimmt. Aber vielleicht hat er Andeutungen gemacht, und sie hat ihn dazu gebracht, unbewusst Hinweise auf das Geldversteck zu geben.«

»Sie meinen, durch Hypnose?« Sie schaute mich fragend an.

»Warum nicht? Wenn es einem Hypnotiseur gelingt, jemanden dazu zu bringen, wie eine Ente zu schnattern und zu behaupten, sein Name wäre Donald Duck, warum sollte es dann nicht möglich sein, Geheimnisse ausplaudern zu lassen? Es gab ja auch schon Fälle, in denen Hypnose bei polizeilichen Ermittlungen eingesetzt wurde.«

»Ernsthaft? Hier in Deutschland?«

»Ich erinnere mich an drei Fälle. Bei der Oetker-Entführung wurde der Millionärssohn nach seiner Freilassung in Hypnose versetzt und ein Phantombild angefertigt, das dem später festgenommenen Entführer verblüffend ähnlich sah.«

»Oetker? Hatte der was mit dem Pudding zu tun?«

»Ja, er war der Sohn des Konzernchefs. Aber damals waren Sie noch nicht geboren. In einem anderen Fall hatten sich Zeugen unter Hypnose an das Autokennzeichen eines Mercedes-Testfahrers erinnert, der mit Tempo zweihundert einen Unfall verursacht hatte, bei dem eine Mutter mit ihrem Kind ums Leben kam. Aber am spektakulärsten war der Fall um die vermisste Peggy aus Lichtenberg bei Hof. Die Kollegen konnten mit Hypnosebefragung den genauen Tagesablauf des Mädchens bis zu seinem Verschwinden rekonstruieren.«

»Allerdings haben Aussagen unter Hypnose doch sicher keine Beweiskraft vor Gericht«, sagte Paulina.

»So ist es«, bestätigte ich. »Aber sie können gute Ermittlungsansätze geben.«

19. September 2010, München

Sarah ging zurück zum Zeitschriftenladen, kaufte die »Brigitte«, eine Flasche ViO-Mineralwasser medium und einen grünen Apfel. Sie setzte sich auf eine Bank unter dem großformatigen Plakat, das ein Konzert der »Farewell-Tour 2010« der norwegischen Popgruppe a-ha am 18. Oktober in der Olympiahalle ankündigte. Aus dem Seitenfach ihres Rucksacks, den sie regelmäßig auf Wanderungen in der Fränkischen Schweiz dabeigehabt hatte, nahm sie das rote Schweizer Taschenmesser und schälte den Apfel, schnitt ihn in mundgerechte Stücke und warf die Schale in den Mülleimer neben der Bank, einige Teile der Schale fielen jedoch neben den Mülleimer auf den Boden. Das Messer steckte sie in die Seitentasche ihrer Softshelljacke.

Sie blätterte die Zeitschrift durch, in der ein Dossier vom »Sinn des Gebens« erzählte und erläuterte, »warum uns Großzügigkeit glücklicher macht und länger leben lässt«. Auf den Fitnessseiten war ein von Steffi Graf entwickeltes Work-out für zu Hause zu finden. Gelangweilt warf sie die Zeitschrift ebenfalls in den Abfallbehälter, stand auf und schlenderte zur Sicherheitskontrolle, wo ein stark übergewichtiger Mann, dessen weißes kurzärmeliges Uniformhemd über seinem Bauch spannte, ihre Bordkarten überprüfte. Dem Schriftzug auf seiner Brust zufolge hieß er Otto und war Mitarbeiter einer privaten Sicherheitsfirma. Unter seinen Armen waren Schweißflecken zu sehen.

»Ihren Ausweis bitte!«, sagte der Securitymann, und Sarah reichte ihm wortlos ihren Pass. Der Mann setzte eine Lesebrille auf und tippte in seinen Computer, der auf einem Stehpult stand, etwas ein. Anhand seiner Finger auf den Tasten konnte Sarah sehen, dass er ihren Namen eingegeben hatte. Dann zögerte er kurz. In diesem Moment läutete das Handy.

Intuitiv griff sie in die Jackentasche, doch ihre Hand verharrte dort.

Mit einem stummen Blick signalisierte Otto ihr zu warten und nahm den Telefonhörer. Er drückte eine Taste, auf der eine Kurzwahl eingespeichert war. Ohne Begrüßung sagte er nur: »Reinigungskraft für vierunddreißig.« Dann legte er wieder auf. Sarah war irritiert. Hatte er jetzt eine Putzfrau gerufen, um ihre Apfelschalen beseitigen zu lassen? Es dauerte nur Sekundenbruchteile, bis sie verstanden hatte, was gerade geschah. Denn im selben Moment bemerkte sie, wie sich zwei blau uniformierte Bundespolizeibeamte, ein Mann und eine Frau, sicheren Schrittes näherten und dabei ihre Hände an die Pistolenhalfter nahmen.

Den Abstand schätzte sie auf etwa dreißig bis vierzig Meter. Der dicke Mann am Sicherheitsschalter würde sie nicht an der Flucht hindern können. Ohne weiter nachzudenken, wandte sie sich um und lief los. Doch überraschend wieselflink sprang Otto hervor und setzte seinen massigen Körper in Bewegung.

»Stehen bleiben!«, rief er.

Die Bundespolizisten setzten ebenfalls zum Laufschritt an.

Sarah stieß mit ihrem Rucksack gegen eine Leuchtreklame und verlor eine wertvolle Sekunde, in der Otto ihr linkes Handgelenk packte.

Mit der rechten Hand griff Sarah in ihre Jackentasche und riss das Messer heraus. Sie hob den Arm und wollte auf Ottos Hand einstechen, der ließ jedoch Sarah reflexartig los und zog seinen Arm zurück, sodass das Messer an seiner Hand vorbei in seinen Bauch eindrang.

Otto schrie auf und ging zu Boden. Auf seinem weißen Hemd breitete sich ein roter Blutfleck aus.

ELF

Da Sabine Zemler in ihrer Hypnosepraxis nur Privatpatienten behandelte, bekam ich tatsächlich gleich für den nächsten Morgen einen Termin, der angeblich kurz zuvor abgesagt worden war. Was für ein glücklicher Zufall. Ich vermutete allerdings eher, dass sie mehr freie Termine als Patienten hatte. Ich setzte meinen Helm auf, befestigte die Fahrradklammern an der Hose. Es war einer dieser Herbsttage, an denen es morgens nach nächtlichem Bodenfrost bitterkalt war und man mittags kurzärmelig in der Sonne sitzen konnte. Ich war dankbar für meine braunen Lederhandschuhe und fuhr mit dem E-Bike in die Sandstraße. Nachdem ich dort die fünfundvierzig Stufen bezwungen hatte, musste ich kurz Atem holen.

Frau Zemler öffnete die Tür zu ihrer Praxis und begrüßte mich mit den Worten: »Sie müssen das Pressen beim Atmen vermeiden, Herr Müller.«

»Wie bitte?«, fragte ich und hielt mich am Handlauf fest.

»Es steigert die Anstrengung unnötig und erzeugt Luftnot. Sie müssen gleichmäßig schnaufen und am besten eine bestimmte Bewegung mit dem Ein- oder Ausatmen verbinden. Kommen Sie rein und nehmen Sie Platz!« Sie deutete auf das schwarze Sofa unter dem offen stehenden Fenster. »Es freut mich, dass Sie meine Warnung doch ernst zu nehmen scheinen. Ich kann Ihnen aber nur helfen, wenn Sie offen sind für Kräfte und Energien, die sich außerhalb Ihres beschränkten Horizonts –«

»Wie bitte?«, fuhr ich dazwischen. Sie wollte mir doch wohl nicht wirklich einen beschränkten Horizont bescheinigen!

»So meine ich das nicht, Herr Müller.« Sie lachte offen und herzlich. »Jeder Mensch hat seine individuelle Wahrnehmung, sein Umfeld, seine Filterblase … Und natürlich ist deshalb auch der Horizont jedes Menschen irgendwo ... sagen wir lieber: begrenzt. Verstehen Sie?«

Ich nickte. »Ja. Hinterm Horizont geht's weiter, wie schon Udo Lindenberg korrekt festgestellt hat. Was machen wir denn jetzt mit der bösen Energie, die mich belastet?«

»Dazu müssen wir erst mal herausfinden, welche energetische Blockade vorliegt. Energieblockaden sind eine Ballung aus Energie und entstehen aus Erfahrungen, Gedanken und Gefühlen. Es gibt positive, warme, sich ausdehnende Energie wie Liebe und Glück im Gegensatz zur niedrig schwingenden Energie wie Trauer, Hass, Panik und Angst, die kalt ist und sich zusammenzieht.«

»Aha.«

»Diese Blockaden können sich nicht allein auflösen und führen zu energetischen Schwachstellen im emotionalen und psychischen Bereich.«

»Und was machen wir da?«

»Es gibt verschiedene Möglichkeiten, wie zum Beispiel eine Einzelsitzung mit Pha-ti-Chi-Lichtkraft.«

Ich unterdrückte den Reflex anzumerken, dass »wie zum Beispiel« eine sprachliche Dopplung sei, und vergaß darüber nachzufragen, was eine Fatitschi-Lichtkraft sei.

»Alternativ biete ich Ihnen eine Phantasiereise unter Hypnose an. Damit können wir der Sache auf den Grund gehen. Was halten Sie davon?«

Ich zeigte mich einverstanden, wenn es denn der Wahrheitsfindung dienlich sei.

»Bevor die Reise beginnen kann, muss ich aber noch einiges über Sie wissen. Ich führe dazu ein Anamnesegespräch mit Ihnen. Entspannen Sie und machen Sie es sich gemütlich.«

Sie stellte mir zunächst Dutzende Fragen nach meiner beruflichen und persönlichen Situation, zu meinem Lebensweg, meiner Kindheit. Es war eine ungewohnte Situation für mich, in der Vernehmung die Seiten zu wechseln und Fragen zu beantworten. Doch ich fühlte mich nicht unwohl dabei. Frau

Zemler hatte eine angenehme Stimme, ihre Fragen waren einfühlsam und wirkten aufrichtig interessiert. Vielleicht konnte ich mir von ihrer Fragetechnik noch etwas abschauen.

Nach etwa zwanzig Minuten hatte ich alles beantwortet, und die Phantasiereise konnte beginnen. Ich konnte mir noch nichts wirklich darunter vorstellen.

»Ich werde Sie dazu in eine hypnotische Tiefenentspannung versetzen. Das ist ein ausgedehnter Trancezustand, in dem der Körper regenerieren und sich neu einrichten kann. Sie werden es gleich spüren. Ihr Unterbewusstsein wird die Möglichkeit bekommen, innere Blockaden zu lösen und alles loszulassen, was Sie bedrückt. Fangen wir an? Dann schließen Sie die Augen und lassen Sie sich fallen!«

Ich nickte, und sie begann, mit beruhigender Stimme und langen Pausen zu sprechen.

»Stellen Sie sich einen Sehnsuchtsort aus Ihrer Kindheit vor, wo Sie glückliche Momente verbracht haben.«

Ich hatte sofort den Bauernhof im Simonswälder Tal im Schwarzwald vor Augen, wo ich als Kind viele Jahre lang die Sommerferien verbracht hatte – noch bevor der Schwarzwald durch Professor Brinkmann, Schwester Christa und Co zu weltweiter Berühmtheit gelangte. Ich beschrieb alle Einzelheiten, die frei herumlaufenden Hühner, den zotteligen Hofhund Bello und die vielen Katzen. Sofort spürte ich den typischen Kuhstallgeruch in der Nase, den ich seit jeher mit Urlaubsgefühlen assoziierte. Ich ging in Gedanken auf dem Hof umher, naschte Himbeeren von den Sträuchern und suchte eine Quelle hinter dem Stabhalterhof auf, wo ich meine nackten Füße in das kalte Wasser hielt.

Mein Bewusstsein war komplett im Schwarzwald, Frau Zemler und ihre Fragen waren ausgeblendet. Ich näherte mich dem Kuhstall, in dem neben den rund einem Dutzend Milchkühen auch ein wilder Stier angebunden war und mich böse anschaute. War er wirklich angebunden? Er schnaufte bedrohlich und schüttelte seinen großen Schädel, sodass die

Ketten gegen die Metallrohre der Umstallung klirrten. Ich bemerkte, dass sich millimeterweise die Befestigung der Kette im Holzgebälk lockerte. Mit kräftigen Kopfbewegungen zerrte das Tier so lange daran, bis die dicke Schraube plötzlich aus dem Balken flog. Mit einem lauten Gepolter befreite sich der massige Stier aus dem Stall, kletterte über den Futtertrog und nahm mich ins Visier. Ich bemerkte, dass ich ein rotes FC-Bayern-T-Shirt mit der Nummer elf von Karl-Heinz Rummenigge, dem Logo von Magirus-Deutz und der Aufschrift »Die Bullen« trug. Wie passend! Panik erfasste mich. Wie im Stierkampf trabte das Tier auf mich zu, ich rannte weg und schrie voller Angst: »Hilfe! Hilfe!«

Mit den Worten »Herr Müller, wachen Sie auf!« beendete Frau Zemler meine Traumreise und holte mich in einem Sekundenbruchteil aus dem Kuhstall in die ungefährliche Dachzimmerpraxis zurück.

Mit Herzrasen und Schweiß auf der Stirn kam ich zu mir. Ich fühlte mich müde und erschöpft, als wäre ich im Tiefschlaf gewesen.

»Es ist alles gut! Wir haben eine tiefgehende Traumatisierung aus ihrem Unterbewusstsein hervorgeholt. Jetzt können wir damit beginnen, an der Bewältigung Ihrer Ängste zu arbeiten.«

»Wie bitte?« Ich rieb mir die Augen.

»Die Begegnung mit dem Bullen hat Sie nachhaltig geprägt. Und später sind Sie selbst Bulle geworden, wenn ich das so formulieren darf. Das ist schon bemerkenswert.«

»Moment mal«, wandte ich ein. »Ich kann mich an diese Begebenheit überhaupt nicht erinnern. Ich weiß gar nicht, ob das wirklich so passiert ist. Es war ein Traum! Und das Wort ›Bulle‹ im Zusammenhang mit einem Staatsbeamten würde ich niemals in den Mund nehmen.«

»Sicher, aber in Ihrer Kindheit ist das Wort doch wohl auch oft im Zusammenhang mit Polizisten gefallen.«

»Jaja, aber das ist doch wie gesagt nur ein Traum. Glauben

Sie wirklich, dass ich Ihnen unter Hypnose von Erinnerungen berichte, die sich nur in meinem Unterbewusstsein befinden?«

»Ja, ist der Zweck der Übung.«

Ich atmete tief durch. Meine Gedanken waren klar, und ich wusste wieder, warum ich hier war.

»Wäre es dann auch möglich«, fragte ich, »dass ich Ihnen unter Hypnose Dinge verrate, die ich Ihnen bei vollem Bewusstsein verschweigen würde?«

»Es ist eine häufig gestellte Frage, ob man unter Hypnose lügen kann. Es ist nämlich ein weitverbreiteter Irrtum, dass man die Hypnose wie einen Lügendetektor verwenden kann. Ich hatte neulich einen Klienten, der seiner Frau unter Hypnose beweisen wollte, dass er nicht fremdgegangen ist. Aber das funktioniert nicht.«

»Warum nicht?«

»Das Bewusstsein schläft nicht unter Hypnose, es ist sogar noch viel aktiver als sonst. Aber es hält sich eher im Hintergrund auf. Und da Kreativität aus dem Unterbewusstsein kommt, kann man in Trance wahrscheinlich noch besser lügen als sonst. Aber worauf wollen Sie hinaus?«

»Es geht noch mal um Herrn Jakubas. Wir wissen inzwischen, dass dies nicht sein richtiger Name war und dass er eine falsche Identität angenommen hat.«

»Nein, wirklich?« Frau Zemler wirkte überzeugend überrascht.

»Haben Sie Herrn Jakubas, oder Herrn Berger, wie sein richtiger Name war, mal hypnotisiert?«, wollte ich wissen.

»Nein, niemals. Warum hätte ich das tun sollen?«

»Zum Beispiel, um ihn dazu zu bringen, ein Versteck zu verraten, wo er eine große Geldsumme verborgen hatte?«

»Wie bitte? Wovon sprechen Sie?« Sie rutschte unruhig auf ihrem Sitzsack hin und her.

»Hat er Ihnen jemals davon erzählt oder Andeutungen gemacht, dass er eine Millionensumme unterschlagen hat, die er bis zur Verjährung der Tat im Kloster versteckt hat?«

»Nein, gewiss nicht. Das ist ja unglaublich. Ich weiß gar nicht, was ich dazu sagen soll. Ist das wirklich wahr?«

»Und er hat Ihnen auch nie von einer Frau erzählt, die als Mitwisserin im Gefängnis sitzt und auf deren Freilassung er wartete, um mit ihr ein neues Leben zu beginnen?«

»Nein, nein, nein.« Sabine Zemler schüttelte energisch den Kopf. Dann fragte sie leise und nachdenklich: »Wie kann ein Mensch sich nur so verstellen? Das habe ich alles nicht gewusst.« Einen Moment schwieg sie, dann sprach sie leise: »Glauben Sie, dass er deshalb sterben musste?«

»Das wissen wir noch nicht. Aber diese Vermutung liegt natürlich nahe. Ich danke Ihnen, Frau Zemler.«

»Sie können jetzt nicht einfach gehen, Herr Müller. Wir sind mitten in der Therapiesitzung. Was ist mit Ihrer Blockadelösung? Daran müssen wir noch arbeiten.«

»An die Tatsache, dass ich ein Bullen-Trauma habe, muss ich mich erst noch gewöhnen. Aber bei Bedarf komme ich gerne wieder mit einer Terminanfrage auf Sie zu!«

Während ich die Treppenstufen hinabstieg, dachte ich darüber nach, ob ich Frau Zemlers Hypnosemethode für völligen Humbug halten sollte oder ob vielleicht wirklich etwas dran war und ich irgendwelche Altlasten aus der Vergangenheit auf der Seele hatte. Das mit dem wilden Stier vom Bauernhof allerdings hielt ich für Hokuspokus.

Als ich etwa die Hälfte der fünfundvierzig Treppenstufen hinabgestiegen war, piepste mein Handy. Es war eine Nachricht von Paulina: »Es gibt Neuigkeiten. Wir treffen uns um 14 Uhr am Amtsgericht. Bis dann, P.«

***

Dunkle Wolken zogen über das Justizgebäude am Synagogenplatz. Der Wind wirbelte einige Laubblätter vor dem Haupteingang hin und her. Schon oft hatte ich hier als Zeuge aussagen müssen, wenn sich ein von mir überführter Verbrecher schließlich vor dem Richter verantworten musste. Das Amtsgericht lag etwas versteckt abseits der großen Justizgebäude mit Landgericht und Oberlandesgericht. Ich stellte mein Pedelec in einen dafür vorgesehenen Fahrradständer und ging auf Paulina zu, die mich schon vor der Eingangstür erwartete.

»Was gibt's?«, fragte ich. »Haben Sie schon einen Verdächtigen überführt und im Schnellverfahren vor Gericht gebracht?«

»Ja, Gaibacher hat alles gestanden. Als Motiv nannte er seine akute Geldnot. Und mit seinem kurzen Draht zum Justizminister hat er erreicht, dass noch heute das Urteil fällt.« Paulina lachte.

»Sie nehmen mich auf den Arm. Oder wie die jungen Leute sagen: Das ist ein Prank. Stimmt's?«

»Versuchen Sie als Komposti nicht, Jugendsprache zu sprechen, Horst. Das ist total cringe. Aber Sie haben natürlich recht. Wir sind aus einem anderen Grund hier. Erzählen Sie zuerst: Hat Ihr Termin im Hypnosestudio etwas gebracht?«

»Absolut, ja. Und zwar die Erkenntnis, dass ich an einer Bullen-Phobie leide.«

»What?« Paulina schüttelte irritiert den Kopf.

»Das würde jetzt zu weit führen. Frau Zemler versichert jedenfalls, dass sie von Ronny Bergers falscher Identität nichts wusste. Wenn sie nicht sehr überzeugend lügt, sagt sie die Wahrheit. Aber jetzt verraten Sie schon, was Sie herausgefunden haben.«

»Kommen Sie mit rein, wir müssen ins Erdgeschoss, dort befindet sich das Grundbuchamt.«

Wir passierten eine Sicherheitsschleuse mit mehreren Glastüren, wo unsere Taschen durchsucht wurden. Dann folgten wir den Wegweisern zum Grundbuchamt. Paulina hatte für uns offenbar einen Termin außerhalb der regulären Besuchszeiten vereinbart. Wir wurden begrüßt von einer

Frau Habermeier, einer jungen Rechtspflegerin, deren magentarote Haare sie zu einer geeigneten Werbefigur für die Telekom gemacht hätten. Sie hatte vermutlich gerade ihre Ausbildung abgeschlossen und genierte sich nicht, in einem Justizgebäude nicht nur eine gelöcherte Jeans, sondern auch einen Nasenring sowie im sichtbaren Bereich von Hals und Nacken eine auffällige Tätowierung zu tragen. Sie arbeitete in einem kleinen Büro mit viel Tageslicht, wo ich jedoch keinerlei Aktenschränke entdeckte. An ihrem Computermonitor hatte sie künstliches Efeu befestigt, und zwischen Tacker und Locher stand ein Stifthalter in Form einer Spongebob-Figur. Jetzt bemerkte ich, dass sie ihre Fingernägel in unterschiedlichen Farben lackiert hatte, was mir irgendwie falsch vorkam.

»Danke, dass das so schnell geklappt hat«, sagte Paulina.

»Kein Thema, ich habe die gewünschten Unterlagen schon mal herausgesucht«, sagte Frau Habermeier. Anstatt einen Ordner aufzuklappen, holte sie mit kurzem Geklapper auf der Computertastatur die gesuchten Einträge auf den Bildschirm.

»Bitte sehr«, sagte sie.

Und ich fragte: »Was ist das?«

»Das ist der Katasterauszug für die Liegenschaft Karmelitenplatz eins.«

»Das Kloster.«

»Richtig. Sehen Sie hier!« Paulina deutete auf den Bildschirm. »Aufgrund einer Teilungserklärung ist das Grundstück in viele einzelne Eigentümer parzelliert worden, sodass die neu geschaffenen Wohnungen auf verschiedene Erwerber eingetragen werden können.«

»Ja, und?«

»Ich habe mich schlaugemacht, welche Zelle Bruder Martin bewohnt hat. Sie gehört zu der neuen Zwei-Zimmer-Wohnung mit der laufenden Nummer vierunddreißig. Und da finden wir im Grundbuch eine Auffälligkeit.«

»Jetzt sagen Sie schon!«

»Die Wohnung wurde bereits zweimal verkauft beziehungsweise vorgemerkt, und zwar innerhalb einer Woche.«

»Was bedeutet ›vorgemerkt‹?«

»Dass der Eintrag noch nicht rechtsgültig ist, zum Beispiel, weil der Kaufbetrag noch nicht komplett gezahlt wurde.«

»Hat da jemand spekuliert und den schnellen Gewinn gemacht?«, fragte ich.

»Eher nicht. Im Gegenteil. Ich habe Dr. Kossow, diesen Makler aus Nürnberg, angerufen. Er berichtete, dass die Wohnung innerhalb weniger Tage gekauft und dann zum gleichen Preis an den Bauträger zurückverkauft wurde.«

»Also ein Nullsummenspiel«, dachte ich laut. »Welchen Zweck sollte das haben? Und wer war der Käufer?«

»Nicht mal ein Nullsummenspiel. Der Bauträger hat zwar den vollen Kaufpreis erstattet, aber auf den Notar- und Vermittlungskosten bleibt der Käufer sitzen. Oder besser gesagt: die Käuferin.«

»Nämlich? Wer ist es?«

Paulina nannte mir den Namen einer Frau. Es dauerte etwa eine Sekunde, bis ich ihn zuordnen konnte.

»Aber wie ist das möglich?«, fragte ich.

»Brauchen Sie mich noch?«, unterbrach uns Frau Habermeier, die sich wohl inzwischen überflüssig vorkam. »Ich habe noch zu tun.«

»Danke«, sagte ich. »Ich glaube, wir wissen jetzt genug.«

Wir traten vor das Gerichtsgebäude. Kräftiger Wind hatte die Wolken weggeblasen. Große Pfützen, in denen sich die Herbstsonne spiegelte, deuteten auf einen kurzen, aber heftigen Platzregen hin, der in der letzten halben Stunde hier heruntergegangen sein musste. Ich zog ein weißes Stofftaschentuch aus meiner Hosentasche und trocknete den Sattel meines elektrischen Fahrrades.

»Denken Sie auch, was ich denke?«, fragte ich Paulina.

Sie nickte. Ein Anruf bei der Staatsanwaltschaft beseitigte

den letzten Zweifel an unserer Vermutung. Den Haftbefehl hatten wir nach kurzer Zeit in der Hand.

***

»Die Jäckstraße hat viel zu bieten«, stand in roter verschnörkelter Schrift auf der grauen Seitenfassade des Hauses. Der Satz konnte nur ironisch zu verstehen sein. Die breite Straße zwischen Friedhof und Schlachthof war gewiss eine der trostlosesten in der Stadt. Und zu bieten hatte sie vor allem eine Autowerkstatt, eine Tischtennis-Akademie und ein »Künstleratelier Franz Kafka«, wie man auf den Metallschildern an der Hausnummer 27 lesen konnte. Der Namensgeber der Straße, der Klosterbruder Heinrich Joachim Jäck, war vor rund zweihundert Jahren mal Vorstand der Königlichen Bibliothek und prägte das kulturelle Leben der Stadt. Er war Mitbegründer des »Bamberger Tagblatts«, eines Vorgängers des heutigen FT, und hätte sicher als Namensgeber eine schönere Straße verdient.

Wir wechselten die Straßenseite und näherten uns einem zweigeschossigen Haus mit ebenfalls grau gestrichener Fassade. Keine Menschenseele war zu sehen. Vor der Tür mit der Hausnummer 60 standen zwei überfüllte Altpapiertonnen. Im Erdgeschoss waren die Rollläden heruntergelassen. Die Gegend wirkte wie eine verlassene Filmkulisse.

»Das ist die Meldeadresse, die in der JVA Aichach hinterlassen wurde«, sagte Paulina und ergänzte: »Bei Ammon.«

Ich fand eine Klingel mit entsprechender Beschriftung und drückte zweimal den Knopf. Die Haustür war offen. Wir traten in einen schmalen Flur. Eine Holztreppe führte in die oberen Stockwerke. In der ersten Etage fanden wir denselben Namen an der Tür. Ich klopfte. In der Wohnung hörte ich ein dumpfes Geräusch, als wäre ein Stuhl umgefallen. Dann langsame Schritte.

»Aufmachen, hier ist die Polizei!«, rief ich energisch und

klopfte noch ein paarmal mit der flachen Hand gegen das Holz.

Dann öffnete sich die Tür. Zu sehen war eine Frau um die vierzig. Sie war barfuß, trug blaue Jeans und ein graues T-Shirt. Sie hatte zu Stufen geschnittene blonde Haare und Sommersprossen. Ich hatte das Gesicht schon einmal gesehen.

»Frau Sarah Kreiller?«, fragte ich und zeigte meinen Dienstausweis. »Wir müssen Sie sprechen.«

»Worum geht es? Das hier ist nicht meine Wohnung.«

»Das wissen wir. Dies ist die Meldeadresse von Stefanie Ammon, Ihrer Cousine. Sie sind nach Auskunft der Staatsanwaltschaft vor drei Wochen aus der JVA Aichach vorzeitig auf Bewährung entlassen worden. Hatten Sie seitdem Kontakt zu Ronny Berger?«

Sarah blickte apathisch zu Boden, ohne zu antworten.

»Dürfen wir reinkommen?«

Sie trat stumm zur Seite und ließ uns in den Flur eintreten.

»Wir wissen, dass Sie eine Wohnung im Klosterkarree gekauft und nach wenigen Tagen wieder verkauft haben«, sagte Paulina. »Sie wussten, wo Ronny das Geld versteckt hat, das er damals als Kirchenpfleger unterschlagen hatte. Er wollte auf Ihre Haftentlassung warten und darauf, dass die Straftat verjährt. Um mit Ihnen ein neues Leben anzufangen. Ist das so?«

Ich glaubte, ein fast unmerkliches Nicken wahrzunehmen. Sarah drehte sich langsam um und ging in ein großes Zimmer, das Koch- und Wohnbereich miteinander verband. Mitten im Raum stand ein Wäscheständer mit T-Shirts, Handtüchern und Socken, auf einem grauen Ecksofa lagen verschiedene Taschen, Zeitschriften und eine halb leere Chipstüte. Auf einem Fernseher lief die Wiederholung eine Talkshow mit dem Bundesgesundheitsminister ohne Ton.

Als wären wir Luft, setzte sich Sarah auf das Sofa, drehte den Ton des TV-Geräts lauter und griff in eine Pappschachtel, die auf einem weiß lackierten Beistelltisch stand.

»Hallo? Frau Kreiller?«, rief ich. »Wir sprechen mit Ihnen.«

Sie steckte etwas in den Mund. Dann wandte sie sich langsam uns zu und sagte: »Gehen Sie!« Und nach einer Pause fügte sie hinzu: »Wenn Sie nicht gehen, zerkaue ich diese Kapsel in meinem Mund und sterbe vor Ihren Augen innerhalb von zwei Minuten.«

»Frau Kreiller, hören Sie auf mit dem Schmarrn!«, rief ich, und Paulina fasste mich am Arm, um mir deutlich zu machen, ich solle nicht weiterreden.

»Ich gehe nicht wieder ins Gefängnis«, sagte sie leise. »Lieber sterbe ich.«

»Ist in der Kapsel dasselbe Gift, mit dem Sie Ronny getötet haben?«, fragte Paulina. »Sie haben in der Haft eine pharmazeutische Ausbildung gemacht und sich das nötige Wissen angeeignet, um aus der Giftpflanze eine tödliche Substanz herzustellen, richtig?«

»Warum wollten Sie Ronny töten, anstatt mit ihm ein neues Leben anzufangen, wie Sie es jahrelang geplant hatten?«, wollte ich wissen.

»Er hat mich hintergangen«, flüsterte sie. »Ich habe ihn auf die Probe gestellt.«

»Wie das?«, fragte Paulina.

»Ich habe ihm aus dem Gefängnis heraus mit einem Handy unter falschem Namen Nachrichten geschickt. Ich wollte sichergehen, dass er wirklich auf mich warten würde. Der Schuft hätte sich mit einer anderen Frau verabredet – und mehr als das.«

Dass Häftlinge hinter Gittern problemlos illegal an Mobiltelefone gelangen konnten, war leider Alltag im Strafvollzug.

»Dann waren Sie ›Sonja‹?«, fragte Paulina. Und auch mir fielen die E-Mails auf dem Computer von Ronny Berger mit der Verabredung ein, zu der es nicht gekommen war.

»Und dann haben Sie ihn vergiftet und wollten die Beute für sich allein haben?«

Sie nickte. »Er hatte es nicht anders verdient. Ich wusste

ja, wo er den Koffer versteckt hatte. Seinen Plan hatte er mir vor der Flucht noch verraten.«

»Als mögliche Mitwisserin waren Sie dann wohl auch ins Visier der Fahnder geraten«, sagte ich leise.

»Es konnte niemand ahnen, dass das Hunderte Jahre alte Kloster verkauft und umgebaut werden sollte. Ich habe kurzerhand die Wohnung gekauft, in der sich das Geldversteck befand.«

»Mit welchem Geld haben Sie die Wohnung bezahlt? Einen Kredit über diese Höhe bekommt niemand ohne Job, der gerade aus dem Gefängnis entlassen wurde«, stellte ich fest.

»Es war mit Herrn Kossow ein Zahlungsziel von vierzehn Tagen vereinbart. Ich hätte das Geld ja sofort gehabt, nachdem ich Zugriff auf den Koffer in der Wand gehabt hätte.«

»Die Wand, die nicht mehr existiert«, sagte Paulina. »Deshalb wurde der Deal rückabgewickelt, bevor Geld geflossen ist.«

»Das Hin und Her hat mich die letzten Ersparnisse gekostet. Jetzt habe ich nichts mehr. Mein Leben hat keinen Sinn mehr. Ich gehe nicht lebenslänglich ins Gefängnis. Verlassen Sie die Wohnung und lassen Sie mich sterben!«

»Warum haben Sie Pater Windsheimer vergiftet?«, fragte ich, ohne mich von ihrer Suiziddrohung beeindrucken zu lassen.

»Ich habe ihm nicht mehr getraut.«

»Was heißt das?«, fragte Paulina. »Haben Sie bei ihm den Mord gebeichtet?«

Jetzt erinnerte ich mich an die Frau mit dem Popelinmantel und das Gesicht mit den Sommersprossen. Wir hatten Sarah Kreiller gesehen, als wir vor der Karmelitenkirche erst Frau Krolikowski und dann den Makler aus Nürnberg trafen. Sie hatte uns nach der Uhrzeit gefragt und war dann zur Beichte gegangen.

»Ich hatte ihm im Beichtzimmer alles erzählt. Natürlich wusste ich, dass er an das Beichtgeheimnis gebunden war.

Aber danach bekam ich Zweifel, ob er sich wirklich daran halten würde, da es doch um den Tod seines Mitbruders ging. Ich habe gesehen, dass er vor der Kirche mit Ihnen gesprochen hat. Und ein Priester ist doch auch nur ein Mensch. Es stand zu viel auf dem Spiel für mich.«

»Bruder Windsheimer hat überlebt«, sagte ich. »Und er hat kein Sterbenswörtchen über Sie gesagt, obwohl er ja vermuten konnte, dass Sie hinter dem Anschlag steckten.«

Erst jetzt fiel mir auf, dass der Begriff ›Sterbenswörtchen‹ vielleicht etwas deplatziert wirken konnte. Sarah blickte verschämt zu Boden und entfernte mit den Fingern einige Chipskrümel vom Sofa. Sie schloss die Augen und lehnte sich zurück.

Paulina machte zwei langsame Schritte und setzte sich dann vorsichtig neben Sarah. Ich vergaß zu atmen und schaute auf Sarahs Mund, ob sie die Kapsel zerkauen würde. Doch nichts geschah. Sekunden vergingen und fühlten sich endlos an.

Dann schluckte sie.

14. Januar 2011, Landgericht München I

»Im Namen des Volkes ergeht folgendes Urteil.« Die Richterin am Landgericht stand zwischen ihren Schöffen unter einem schlichten Holzkreuz. Der PVC-Bodenbelag im Verhandlungssaal, die grünen Türen, die Möblierung und die beigebraune Wandverkleidung erweckten den Charme eines Oberstufen-Klassenzimmers aus dem vergangenen Jahrhundert. Der Akzent der Vorsitzenden Richterin deutete darauf hin, dass sie aus den neuen Bundesländern in die bayerische Landeshauptstadt gekommen war. Sarah Kreiller stand vor dem Pult, das für die Angeklagten vorgesehen war. Links von ihr saßen zwei Justizbeamte in ihren grünen Uniformen. An ihrer Rechten saß ihr Verteidiger Christoph von Lustnau.

»Die Angeklagte wird wegen Totschlags sowie der Beihilfe zu einer Straftat für schuldig gesprochen und zu einer Gesamtfreiheitsstrafe von zehn Jahren und neun Monaten verurteilt. Bitte nehmen Sie Platz.«

Alle Anwesenden setzten sich, um die Begründung des Urteils zu hören, das die vierte Strafkammer nach nur vier Verhandlungstagen gefällt hatte. Der Staatsanwalt nickte zufrieden, auch wenn das Gericht nicht seinem Plädoyer auf eine Verurteilung wegen Mordes gefolgt war. Sarah blickte ihren Anwalt hilflos an. Er hatte auf eine Bewährungsstrafe plädiert und dies mit einer Affekttat begründet. Er hatte ihr jedoch im Vorfeld wenig Hoffnung gemacht, dass das Gericht dieser Darstellung folgen würde.

»Die Beweisaufnahme hat zweifelsfrei erwiesen, dass die Angeklagte am Tattag, dem 19. September 2010, am Sicherheitsschalter des Flughafens München dem Geschädigten Alois Otto mit einem Taschenmesser eine Bauchverletzung zugefügt hat, wobei eine Schlagader verletzt wurde, was innerhalb weniger Minuten trotz sofort eingeleiteter Ersthilfe zu einem tödlichen Blutverlust führte. Mit ihrer Tat wollte die Angeklagte sich der Festnahme durch zwei herannahende Bundespolizisten entziehen. Von einer Verurteilung wegen Mordes konnte das Gericht nur deshalb absehen, weil das Mordmerkmal der Heimtücke nicht zweifelsfrei zu beweisen war. Strafmildernd wertete das Gericht das psychologische Gutachten von Professor Markus Peters, das eine verminderte Schuldfähigkeit aufgrund einer autophobischen Persönlichkeitsstörung attestiert.«

Die Richterin holte Luft, blickte einmal in den Saal und setzte ihre Urteilsbegründung fort: »Strafverschärfend wertete das Gericht, dass die Angeklagte jegliche Kooperation ablehnte, den Aufenthaltsort des flüchtigen Straftäters Ronny Berger zu ermitteln. Im Gegenteil machte die Angeklagte in ihren Vernehmungen bewusst wahrheitswidrige Aussagen, mit denen die Ermittler auf eine falsche Spur geführt werden sollten. Eine Mitwisserschaft oder gar Mittäterschaft an der Unterschlagung in Höhe von eins Komma zwei Millionen Euro durch Ronny Berger wird für wahrscheinlich gehalten, der Beweis konnte jedoch nicht erbracht werden. Das Gericht geht davon aus, dass die Angeklagte den Aufenthaltsort des Flüchtigen kennt, der sich zeitgleich mit ihrer Festnahme über den Flughafen Frankfurt am Main ins Ausland absetzen konnte. Rechtsmittel gegen das Urteil werden zugelassen und können binnen der gesetzlichen Frist eingelegt werden. Die Verhandlung ist damit geschlossen.«

ZWÖLF

Am nächsten Tag unterschrieb ich das Vernehmungsprotokoll mit Sarah Kreillers Geständnis und legte es auf meinen Schreibtisch.

»So«, sagte ich wie immer, wenn ich einen Vorgang zufrieden abgeschlossen hatte. »Jetzt einen Kaffee.«

»Sagen Sie, Horst.« Paulina blickte über unsere Monitore zu mir. »Hatten Sie keine Angst, dass Sarah Kreiller sich wirklich vor unseren Augen hätte umbringen können?«

Ich zögerte kurz, denn vollkommen sicher hatte ich mir freilich nicht sein können. Ich sagte: »Ich war überzeugt, dass sie geblufft hat. Auch ausgebildete Pharmazeuten haben kaum Zugriff auf Substanzen, die in so geringer Dosis in so kurzer Zeit tödlich wirken.«

»Was ist mit diesen Giftkapseln, die die Nazischergen bei sich trugen? Das kennt man aus den Kriegsfilmen.«

»Ja, Kaliumcyanid, besser bekannt als Zyankali oder Blausäure. Aber das kann man nicht einfach aus Pflanzen extrahieren oder in der Onlineapotheke bestellen. Ich war überzeugt, wenn Sarah Kreiller wirklich eine Giftpille im Mund gehabt hätte, dann hätten wir Zeit genug gehabt, dass der Notarzt ihr den Magen auspumpt.«

»Dass die angebliche Todeskapsel nur eine verschreibungspflichtige Ibuprofen 600 war, konnten Sie nicht wissen.«

»Es hätte auch ein Tic Tac sein können, ja. Frau Kreiller hat in der Untersuchungshaft übrigens als Erstes nach einem Seelsorger verlangt.«

»Will sie beichten?«, fragte Paulina. »Ich denke, sie braucht eher einen Psychologen. Ihr Verhalten deutet schon auf eine gewisse Persönlichkeitsstörung hin, finden Sie nicht?«

Ich nickte. »Möglich. Bevor es zu einer Gerichtsverhandlung kommt, wird ein Gutachter sie ausführlich untersuchen. Damals hat ein Psychologe ihr eine Autophobie bescheinigt.«

»Eine Angst vor Autos?«

»Nein. Eine Angst vor dem Alleinsein beziehungsweise vor dem Verlassenwerden. Ausgelöst wurde diese Angststörung wohl durch den frühen Tod ihrer Eltern und ihres ersten Ehemannes. Dies erklärt, dass sie sich nach dem Kennenlernen sehr schnell an Berger gebunden hat und auch bereit war, für ihn alles aufzugeben. In der Haft hat sie dann offenbar eine existenzielle Angst entwickelt, Berger könnte draußen in Freiheit seinem Versprechen untreu werden. Deshalb hat sie ihn auf die Probe gestellt.«

»Und als er die Probe nicht bestand, hat sie ihn getötet.«

Es klopfte an der Tür. Und wie es ihre Art war, wartete Kriminalrätin Stadel nicht darauf, dass jemand »Herein« sagte.

Mit den Worten »Gute Arbeit« trat sie ein, und die hohen Absätze ihrer Schuhe klackerten über den Fußboden. »Ich bin froh, dass der Fall so schnell abgeschlossen werden konnte. Ach ja, Herr Hauptkommissar Müller?«

Jetzt sah ich, dass die Stadel eine Zeitung unter dem Arm hielt, die sie nun aufblätterte und auf meinen Schreibtisch legte.

»Arbeitet Ihre Tochter neuerdings beim FT?« Sie zeigte auf einen Text auf der dritten Seite mit der Überschrift »Geheimnis um Fake-Accounts gelüftet«. Darunter war die Autorenzeile zu lesen: »Von unserer Mitarbeiterin Andrea Müller«.

»Das ist doch Ihre Tochter, oder?«

»Ja, richtig. Sie schreibt für den FT und fängt dort demnächst ein Volontariat an.« Ich las den Text laut vor: »›Wochenlang rätselte Bamberg über die Frage: Wer sind Franz Steffens, Hans Bamberger und Gerhard Schulze? Dass es sich bei diesen Facebook-Profilen um erfundene Personen handelte, stand schnell außer Frage. Sie dienten dazu, den inzwischen zurückgetretenen Oberbürgermeister Alfred Marienberg gegen Kritik in Schutz zu nehmen und seine politischen Gegner, allen voran Staatssekretär Josef Gaibacher, zu attackieren und zu diffamieren. Recherchen unserer Zeitung haben jetzt ergeben: Die Fakeprofile wurden angelegt von Marienbergs Pressereferenten, dem früheren FT-Mitarbeiter Theo Sieber, und zwar zu einem Zeitpunkt, als er noch für die Zeitung tätig war. Er nutzte dafür einen Computer in der Redaktion, wie die Auswertung seines früheren Arbeitsgeräts durch IT-Spezialisten des Verlags ergeben hat. Sieber erklärte auf Anfrage unserer Zeitung, er werde sich zu den Vorwürfen nicht äußern.‹«

»Null Null Sieber?«, sagte Paulina ungläubig.

»Na ja, seriös gearbeitet hat der doch noch nie. Ohne das illegale Abhören des Polizeifunks hätte er drei Viertel seiner Texte als Journalist niemals schreiben können.«

»Und bei der Stadt wird er jetzt wohl auch gefeuert«, meinte die Stadel. »Ach ja, Herr Kriminalhauptkommissar, ich wollte noch auf Ihre Social-Media-Aktivitäten zu sprechen kommen.«

»Sie meinen, wegen ›gefeuert werden‹?« Ich blickte sie verstört an. »Ich lösche den Account ja, wie versprochen. Ich brauche nur meine Tochter dafür. Und Sie sehen ja, die ist derzeit viel beschäftigt. Es tut mir außerordentlich leid, dass ich noch nicht –«

»Schon gut, Herr Kollege, schon gut«, unterbrach mich die Chefin. »Ich habe Post vom Referat Neue Medien des Innenministeriums bekommen. Dort ist man auch auf Ihren TikTok-Kanal aufmerksam geworden.«

Ich ahnte Furchtbares. Wenn der kleine Spaß selbst den Minister verärgert haben sollte, wäre der Ärger umso größer. Ich sah mich schon auf der Erba-Insel Strafzettel verteilen oder auf einem Dorfrevier im Frankenwald Wache schieben.

»Die Staatsregierung plant, ihre Social-Media-Aktivitäten auszubauen auf verschiedenen Kanälen, Instagram, YouTube, Facebook, Snapchat und natürlich auch TikTok. Und jetzt wird für eine große Imagekampagne für die bayerische Polizei ein sympathischer und authentischer Polizist gesucht, auch zur Rekrutierung von Nachwuchs. Und man möchte Sie dafür gerne gewinnen! Darf ich dem Ministerium mitteilen, dass Sie zur Verfügung stehen?«

Ich konnte nicht glauben, was ich hörte, und schaute zu Paulina. »Ist das ein … Prank?«

Sie zuckte mit den Schultern und sagte: »Ich weiß von nichts, Horst. Aber ich glaube, Sie können das. Wenn Sie Ihre Bullen-Phobie noch ablegen.«

»Wie bitte?«, fragte die Stadel.

»Ach, nichts«, sagte Paulina. »Ich meinte nur: Der Kollege wäre doch der perfekte Bullfluencer.«

Alle lachten.

»Wenn Sie meinen«, sagte ich vorsichtig. »Ich weiß zwar nicht genau, was auf mich zukommt. Aber als guter Beamter tue ich natürlich das, was meine Chefin von mir verlangt.«

»Danke, Herr Müller. Sie sind ein guter Beamter«, sagte die Kommissariatsleiterin. »Daran besteht überhaupt kein Zweifel.«

Epilog

Ein faustgroßer brauner Krebs krabbelte durch den weißen Sand am Strand von Phuket. Das Meer war ruhig und badewannenwarm. Davon hatte er sich heute schon mehrmals überzeugen können. Auf seiner Strandliege blickte er auf das Wasser, in dem eine kleine Insel an die Form eines Igels erinnerte. Einheimische Männer paddelten auf Ruderbooten durch das Wasser. Er liebte das tropische Monsunklima, und er bildete sich ein, dass sein Ischiasschmerz nicht mehr aufgetreten war, seitdem er Deutschland verlassen hatte und nach Thailand ausgewandert war.

Er nahm einen großen Schluck aus der Singha-Dose. Das Bamberger Bier war das Einzige, was er wirklich vermisste. Dann griff er wieder nach dem Taschenbuch, das ihn an die fränkische Heimat erinnerte: »Tod auf dem Main-Donau-Kanal« von Hartmut Knauer. »Der Franken-Bestseller«, stand auf einem roten Aufkleber, der verkaufswirksam auf dem Cover klebte.

Mit seinem neuen Reichtum konnte Andi Stüllenberg sich endlich ein schönes und sorgenfreies Leben leisten. Seinen Spitznamen Bodo hatte er abgelegt in dem Moment, als er dem Personalleiter von V+S seine handgeschriebene Kündigung auf den Tisch gelegt hatte. Mit einem Lottogewinn hatte er vor seinen Kollegen den überraschenden Ausstieg begründet und ein großzügiges Abschiedsfest gegeben.

In dem Metallkoffer, der sich auf der Baustelle des Karmelitenklosters plötzlich in seiner Baggerschaufel befand, lagen exakt eins Komma zwei Millionen Euro in gebündelten Scheinen. Mit dem nötigen schweren Werkzeug hatte er das Schloss des Koffers problemlos aufbrechen können.

Eine einheimische Coverband spielte an der Strandbar »Wind Of Change«, wobei der Sängerin anzumerken war, dass sie kein Wort Englisch verstand und den Text lautmalerisch nachsang. Wenige Meter vor seiner Strandliege spielte ein kleiner Junge mit einem Spielzeugbagger im Sand und machte mit dem Mund Motorgeräusche: »Brrrrrrrmmmmmmm.«

Andi Stüllenberg würde im Leben nie wieder Bagger fahren.

Und das fand er kein bisschen schade.

Nachwort und Dank

Auch in diesem Krimi gehen Realität und Fiktion nahtlos ineinander über. Die Örtlichkeiten im Karmelitenkloster, das in diesem Jahr sein siebenhundertfünfzigstes Jubiläum feiert, sind originalgetreu beschrieben, mit einigen notwendigen literarischen Freiheiten. Ich möchte aber betonen, dass mir keine Hinweise auf verbotene Teufelsaustreibungen bekannt sind! Real sind allerdings die Berichte über mysteriöse Phänomene im Zusammenhang mit Menschen, die von sich behaupten, vom Teufel besessen zu sein. Die Beschreibung des verrußten Zimmers von Frau Welge in Hausen, in dem man beim Betreten noch die Hitze spürt, entspricht der Darstellung im Buch »Exorzismus heute – der Teufel spricht deutsch« des WDR-Journalisten Marcus Wegner, der bei über hundert Teufelsaustreibungen dabei war, viele Scharlatane entlarvt, aber auch über naturwissenschaftlich nicht erklärbare Phänomene berichtet.

Die Bamberger Karmeliten sind (noch?) nicht auf TikTok aktiv. Aber dass Klosterbrüder sehr pfiffiges Social Media betreiben können, sieht man beispielhaft am TikTok-Auftritt des Prämonstratenserklosters Windberg. Dass das Erzbistum Bamberg auf TikTok ist, versteht sich fast von selbst.

Kriminelle Kirchenpfleger, die Millionenbeträge unterschlagen, gibt es in Bamberg selbstverständlich nicht. Aktenkundig ist aber ein ähnlicher Fall aus dem Nordosten Oberfrankens: Der Täter ist seit 2012 spurlos verschwunden. Ob er irgendwo in einem Kloster lebt, ist nicht bekannt. Die Staatsanwaltschaft hat das Verfahren inzwischen wegen Verjährung eingestellt.

Wie immer danke ich allen, die zum Verbessern und Gelingen des Manuskripts beigetragen haben: insbesondere meinem Lektor Carlos Westerkamp, der die Schauplätze der

Horst-Müller-Krimis, die er bislang nur von Google Maps und Wikipedia kannte, in diesem Jahr endlich auch mal vor Ort besichtigen konnte, sowie meinen fach- und sachkundigen Testlesern Professor Dr. Wolfgang Bremer, Dr. Norbert Jung und love, but not least meiner zauberhaften Frau Nadine.

Im Sommer 2023, H. L.

Lesen Sie weiter:

Harry Luck
BAMBERGER REITER

Leseprobe

Ich stand fassungslos vor dem Gelben Sack im Keller des Mietshauses am Markusplatz und hielt den Holzstiel eines Fruchteises in der Hand, als sich mein Mobiltelefon mit dem allseits bekannten Standardklingelton meldete. Ich versuchte, das Handy mit der rechten Hand aus der Brusttasche meines Kurzarmhemdes zu fischen, ohne den klebrigen Eisstiel weglegen zu müssen. Mit einiger Akrobatik gelang es mir, den Anruf von einer mir unbekannten Bamberger Nummer anzunehmen und dabei den Packen Zeitungen unter dem Arm nicht zu verlieren.

»Horst Müller hier«, meldete ich mich.

»Grüß Gott«, hörte ich die Stimme eines älteren Herrn am anderen Ende der Leitung. »Ich bräuchd achd Boäh groba Brodwöschd und a Pfund Hackfleisch. Des gemischda.«

»Wird erledigt«, antwortete ich und drückte das Gespräch weg. Es geschah mindestens einmal pro Woche, dass ich einen Anrufer in der Leitung hatte, der bei der Telefonauskunft die Nummer der Metzgerei »Wurst Müller« verlangte und wegen undeutlicher Aussprache mit meinem Anschluss verbunden wurde. Ich hatte aufgehört, mich darüber zu ärgern oder gar in Erwägung zu ziehen, den Namen zu ändern oder mir wenigstens eine Geheimnummer zuzulegen. Vermutlich wunderte sich mein Namensvetter aus dem Fleischgewerbe regelmäßig, dass Kunden im Laden standen und bereit waren, auf »Weber's Grillbibel« zu schwören, dass sie eine telefonische Grillwarenbestellung aufgegeben hatten, von der der Fleischer nicht das Geringste ahnen konnte.

Ich wandte mich wieder meinem Entsorgungsproblem zu. Dass sich ein Holzstab im gemeinschaftlich von allen Mietern genutzten Sack für Plastikabfälle befand, störte nicht nur mein ökologisches Gewissen, sondern vor allem meinen Anspruch an das Einhalten von Regeln und Vorschriften. Was war so schwer daran, die Aufschrift des Beutels zu lesen, wo eindeutig geschrieben stand, dass Metalle, Kunststoffe, Verbundstoffe und Schaumstoffe hineingehörten? Von Holz war hier nirgendwo die Rede. Seit der Einführung des dualen Systems bei der Abfallentsorgung in Deutschland vor dreißig Jahren war eine ganze Generation herangewachsen, und immer noch gab es Menschen, die nicht wussten, dass die Verpackung einer Zahnbürste in den Gelben Sack gehörte, die Zahnbürste selbst aber nicht, weil sie kein Verpackungsmaterial war.

Ratlos stand ich mit dem Corpus Delicti im Müllraum, wo ein automatischer Lüfter dafür sorgte, dass man nicht sofort in Ohnmacht fiel, sondern etwa zwanzig Sekunden Zeit hatte, seinen Müll auf die blaue, braune oder graue Tonne zu verteilen beziehungsweise in dem Gelben Sack zu entsorgen, bevor man das Bewusstsein verlor. Allerdings war die graue Restmülltonne, in die das Holz gehörte, heute geleert worden und stand noch oben vor der Haustür am Straßenrand. Dafür war die blaue Tonne mal wieder randvoll, obwohl das Altpapier erst in zwei Wochen geholt wurde. Der monatliche Entsorgungsrhythmus für die Papiertonne in einem Vier-Parteien-Mietshaus wäre für mich der einzige triftige Grund, über den Bezug eines E-Papers nachzudenken.

Ich legte den Stiel, der wohl der Überrest eines Flutschfingers oder Dolomitis war, auf den Rand der Biomülltonne und warf den Stapel Zeitungen in die blaue Tonne, deren Deckel jetzt nicht mehr dicht geschlossen werden konnte. »Bamberger Reiter geht in Winterschlaf«, lautete die Schlagzeile auf der oben liegenden Ausgabe. Es war ein Artikel, in dem berichtet wurde, dass das berühmte Standbild wegen Bauarbeiten im Dom mehrere Wochen lang hinter einer schützenden Verkleidung verborgen sein werde. Die Zeitung war schon einen Monat alt.

Wieder läutete mein Handy.

Genervt drückte ich die grüne Taste und sprach: »Brodwöschd sind heute aus.«

»Wie bitte?«, hörte ich in der Leitung. »Ist das ein Codewort, Herr Kommissar?«

Ich schaute auf das Display. Eine unbekannte Nummer.

»Wer ist da?«, fragte ich. »Hier ist jedenfalls nicht Wurst Müller.«

»Hier ist Monsignore Momberg. Herr Kommissar, wir kennen uns. Sie erinnern sich vielleicht …«

Der Dompfarrer. Momberg wie Domberg. Ich hatte mit ihm vor einigen Jahren zu tun, als mehrere Honoratioren der Stadt anonyme Post mit geköpften Gartenzwergen bekommen hatten. Momberg hatte auch zu ihnen gehört. Vermutlich hatte er die Visitenkarte mit meiner Handynummer aufgehoben. Die Nummer war geblieben, auch wenn ich inzwischen mein jahrelang bewährtes, unzerstörbares Nokia-Gerät gegen ein neumodisches iPhone ohne Tasten und Antenne eintauschen musste, das jeden Abend neuen Strom aus der Steckdose brauchte.

»Ja, ich erinnere mich natürlich gut, Herr Pfarrer. Was kann ich für Sie tun? Hoffentlich kein Mord auf dem Domberg.«

»Wenn's nur ein Mord wäre, Herr Kommissar.« Ich hörte Verzweiflung in seinem Seufzen. »Nein, es ist etwas ganz Schreckliches passiert. Etwas Unglaubliches.«

Wenn ein Geistlicher von etwas Unglaublichem sprach, dann musste wohl tatsächlich etwas Besonderes geschehen sein.

Ich schaute auf meine Tchibo-Armbanduhr und sagte: »Ich bin seit fünfundsiebzig Minuten nicht mehr im Dienst, Herr Pfarrer. Können Sie morgen früh in mein Büro in der Schildstraße kommen? Wenn es wirklich dringend ist, wählen Sie die Hundertzehn.«

»Ich bitte Sie!«, sprach Momberg in einem Tonfall, auf den ich am liebsten geantwortet hätte: »In Ewigkeit, amen.«

»Es ist eine etwas delikate Angelegenheit«, fügte der Dompfarrer leiser hinzu. »Ich möchte darüber nicht am Telefon reden. Und vor allen Dingen möchte ich nicht, dass irgendjemand davon erfährt und ein offizieller Vorgang daraus wird.«

»Wenn Sie die Polizei anrufen, wird natürlich ein offizieller Vorgang daraus, der als Allererstes ein Aktenzeichen bekommt«, belehrte ich den Geistlichen.

»Genau das ist der Grund, warum ich Sie persönlich anrufe, Herr Kommissar. Privat sozusagen. Sie müssen mir helfen. Ich bitte Sie. Außerhalb des offiziellen Dienstweges.«

Die Sekunde, die ich zögerte, deutete Momberg sofort als Zustimmung. »Danke, Herr Kommissar. Ich wusste, dass ich mich auf Sie verlassen kann. Vergelt's Gott! Ich erwarte Sie vor der Marienpforte des Doms. Am besten jetzt gleich.«

»Na gut, weil Sie es sind«, sagte ich. Doch er hatte schon aufgelegt. Ich schaute auf meine Armbanduhr und seufzte, auch wenn ich nicht genau wusste, welches der Domportale die Marienpforte war. »Aber ich muss vorher noch etwas Wichtiges erledigen.« Ich verstaute das Handy und nahm den Holzstiel mit nach oben.

Im Erdgeschoss holte ich aus meinem Briefkasten das »Wobla«, die Monatszeitschrift der Polizeigewerkschaft, den Pfarrbrief des Seelsorgebereichs Bamberger Westen sowie einen Brief meines Vermieters, der vermutlich die jährliche Mieterhöhung ankündigte. Dann öffnete Frau Weimer die Wohnungstür, als hätte sie hinter ihrem Spion auf mich gelauert. Die alte Dame mit den weißen Haaren wedelte mit einem Packen Blätter.

»Schön, dass ich Sie zufällig sehe, Herr Müller!«

»Zufällig, jaja«, murmelte ich, um dann freundlich zu antworten: »Freue mich auch immer, Sie zu sehen. Geht's Ihnen gut?«

Dies war eine rhetorische Frage. Denn Frau Weimer war, seitdem ich hier wohnte und ihre Einkäufe sowie das Wischen der Treppe übernahm, keinen einzigen Tag krank gewesen. Selbst die Coronainfektion, die sie sich beim Lungensport im Seniorenzentrum eingefangen hatte, war symptomlos an ihr vorbeigegangen, während der fünfzigjährige Sparkassenmitarbeiter aus dem zweiten Stock zwei Wochen auf der Intensivstation gelegen hatte.

»Danke, ich brauche mal wieder Ihre Hilfe, Herr Müller.«

»Müssen Sie Ihre Patientenverfügung aktualisieren?«

Das Regeln der letzten Dinge gehörte seit Jahren zu Frau Weimers liebster Freizeitbeschäftigung, ohne dass ihr Gesundheitszustand dazu den geringsten Anlass gegeben hätte.

»Nein. Es geht um die Liste.«

Wenn Frau Weimer von der Liste sprach, dann meinte sie die Namen der Personen, die zu ihrer Beerdigung einzuladen wären. Sie machte immer handschriftliche Änderungen, die ich dann auf dem Computer übernehmen musste. Die Liste wurde an drei verschiedenen Stellen aufbewahrt, eine außerhalb des Hauses, für den Fall eines Wohnungsbrandes.

»Ist wieder jemand gestorben, den wir streichen müssen?«, fragte ich und konnte mir ein Schmunzeln nicht verkneifen.

»Nein, es ist diesmal etwas mehr zu tun. Ich habe bei allen Anschriften, falls vorhanden, die E-Mail-Adresse ergänzt. Dann bekommen sie die Benachrichtigung noch schneller, wenn es denn so weit ist.« Als sie meinen Blick bemerkte, der sagte, das könnte noch zehn Jahre dauern, betonte sie gleich: »Es kann schon morgen so weit sein.«

»Ja, oder heute noch. Oder Sie überleben mich. Dann muss sich jemand anders um die Liste kümmern. Ich erledige das.«

»Vielen Dank, Herr Kommissar. Nehmen Sie das hier«, sagte sie und zauberte scheinbar aus dem Nichts eine Flasche mit brauner Flüssigkeit hervor. Ein handgeschriebenes Etikett wies den Inhalt in Sütterlinschrift als »Haselnußliqueur« aus.

»Danke vielmals, aber ich muss los. Die Pflicht ruft.«

***

Mit meinem Pedelec kam ich über die Residenzstraße mühelos auf dem Domberg an. Den Vornamen des Dompfarrers hatte ich vergessen, ein großer Heiliger war's gewesen. Markus, Lukas, Johannes? Dafür konnte ich mich genau daran erinnern, dass er eine Haushälterin namens Frau Putzer hatte.

Ich sah den über siebzigjährigen Priester mit dem schmalen Gesicht und der spitzen Nase schon vor den Domstufen stehen und parkte meinen elektrischen Drahtesel vor den Mauern des Domkranzes unter einer Hinweistafel für eine Sonderausstellung im Diözesanmuseum.

»Oh Gott, Herr Pfarrer«, zitierte ich den Titel einer Fernsehserie aus den achtziger Jahren.

»Herr Kommissar, vielen Dank, dass Sie so schnell kommen konnten.« Monsignore Momberg streckte mir seine knochige Hand entgegen. Sein Gesicht war fast so weiß wie seine Haare. Umso schwärzer wirkte sein Priesteranzug. Am Revers war ein kleines silbernes Kreuz befestigt.

»Was ist passiert, das meine Hilfe erforderlich macht, Sie aber hindert, offiziell die Polizei zu rufen? Ich bin sehr gespannt.«

»Kommen Sie mit hinein, Herr Kommissar. Sie wissen vielleicht, dass wir den Dom zu Beginn der Fastenzeit wegen Renovierungsarbeiten geschlossen hatten. Es wurden zwei Joche des Mittelschiffes eingerüstet, um hier Arbeiten am Gewölbe durchzuführen. Um während dieser Maßnahmen die Unversehrtheit des Reiters zu gewährleisten, wurde er mit einem Schutzgehäuse versehen.«

»Ja, davon habe ich in der Zeitung gelesen. Worauf wollen Sie hinaus?«

Momberg schaute sich um, ob niemand in der Nähe war. Dann öffnete er mit einem großen Schlüssel die versperrte Pforte und flüsterte: »Kommen Sie. Es darf uns niemand hören.«

»Sie werden mir jetzt nicht verraten, dass ein Einbrecher den Opferstock aufgebrochen hat, oder?«

»Sie werden gleich nicht mehr scherzen, Herr Kommissar.«

Momberg sperrte die Tür hinter uns wieder ab. Wir gingen durch eine weitere Doppeltür und einige Meter an den Propheten-Reliefs, am Grabmal von Erzbischof Friedrich von Schreiber sowie am Grabstein von Erzbischof Joseph von Schork vorbei. Der Dom, in dem sich tagsüber immer zahlreiche Touristen aufhielten und wo Führungen für einen pausenlosen Trubel sorgten, war gespenstisch still.

»Jetzt spannen Sie mich nicht länger auf die Folter. Was ist Schreckliches geschehen?«

»Schauen Sie hier!« Momberg deutete auf die große Holzverkleidung, auf der eine Fotografie des Bamberger Reiters in Originalgröße befestigt war.

»Ja, davon haben Sie bereits erzählt. Der Reiter wurde aus Sicherheitsgründen mit einem Schutzgehäuse versehen. Und?«

Momberg schwieg, hob mit beiden Händen das Holzgehäuse an und bewegte es einen halben Meter zur Seite. Mit einer Kopfbewegung forderte er mich auf, hinter das Gehäuse zu blicken.

»Verstehen Sie mich jetzt?«, fragte er, nachdem ich vorsichtig hinter die Verkleidung geschaut und mir staunend die Augen gerieben hatte.

Ich nickte.

Ich hätte mich weniger gewundert, wenn der Dompfarrer mir mitten im Dom eine jodelnde Giraffe mit Pudelmütze und Sonnenbrille gezeigt hätte.

Einige Augenblicke schauten wir uns schweigend an. Dann sprach ich die Worte aus, die einen eigentlich unvorstellbaren

Vorgang beschrieben: »Man hat also den Bamberger Reiter gestohlen?«

Momberg nickte stumm und schloss die Augen, als könnte er damit für einen Moment das Ereignis ungeschehen machen.

»Setzen wir uns.« Er deutete auf die hinterste Bankreihe vor dem Kaisergrab. Dort nahmen wir Platz.

»Das müssen Sie mir erklären! Wie kann das geschehen? Der Reiter stand dort doch nicht auf dem Podest herum, sodass man ihn einfach mitnehmen könnte wie ein Gemälde, das an der Wand hängt. Der war doch fest eingemauert.«

»Der Reiter ist ein sogenanntes Hochrelief, das nicht direkt in den Pfeiler eingelassen ist, sondern an die Wand angemörtelt wurde. Aber Sie haben natürlich recht, man kann ihn nicht einfach so mitnehmen. Wer macht so etwas? Und warum?«

»Eine Entführung vielleicht?«, dachte ich laut nach. »Ich meine, es könnte jemand versuchen, ein Lösegeld zu erpressen. Welchen Wert hat der Reiter?«

»Was denken Sie?« Mombergs Gesichtsausdruck machte deutlich, für wie absurd er meine Frage hielt. »Er ist unbezahlbar!«

»Das ist natürlich klar. Aber es muss doch so was wie eine Versicherungssumme geben.«

»Man versichert immer den Wert, den eine Wiederbeschaffung kosten würde. Wie wollen Sie ein so bedeutendes Kunstwerk wiederbeschaffen?«

»Hm, verstehe. Und was ist mit dem Dom? Der muss doch auch mit einer Summe in der Vermögensbilanz des Bistums stehen.«

»Ja, der Dom steht im Vermögensbericht des Metropolitankapitels. Und zwar mit exakt null Euro. Weil er unverkäuflich ist.«

»Gut, das habe ich verstanden. Aber ein geraubtes Kunstwerk wäre ja schon wiederzubeschaffen. Deshalb liegt ja wohl eine Entführung am ehesten auf der Hand. Können Sie einen Zeitraum eingrenzen, wann der Reiter gestohlen wurde?«

»Als die Verkleidung aufgebaut wurde, war er definitiv noch da. Das war vor wenigen Wochen, am Faschingsdienstag. Danach hat wohl bis heute niemand hinter die Wand geschaut.«

»Aber Sie haben geschaut?«

»Zufällig, ja. Ich habe gesehen, dass hier an der Holzwand mehrere Schrauben gelockert sind. Als ich das überprüfen wollte, konnte ich durch den Spalt sehen, dass da etwas nicht in Ordnung war.«

»Nun gut, wenn wir davon ausgehen, dass wir es mit einem Verbrechen zu tun haben, warum wollen Sie nicht offiziell Anzeige erstatten? Wer ist denn hier der Hausherr, der Erzbischof?«

Momberg atmete tief durch. »Der Dom gehört dem Metropolitankapitel, vertreten durch den Dompropst, den Domdekan und den Summus Custos, das bin ich.«

»Summus Custos?«

»Der Domkustos ist der höchste Hüter der Kathedralkirche. Er koordiniert im Auftrag des Domkapitels in Zusammenarbeit mit der Dombauhütte die Aufgaben in und um den Dom.«

»Also auch Bauarbeiten?«

»Richtig. Und warum ich nicht die Polizei einschalten möchte, hat einen einfachen Grund. Wie Sie wissen, soll der Papst in diesem Jahr erstmals nach Deutschland kommen. Und es ist im Gespräch, dass er dabei auch auf eine vor einigen Jahren ausgesprochene Einladung hin Bamberg besuchen könnte. Anlass war damals der tausendste Jahrestag der Weihe der Stephanskirche durch Papst Benedikt VIII.«

»So oft kommt wohl nicht ein Papst nach Bamberg, obwohl ja jeder Tourist weiß, dass dort hinten das einzige Papstgrab nördlich der Alpen ist.« Ich deutete auf den Westchor, wo hinter dem Bischofsstuhl Papst Clemens II. begraben war, der bis zu seinem Tod im Jahr 1047 in Doppelfunktion auch Bamberger Bischof geblieben war.

»So ist es. Der letzte Papst, der im Bamberger Dom die Messe gefeiert hat, war Leo IX. im 11. Jahrhundert.«

»Es wird also höchste Zeit.«

»Genau. Um die Möglichkeiten für einen Papstbesuch in Bamberg auszuloten, ist derzeit der Kurienkardinal Aurelio García zu Gast. Es wäre schon ungeheuer peinlich, wenn er erfahren würde, dass wir nicht in der Lage sind, für die Sicherheit eines steinernen Reiters zu sorgen. Sie wissen, dass der Vatikan keinen Spaß versteht, wenn es um den Schutz des Heiligen Vaters geht.«

»Völlig zu Recht. Für den Papst hätten wir bei einem Besuch in Bamberg gewiss bessere Sicherheitsvorkehrungen als einen Holzverschlag. Aber ich verstehe, was Sie meinen. Was genau kann ich für Sie tun? Ich bin Kriminalhauptkommissar und kein Privatdetektiv.«

»Ich weiß. Aber zumindest solange der Kardinal hier ist, würde ich gerne um höchste Diskretion bitten.«

»Wie lange ist dieser Kardinal denn hier?«, fragte ich.

»Das weiß ich nicht genau, ein paar Tage noch. Eine Woche?«

»Aber dann schalten Sie offiziell die Polizei ein. Und auch, falls sich vorher ein Erpresser melden sollte. Abgemacht?«

Momberg nickte. »Danke, dass Sie mir helfen.«

Ich seufzte. »Ob und wie ich Ihnen helfen kann, weiß ich noch nicht. Aber ich denke darüber nach.«

»Das ist sehr freundlich, Herr Kommissar. Eine Frage habe ich noch.«

»Ja?«

»Was ist das für ein Bratwurstcode, den Sie am Telefon verwendet haben?«

Ich musste schmunzeln und sagte: »Vergessen Sie das schnell wieder. Darüber darf ich nicht sprechen. Dienstgeheimnis.«

Harry Luck
BAMBERGER ZAUBER
Broschur, 224 Seiten
ISBN 978-3-7408-0064-2

»Harry Luck versteht es, verschiedene Handlungsstränge so zu verknüpfen, dass man auf jeder Seite unbedingt wissen will, wie es nun weitergeht. Der Autor ist ein Geschichten-Zauberer, der uns in seine Krimiwelt einspinnt, sodass wir ihr nicht mehr entkommen können – und auch gar nicht wollen.« Domradio

www.emons-verlag.de